Alfred Bekker

Der Armbrustmörder

Event-Manager Thomas Marwitz aus Mönchengladbach hat Angst. Nicht nur, dass die MEAN DEVVILS, eine Rockergang, es auf seine Veranstaltungen abgesehen hat und diese regelmäßig sprengt. Er entgeht auch nur knapp einem Armbrust-Anschlag. In seiner Not wendet er sich an Robert Berringer, den Niederrhein-Schnüffler aus Düsseldorf. Der Privatdetektiv soll herausfinden, ob der Anschlag auf sein Leben in Wahrheit nur eine Mutprobe für Neu-Mitglieder der Rockergang war oder ob Marwitz' Konkurrent Eckart Krassow dahintersteckt. Dieser würde nämlich liebend gerne Marwitz' Auftritte beim Korschenbroicher Schützenfest und beim internationalen Hockey-Turnier übernehmen. Das Problem: Nicht nur Marwitz wird Opfer von Armbrust-Anschlägen; und im Gegensatz zu ihm kommen die später folgenden Opfer nicht mit dem Leben davon. Dann wird Berringers Klient auch noch mit einem Messer in der Hand über eine blutende Leiche gebeugt überrascht, sodass es kaum möglich scheint, seine Unschuld zu beweisen. Derweil tötet der Unbekannte weiter – und nur der selbst psychisch nicht ganz gefestigte Berringer vermag das zugrunde liegende Muster schließlich zu erkennen ...

Alfred Bekker, in Borghorst/Münsterland geboren, hat zahlreiche Romane veröffentlicht – Science-Fiction, Krimis, Fantasy und Gruselromane für Jugendliche. Als Autor von epischen Fantasy-Büchern begann er seine Erfolgsstory. Heute schreibt er neben der fantastischen auch historische Literatur – und eben Kriminalromane. So ist *Der Armbrustmörder* bereits der zweite Fall für den Niederrhein-Schnüffler Berringer, der seinem TV-Kollegen Monk an Verschrobenheit in nichts nachsteht.
Mehr zu seinen Büchern und zum Autor unter: www.AlfredBekker.de

Bereits im Droste Verlag erschienen:
Tuch und Tod • ISBN 978-3-7700-1248-0

Alfred Bekker

Der Armbrustmörder

Kriminalroman

Droste Verlag

Der Autor versichert, dass die dargestellte Geschichte und die handelnden Figuren frei erfunden sind. Eventuelle Ähnlichkeiten mit real existierenden Personen sind zufällig und nicht beabsichtigt.

Bibliografische Informationen der Deutschen Nationalbibliothek
Die Deutsche Nationalbibliothek verzeichnet diese Publikation in der Deutschen Nationalbibliografie; detaillierte bibliografische Daten sind im Internet über http://dnb.d-nb.de abrufbar.

Umschlaggestaltung: Droste Verlag unter Verwendung eines Fotos von: Pixelspieler © www.fotolia.de
Satz: Droste Verlag
Druck und Bindung: CPI – Clausen & Bosse, Leck
ISBN 978-3-7700-1249-7

www.drosteverlag.de

Prolog

Beinahe Mitternacht.

Schatten, die im Licht der spärlichen Beleuchtung dahinhuschten.

Ratten.

Vielleicht …

Nur in den Büroräumen von EVENT HORIZON, der Event-Agentur von Frank Marwitz, brannte noch Licht. Ansonsten befand sich niemand mehr in dem kastenförmigen dreistöckigen Flachdachbau im Gewerbegebiet Mönchengladbach, in den sich ein paar aufstrebende Selbstständige eingemietet hatten, deren Unternehmen ihre beste Zeit noch vor sich hatten.

Marwitz saß an seinem Schreibtisch und fuhr gerade den Rechner herunter. Er hatte noch einmal den Veranstaltungskalender seiner Homepage überarbeitet. Nun war nichts mehr zu tun. Für diesen Abend hatte selbst ein so hyperdynamischer Jungunternehmer wie er, Rampensau des Niederrheins und Conférencier für alle Fälle, bekannt aus Funk, Fernsehen und lokalem Käseblatt, genug getan.

Der Flachbildschirm wurde dunkel. Marwitz stand auf. Sein Haar war gegelt, sah aber aus, als wäre es verschwitzt. Er war Mitte vierzig, fand aber, dass er wie Mitte dreißig aussah, und hatte ein Lebensgefühl, das er für das eines Fünfundzwanzigjährigen hielt.

Allerdings waren die allgewaltigen Unterhaltungschefs in den TV-Sendern in diesem Punkt anderer Meinung gewesen. Seine größten Erfolge waren eine Nebenrolle in einer Vorabend-Soap und ein Moderatorenjob in einem Shopping-Sender gewesen. Aber der erste dieser beiden einzigen überregionalen Erfolge lag schon etwa zehn Jahre zurück, und der zweite hatte gerade sein unweigerliches Ende gefunden, weil der Shopping-Sender, für den er Trimmgeräte und Billig-Laptops angepriesen hatte, in Konkurs gegangen war.

So war Marwitz in gewisser Weise ein Opfer der allgemeinen Finanz- und Wirtschaftskrise geworden. Zumindest sagte er sich das, denn diese Version war leichter mit seinem Ego zu vereinbaren als die, dass seine Moderation möglicherweise einfach an der Zielgruppe vorbeigegangen war.

Genau das hatte man ihm bei einer Reihe von Castings gesagt, die er zwischenzeitlich hinter sich hatte.

Marwitz fragte sich nicht zum ersten Mal, wieso er das eigentlich mitmachte. Er moderierte Veranstaltungen mit mehreren tausend Gästen und half manchmal sogar als Stadionsprecher der Borussia aus – was nach dem Wiederaufstieg in die Bundesliga ja auch richtig Spaß machen konnte. Er brachte ganze Hallen zum Kochen und verwandelte halbtote Rentner in ekstatische, enthemmte Partygänger. Er machte manchmal selbst Butterfahrten und den Tanztee für Senioren zu einem unvergesslichen Bühnenereignis und lief zur Hochform auf, wenn bei der Abschlussfeier einer vierten Grundschulklasse zwar weder der Bär noch Eltern oder Lehrer, aber immerhin die Kinder tobten.

Aber für das Fernsehen schien er einfach nicht gut genug zu sein. Seine Karriere war in dieser Königsdisziplin des Showbiz schon am Ende gewesen, bevor sie richtig angefangen hatte.

Marwitz nahm einen Kaugummi aus der Tasche seines ausgebeulten Cordjacketts. Er hatte an diesem Tag seit dem spärlichen Frühstück, das aus einem angegessenen Schokoriegel von gestern bestanden hatte, noch nichts zu sich genommen. Es war einfach keine Zeit gewesen. Das Korschenbroicher Schützenfest stand zu Pfingsten vor der Tür, und da musste einiges organisiert werden, was gar nicht so leicht gewesen war. Vor allem war es schwierig gewesen, eine leistungsfähige PA-Anlage zu organisieren, die in der Lage war, ein Festzelt ausreichend zu beschallen.

Marwitz hatte den Job in Korschenbroich kurzfristig annehmen müssen, da ein Kollege ausgefallen war, und zu Pfingsten war so ziemlich jede funktionsfähige PA-Anlage im Land irgendwo im Einsatz. Ob nun beim Tanz in den Mai, einer Ü-30-Party oder beim Gemeindefest einer Pfarrgemeinde: Alles, was auch nur entfernt nach einem Lautsprecher aussah, wurde gebraucht, und Marwitz war einfach zu spät dran gewesen. Aber er hatte gute Kontakte und es schließlich doch noch auf die Reihe gekriegt.

Es fehlte nur noch eine Sache zu seinem Glück, und die raubte ihm den letzten Nerv.

Marwitz ging zur Fensterfront und drückte die Stirn gegen die Scheibe. Das gab zwar einen Schweißfleck, aber so konnte er hinaus in die Dunkelheit sehen, ohne nur sein eigenes Spiegelbild anzustarren, während er den Kaugummi weiterhin mit nervös mahlenden Kiefern bearbeitete.

Es ging um die Ü-30-Party in der Kaiser-Friedrich-Halle an der Hohenzollernstraße in zwei Tagen …

Alles war perfekt organisiert gewesen. Eine Art überdimensionaler Kindergeburtstag für die Teenager der Achtziger, deren Musik durch den Tod von Michael Jackson eine unerwartete Renaissance erlebte. Ausgerechnet da war Marwitz das fest eingeplante Michael-Jackson-Double abgesprungen und hatte den Termin einfach gecancelt.

Angeblich, weil er eine Zerrung hatte.

„Opa-walk mit Krücke statt Moonwalk", hatte er am Telefon gejammert. „Das will doch keiner sehen."

Aber Marwitz hatte aus gut unterrichteten Quellen erfahren, dass diese Jackson-Doublette stattdessen ein Engagement in einer Disco in Moers angenommen hatte. Für die doppelte Gage.

Der Tod eines Popstars konnte zwar die Party-Szene bisweilen gehörig anheizen, aber er verdarb leider sowohl die Preise als auch die Moral der Lookalikes. Es war immer dasselbe. Den Kerl zu verklagen half Marwitz nichts. In zwei Tagen musste ein Jackson-Double in der Kaiser-Friedrich-Halle auf der Bühne stehen, sonst war er erledigt. Der Act war groß angekündigt und überall plakatiert.

Und tatsächlich hatte der Event-Manager es geschafft, einen der wenigen Jackson-Doppelgänger zu finden, die gegenwärtig noch frei waren.

Und der hatte auch versprochen, noch an diesem Abend bei ihm vorbeizuschauen. Aber er war bisher nicht aufgetaucht, und unter der Handynummer meldete sich nur die Mailbox.

Du schaffst es noch, dass ich wegen dir wieder anfange zu rauchen!, ging es Marwitz erbost durch den Kopf. Fünf Minuten gebe ich dir noch, und wehe du kannst dann den Moonwalk nicht so perfekt wie der King of Pop zu seinen besten Zeiten!

Ein Wagen fuhr auf den Parklatz vor dem Gebäude. Ein Mann stieg aus. Er war groß und schlank, mehr konnte Marwitz von ihm nicht erkennen, denn er war nur für einen kurzen Moment als Schattenriss zu sehen, dann verschluckte ihn die Dunkelheit.

Wenig später klingelte es an der Tür. Marwitz öffnete.

„Tag. Kann ich reinkommen?“

„Wenn Sie Michael Jackson sind.“

„Bin ich. Sie sind Marwitz, oder? Ich habe Sie in der Zeitung gesehen. ‚Bunter Nachmittag für Senioren war ein voller Erfolg‘ oder so ähnlich. Stimmt's?“

Nichts, worauf ich stolz bin!, dachte Marwitz. „Kommen Sie rein!“, forderte er barsch. Die Tür fiel zu. Marwitz musterte das Jackson-Double von oben bis unten. „Sie sehen Jacko überhaupt nicht ähnlich.“

„Mit Maske und Perücke schon. Sie werden mich nicht von ihm unterscheiden können.“

„Na ja …“

„Krieg ich 'nen Vorschuss?“

„Jetzt?“

„Ich will fünfhundert Eier, bar auf die Kralle, sonst trete ich nicht auf. Klar?“

„Nun mal langsam!“

„Scheiße, wenn ich gewusst hätte, dass Sie es doch nicht ernst meinen, wäre ich gar nicht erst hier rausgefahren.“

„Wo wohnen Sie denn?“

„Giesenkirchen. Ich habe da als Kellner im Los Morenos gearbeitet, aber die Gebrüder Moreno haben ihr Restaurant dichtgemacht, und nun stehe ich auf der Straße. Deshalb bin ich etwas knapp bei Kasse."

„Wann sind Sie das letzte Mal aufgetreten?", fragte Marwitz.

„Ist schon ein paar Jahre her. Nachdem dieser Kinderschänder-Prozess gegen Jacko angefangen hat, wollte plötzlich niemand mehr Jackson-Doubles. War 'ne ziemliche Scheiße für mich, ich hatte mir gerade erst neue Klamotten für Auftritte gekauft."

„Singen Sie mal 'nen Ton", sagte Marwitz. „Irgendwas. ‚Billy Jean' oder ‚Dirty Diana' – was Ihnen so einfällt."

„Oh, hatte ich das nicht gesagt? Ich singe nicht. Ich tanze nur und bewege den Mund."

Marwitz atmete tief durch. Er singt nicht, er sieht Jackson nicht ähnlich, aber er will fünfhundert Euro im Voraus! Na großartig!, durchfuhr es den Event-Manager, und dabei fühlte er, wie eine blutrote Welle in ihm aufstieg, die zur einen Hälfte aus Wut und zur anderen aus blanker Verzweiflung bestand.

„Aber ein paar Schritte Moonwalk werde ich doch jetzt wohl zu sehen bekommen." Marwitz hatte Mühe, das geschäftsmäßige Moderatoren-Lächeln, das bei ihm ansonsten von ganz allein und bei Bedarf auch zu jeder Tages- und Nachtzeit anzuspringen pflegte, nicht wie ein Zähnefletschen aussehen zu lassen.

„Null problemo!", sagte der falsche Jacko. Er ahmte ein paar Tanzschritte seines großen Meisters nach, und seine Füße glitten dabei einigermaßen gelenkig über den Boden.

„Immerhin – der Griff in den Schritt war stilecht", sagte Marwitz. „An dem Rest sollten Sie noch arbeiten."

„Ich hab die falschen Schuhe an. Aber wenn ich verkleidet bin, kommt das gut!"

„Das will ich hoffen, sonst bin ich der Erste, der anfängt, Sie mit faulen Eiern zu bewerfen."

„Was ist mit den Fünfhundert? Ich hab mehrere Angebote und muss Ihres nicht annehmen. Da laufen noch ein paar andere Partys, die ..."

„Ja, ja, schon gut."

Marwitz ging zum Schreibtisch, öffnete eine Schublade und holte eine kleine Geldkassette hervor. Sie war nicht abgeschlossen, den Schlüssel hatte er verbummelt. Größere Summen bewahrte er im Büro sowieso nicht auf, aber fünfhundert Euro bekam er zusammen.

In diesem Moment zerplatzte die Scheibe. Ein Geschoss schlug durchs Fenster und traf den Flachbildschirm des Computers. Wie die Scheibe wurde auch der einfach durchschlagen, dann riss etwas Marwitz die Geldkassette aus der Hand, die zur gegenüberliegenden Seite des Raums geschleudert wurde. Fünf- und Zehneuroscheine flogen durch die Luft und sanken nieder.

Marwitz hatte sich zu Boden geworfen. Draußen war ein lauter Knall zu hören, und auch die anderen Fenster von Marwitz' Büro zerbarsten. Der Event-Manager spürte selbst am Boden liegend noch die Hitzewelle der Explosion, die von draußen hereinfegte.

„Scheiße, mein Auto!", rief der falsche Jacko.

Währenddessen knatterten draußen mehrere Motorräder, deren Fahrer anschließend – so hörte es sich an – einen Blitzstart hinlegten und davonbrausten.

Verdammt!, dachte Marwitz. Hört das denn niemals auf?

1. Kapitel

Berringer, dein Freund und Helfer

Ein klickendes Geräusch.
Der Geruch von Benzin.
Dann – Feuer!
Gelbrot, heiß …
Wie die Hölle …
Aus der einzelnen Flamme eines Feuerzeugs ein Flammenmeer …
Darin: zwei Gesichter hinter den Scheiben einer Limousine.
Bettina …
Alexander …
Seine Frau und sein Kind, die Mienen im Schrecken erstarrt wie die Fratzen von Gargoyles.
Gefroren in der Zeit – und doch versengt im glutheißen Höllenfeuer.

Ich kann es verhindern!, dachte Berringer. Diesmal kann ich es vielleicht verhindern!

Der Gedanke hatte sich noch nicht einmal zur Gänze in seinem Kopf gebildet, als sein Körper längst handelte. Er wirbelte herum, fasste den hochgewachsenen Mann mit dem Dreitagebart am Handgelenk und an der Schulter und drückte ihn grob gegen die Wand.

Der Kerl schrie auf und ließ das Feuerzeug fallen, und Berringer löste seine Finger vom Handgelenk des Mannes und presste ihm den Unterarm gegen die Kehle.

„Hör auf, Berry!“, rief eine schrille Stimme, die ihn vage an etwas erinnerte. An jemanden. An ein anderes Leben, das nie hätte Wirklichkeit werden dürfen.

Jemand fasste ihn an den Schultern. Er wandte den Kopf,

blickte in ein Gesicht, das ihm bekannt vorkam. Ein Frauengesicht. Fein geschnitten, die Augen weit aufgerissen. Die Frisur hatte Stil, die Ohrringe nicht. Sie klimperten. Über dieses Klimpern hatte sich Berringer schon oft geärgert, aber jetzt rettete es ihn, denn es holte ihn augenblicklich zurück. Zurück ins Hier und Jetzt.

„Willst du unseren Klienten abmurksen, oder was soll der Mist?", fauchte die Frauenstimme. Sie klang schrill und hoch und war genau richtig, um durch den Panzer aus Watte zu dringen, der Berringer im Moment zu umgeben schien und alle seine Empfindungen und Sinneseindrücke extrem dämpfte.

Er spürte plötzlich wieder den Schweiß auf seiner Stirn. Sein Herz schlug wie ein Hammerwerk. Er hatte den Puls eines zum Tode Verurteilten, kurz bevor man ihn auf dem elektrischen Stuhl festschnallte.

„Vanessa …", murmelte er.

Seine Stimme klang heiser und entsetzlich schwach. Und dieselbe Schwäche machte sich plötzlich auch in seinen Armen und Beinen breit. Seine Knie begannen zu zittern.

„Na, endlich merkst du es, Berry. Jetzt lass den Kerl los. Zwing mich nicht dazu, dir eins überzubraten. Du kannst von Glück sagen, dass die ‚1000 ganz legalen Steuertricks' von Konz nicht an ihrem Platz im Regal stehen, warum auch immer."

Berringer atmete tief durch. Vanessa Karrenbrock, Mitte zwanzig, BWL-Langzeitstudentin ohne den Ehrgeiz, den man Studierenden dieses Fachs für gewöhnlich nachsagte, arbeitete stundenweise in Berringers Detektivbüro, und Berringer fragte sich manchmal, ob das Chaos in seinen Ermittlungen, für das ihr loses Mundwerk stets sorgte, durch die Ordnung aufgewogen wurde, die sie in seine Buchhaltung und Steuerunterlagen brachte.

Aber so sehr Berringer die Erkenntnis auch widerstrebte – in diesem kritischen Moment hatte sie auf ihre rustikal-schrille Art sogar etwas Ordnung in sein zertrümmertes Seelenleben gebracht. Zumindest für den Augenblick.

Berringer wandte den Blick dem völlig verängstigten Dreitagebartträger zu, dessen Nasenflügel vor Angst bebten. Berringer ließ ihn los, strich sein Jackett glatt und trat einen Schritt zurück.

Bei dem Dreitagebartmann übernahm Vanessa das Glattstreichen des Jacketts. „Er hat's nicht so gemeint", versicherte sie – Worte, die etwa die gleiche Überzeugungskraft hatten, als wenn ein Lude seinen Mastiff spazieren führte und jedem Passanten versicherte: „Der macht nix. Der will nur spielen."

Endlich kam der Mann, der vor diesem Ereignis zumindest potenziell als „Klient" der Detektei Berringer anzusehen gewesen war, zu Atem, während er sich mit einer unbewussten fahrigen Geste erst einmal selbst die Gelfrisur nachhaltig ruinierte, woraufhin ihm die Haare zu Berge standen. „Der Typ ist ja nicht ganz richtig im Kopf! Ich frage mich, wie so ein Psycho frei herumlaufen kann!"

„Sag, dass es dir leidtut, Berry", forderte Vanessa auf ihre unnachahmliche nachdrückliche Art und Weise. „Fix!"

Berringer schluckte. Allmählich begriff er, was er angerichtet hatte. Er bückte sich, um die Sonnenbrille aufzuheben, die bei dem Handgemenge zu Boden gefallen war. Ein Billigmodell, das teuer aussehen sollte, erkannte Berringer gleich. Er reichte sie dem Mann. „Es war wirklich nicht meine Absicht, Sie zu erschrecken. Sie müssen verstehen, ich …"

„Klar, jemand versucht, mich umzubringen, vor meinem Büro fliegt ein Wagen in die Luft, die Polizei hilft mir nicht, und der Typ, auf den ich meine letzte Hoffnung setze, nimmt mich in den Schwitzkasten und erwürgt mich fast. Aber ich kann das natürlich alles verstehen und sehe das ganz easy!"

Er schielte zu dem Feuerzeug, das noch am Boden lag.

Berringer hatte es eigentlich genau wie die Brille aufheben wollen, aber er konnte es einfach nicht. Er fühlte sich wie gelähmt.

Nein, du darfst nicht wieder abdriften!, versuchte er, sich selbst zurechtzuweisen und mental an die Kandare zu nehmen. Die Vergangenheit ist Vergangenheit. Deine Frau und dein Kind sind tot, und du lebst jetzt!, versuchte er, sich selbst auf dem Pfad der Realität zu halten – einem sehr schmalen Pfad. Nimm das Feuerzeug! Überwinde dich! Setz dich dem Trigger aus und erfahre, dass er dich nicht mehr beherrscht!

Aber es ging nicht. Wie zur Salzsäule erstarrt stand Berringer da.

Der Kerl mit der selbst ruinierten Gelfrisur wagte es ebenfalls nicht, sich zu rühren, geschweige denn, das Feuerzeug selbst aufzuheben, denn dazu hätte er dem in seinen Augen völlig unberechenbaren Berringer zu nahe kommen müssen.

Vanessa erfasste die Situation. Seufzend schob sie Berringer noch ein Stück weiter zurück, sodass sich der Abstand zwischen den beiden Männern noch vergrößerte, und bückte sich nach dem Feuerzeug.

Anschließend versuchte sie, ihr Lächeln charmant aussehen zu lassen, als sie das Feuerzeug seinem Eigentümer zurückgab.

„Danke", murmelte der Mann. „Ich mach mich dann besser vom Acker. Irgendwie bin ich hier anscheinend fehl am Platz."

„Bleiben Sie", sagte Berringer. „Wenn nur die Hälfte von dem stimmt, was Sie mir gerade so beiläufig entgegengeschleudert haben, dann sind Sie hier sogar genau richtig."

„Ach ja?"

„Es gibt nur wenige, die Ihnen helfen können. Viele werden das von sich behaupten, aber das sind Kaufhausdetektive und Leute, die nur Ihr Geld wollen, denen Ihre Sicherheit aber vollkommen gleich ist."

„Ich hatte gerade nicht den Eindruck, dass sie Ihnen was bedeutet."

„Fangen wir von vorn an. Ich heiße Berringer, und das ist meine Hilfskraft Vanessa Karrenbrock, die Ihnen die Rechnung schreiben wird, wenn wir für Sie tätig werden. Ich bin ehemaliger Polizeihauptkommissar und kenne mich aus. Außerdem habe ich noch einen guten Draht zu den Kollegen und komme so an Informationen heran, die nicht so einfach zugänglich sind."

„Das war's also. Ein Zweimannbetrieb. Ich habe gehört, dass amerikanische Detekteien oft mehr als ein Dutzend Mitarbeiter haben, und selbst hier in Deutschland ..."

„Wir haben noch einen dritten Mann", warf Vanessa ein – wobei sie ihrer Formulierung nach dann ebenfalls ein Mann sein musste, aber die Herausstellung ihrer weiblichen Identität schien ihr wohl im Moment von zweitrangiger Bedeutung. „Herr Mark Lange ist ein hoch qualifizierter Mitarbeiter aus der Sicherheitsbranche, den wir glücklicherweise abwerben konnten. Tja, Sie sehen, gute Leute sind überall rar. Das ist bei Ihnen wahrscheinlich genauso. Ich ... äh, ich meine ... das schätze ich mal, obwohl ich noch nicht weiß, wer Sie sind und was Sie so machen."

„Frank Marwitz, Event-Agentur EVENT HORIZON", stellte er sich vor, und die Geschäftsmäßigkeit, mit der er dies tat, verriet, dass er diesen Halbsatz wahrscheinlich jeden Tag fünfzig Mal am Telefon aufsagte.

„Setzen wir uns", schlug Berringer vor. „Kaffee ist leider alle, aber mich würde Ihr Problem interessieren."

Marwitz schien noch nicht so recht entschieden zu haben, ob er dem Braten nun trauen sollte oder ob nicht doch sein ursprünglicher Entschluss, die Detektei fluchtartig wieder zu verlassen, die bessere Idee war.

Berringer ging zum Tisch und setzte sich auf einen der einfachen Stühle. Abgesehen von einer Computeranlage und allem Telekommunikationszubehör, was man in einer Detektei so brauchte, war die Einrichtung eher spärlich. Es gab in diesem etwas heruntergekommen wirkenden Büro im Düsseldorfer Stadtteil Bilk nur das Allernötigste – dafür aber einen großartigen Ausblick auf die uralte, langsam verblassende Blümchentapete, deren unmerkliche Verwandlung vom schrillen Hippie-Design zum zarten Aquarell wohl Jahrzehnte in Anspruch genommen hatte.

Das Telefon klingelte.

Berringer ging ran. Es war Mark Lange, der von Vanessa so hoch gepriesene, hoch qualifizierte dritte Mann der Detektei. In

Wahrheit war er ein arbeitslos gewordener Angestellter des Sicherheitsunternehmens Delos, das vor ein paar Jahren in die Insolvenz gegangen war, weil einige leitende Mitarbeiter die Kundengelder von Banken und Versicherungen, die sie eigentlich von A nach B transportieren und dabei bewachen sollten, in die eigene Tasche gesteckt hatten. Das Ganze hatte nach dem berühmten Schneeballprinzip funktioniert, und folgerichtig war diese Blase irgendwann geplatzt. Die Verantwortlichen saßen nun im Knast und die Mitarbeiter auf der Straße, wobei dieses Schicksal alle gleichmäßig unbarmherzig getroffen hatte, die Ehrlichen wie die Halunken.

Mark war im Grunde ein armer Hund und keineswegs ein hochkarätiger Sicherheitsfachmann. Er hatte vor seinem Engagement bei Delos nur eine kurze Umschulung hinter sich gebracht, die aus ihm einen Wachmann hatte machen sollen. Berringer wusste aus seiner Zeit bei der Düsseldorfer Polizei, wie erbärmlich der Ausbildungsstand dieser Sicherheitsfirmen häufig war. Das qualitativ Hochwertigste an diesen Security Guards, die auch zur Bewachung von Werksanlagen oder als Sicherheitsdienst in Bürohäusern eingesetzt wurden, war oft schon die respekteinflößende Fantasie-Uniform, mit deren martialischer Pseudoautorität sich die Obdachlosen aus den noblen Passagen herausmobben ließen.

„Brauchst du mich heute?", fragte Mark. „Ich hab da einen lukrativen Schwarzarbeit-Job. Möbelschleppen bei einem Firmenumzug. Da könnt ich mir 'n paar Euro dazuverdienen, damit endlich mal mein Konto wieder im Plus ist."

„In Ordnung", sagte Berringer.

„Aber wenn bei dir irgendwas anliegt, dann hat das natürlich Vorrang."

„Ich hab hier gerade einen Klienten. Du beurteilst die Lage am besten vor Ort und entscheidest dann nach Lage der Dinge", sagte Berringer in einem Tonfall, der an Ernsthaftigkeit und Bedeutungsschwere kaum zu überbieten war.

„Irgendwie redest du heute komisch", fand Mark.

„Ist schon in Ordnung."

„Na ja, wie auch immer. Danke, dass du mir keine Knüppel zwischen die Beine wirfst und mich Geld verdienen lässt. Mein Kühlschrank und mein Bankkonto werden es dir danken."

„Wiedersehen und alles Gute", sagte Berringer und beendete das Gespräch. Dann fuhr er – an Vanessa gewandt, in Wahrheit aber mehr an Marwitz gerichtet – fort: „Auf Mark werden wir im Moment verzichten müssen. Die Observation zieht sich noch etwas hin. Aber er ist zuversichtlich, dass wir die Angelegenheit heute noch zum Abschluss bringen können."

„Wunderbar!", sagte Vanessa etwas zu übertrieben, als dass es wirklich überzeugend gewesen wäre. Doch Marwitz war dennoch beeindruckt. Vielleicht war auch seine Furcht vor dem, weswegen er die Detektei aufgesucht hatte, größer als die Angst davor, von Berringer noch einmal in den Würgegriff genommen zu werden.

Zögernd setzte auch er sich. „Ihr Laden scheint gut zu laufen. Offenbar behandeln Sie nicht alle Ihre Klienten so grob wie mich."

„Ich kann mich gern noch dreimal entschuldigen, wenn Sie wollen", erwiderte Berringer knurrig. Die Situation hatte ihn mindestens genauso mitgenommen wie das „Opfer" seiner Attacke. „Aber es wird Ihnen wahrscheinlich kaum ein Trost sein, wenn ich Ihnen den Grund dafür erkläre, weshalb ich mich Ihnen gegenüber – wie soll ich sagen? – etwas *merkwürdig* benommen habe."

„Das ist reichlich untertrieben", erwiderte Marwitz. „Ich betrete Ihr Büro und denk mir nichts Böses, da fällt der Herr des Hauses mich an, als ob ich ein Einbrecher oder was weiß ich wäre! Ich habe Ihnen weder etwas getan noch Sie provoziert oder beleidigt. Ja, genau genommen hatte ich ja noch nicht einmal die Möglichkeit, überhaupt ein Wort zu sagen, da haben Sie mich schon angegriffen!" Er betastete seinen Hals, insbesondere die

Gegend um den Adamsapfel. „Glauben Sie mir, wenn ich nicht so verzweifelt wäre, ich wäre schon weg. Davon abgesehen …" Er räusperte sich. „Ein Bekannter hat Sie mir empfohlen, den Sie offenbar nicht so traktiert haben."

„Darf ich fragen, wer dieser Bekannte ist?"

„Frank Meier. Besser bekannt als Paul Pauke."

Berringer nickte. „Ja, da klingelt's bei mir."

Frank Meier trat unter dem Namen Paul Pauke als Partysänger in den Clubs von Mallorca auf und hatte unter den Nachstellungen einer Stalkerin gelitten, bis Berringer dem ein Ende gesetzt hatte.

Marwitz wurde etwas lockerer. „Ich war es ja, der Paul Pauke dazu überredet hat, auch in Deutschland aufzutreten. Schließlich gibt es genügend Leute, die ihre Urlaubserinnerungen von der Sonneninsel in der Heimat gern wieder auffrischen lassen, und wo immer wir zusammen aufgetreten sind, sind wir auch hervorragend angekommen. Und … nun, wenn Sie nicht gewesen wären, würde diese Spinnerin Paul noch immer belästigen. Aber Sie haben genug Beweise sammeln können, um sie schließlich juristisch an den Eiern zu kriegen und …" Marwitz stockte. Offenbar war ihm die Absurdität seines Sprachbilds selbst aufgefallen. „Also, Sie wissen schon, was ich meine."

„Klar", sagte Berringer.

„Wussten Sie, dass Paul Pauke wegen dieser Verrückten schon fast so weit war, die Auftritte in Deutschland abzublasen?"

Berringer nickte. „Ja, das hat er mir gesagt, und ich habe ihm damals erklärt, dass ihm das sehr wahrscheinlich nichts nützen würde, weil dieser Täter-Typ notfalls auch den letzten Cent dafür ausgibt, dem Opfer zu folgen. Oder in diesem Fall Dauerurlaub auf Mallorca zu machen."

„Nun, jedenfalls hat mir Paul Pauke so ziemlich alles erzählt, was Sie für ihn getan haben, und ich bin natürlich froh, dass er weitermacht und ich ihn weiterhin als Party-Act in hiesigen Discos einsetzen kann. Na ja, daher wusste ich auch, dass Sie bei der

Polizei waren und auf Ihrem Gebiet wirklich gut sind. Mein Problem ist ja so ähnlich wie das von Pauke. Nur, dass diese Stalkerin nicht versucht hat, ihn umzubringen."

Während Marwitz redete, hatte er wieder sein Feuerzeug hervorgezogen und spielte damit herum. Wie ein Taschenspieler ließ er es durch die Finger wandern, bis es ihm zu Boden fiel. Dabei bewegte sich der Mund des Event-Managers unablässig, er machte nicht einmal eine Komma-Pause, auch nicht, als er sich nach vorn beugte, um das Feuerzeug wieder vom Boden aufzunehmen, woraufhin er anfing, damit herumzuklicken.

Berringer spürte, wie sich wieder Schweiß auf seiner Stirn bildete. „Hören Sie auf damit!", unterbrach er Marwitz so barsch, dass sich dagegen jeder Unteroffizier morgens auf dem Kasernenhof wie ein säuselnder Sozialpädagoge ausnahm.

„Wie …?", fragte Marwitz.

„Tun Sie besser, was er sagt", bat Vanessa und verdrehte genervt die Augen.

Marwitz blickte auf sein Feuerzeug, runzelte die Stirn und steckte es ein. „Seitdem man versucht, mich umzubringen, rauche ich wieder, obwohl ich es seit meinem Engagement beim Shopping-Sender drangegeben hatte, weil es die Haut ruiniert. Aber dass Sie so ein militanter Nichtraucher sind, Herr Berringer …"

„Der Reihe nach", unterbrach ihn Berringer. „Wenn Sie schon wissen, dass ich bei der Polizei war, dann sollten Sie auch wissen, warum ich den Dienst dort geschmissen hab. Vor ein paar Jahren ermittelte ich gegen das organisierte Verbrechen, und diese Schweinehunde haben sich an meiner Familie vergriffen. Meine Frau und mein Kind wurden in unserem Wagen in die Luft gesprengt. Ich habe mit angesehen, wie sie darin verbrannten. Ob die Gangster dachten, dass ich auch drinsitze, weiß ich nicht. Jedenfalls …"

Als er stockte, führte Vanesse den Satz für ihn zu Ende: „… leidet er seitdem unter einer posttraumatischen Belastungsstörung."

„Ich habe davon gehört", erklärte Marwitz, und er sagte es in einem fast mitleidigen Tonfall. Genau deswegen erzählte Berringer normalerweise niemandem etwas davon. Aber in diesem Fall ließ es sich nicht vermeiden. Schließlich hatte Marwitz ein Recht darauf, zu erfahren, weshalb Berringer anscheinend grundlos auf ihn losgegangen war.

„Ich konnte nicht länger bei der Polizei bleiben. Es ging einfach nicht", sagte Berringer, „und deswegen habe ich damals den Dienst quittiert."

„Ich verstehe. Wie bei den Afghanistan-Soldaten, die erlebt haben, wie ihre Kameraden in die Luft gesprengt wurden."

„So ähnlich", bestätigte Berringer. „Als Sie plötzlich mit dem Feuerzeug herumspielten, hat es in mir ausgesetzt. Normalerweise habe ich das im Griff. Diesmal war's leider nicht so. Ich kann nur nochmals versichern, wie leid mir das tut – aber ich kann Ihnen nicht garantieren, dass es nicht wieder geschieht, wenn Sie hier unbedingt den Feuerteufel spielen wollen. Wenn Sie jetzt denken, dass ich vielleicht doch nicht der Richtige wäre, um Ihr Problem zu lösen, dann hätte ich Verständnis dafür, und Sie sollten sich jemand anderen suchen."

Marwitz zuckte mit den Schultern. „Wenn Sie sagen, Sie haben das im Griff ..." Er warf einen Blick auf das Feuerzeug in seiner Hand und ließ es dann schnell in seiner Hosentasche verschwinden. „Paul Pauke haben Sie ja auch helfen können."

„Gut, dann wird Ihnen Vanessa mal unsere aktuelle Preisliste raussuchen, damit Sie wissen, was finanziell auf Sie zukommt, wenn ich für Sie tätig werde."

„Geld ist kein Problem", behauptete Marwitz.

Vanessa hatte inzwischen ein Exemplar der Preisliste aus einer Schublade hervorgeholt und gab sie Marwitz, dessen Augenbrauen sich zunächst etwas zusammenzogen, dann aber nickte er. „Okay."

„Nun erzählen Sie mal, worum es geht", forderte Berringer.

Marwitz atmete tief durch und bewegte nun nervös den großen Zeh, der sich durch das weiche Leder seines spitz zulaufenden Schuhs drückte. Auch der Schuh bewegte sich ein wenig, und das erzeugte ein nerviges leises Geräusch.

Der Mann ist vollkommen fertig, dachte Berringer, der allmählich wieder eine Antenne für seine Umgebung bekam. Eigentlich waren die genaue Beobachtungsgabe und die instinktsichere Interpretation von Kleinigkeiten in Mimik, Gestik, Körpersprache und Tonfall zwei seiner Stärken. Er konnte Personen sehr schnell und sehr sicher einschätzen, und gerade seit er als privater Ermittler tätig war und ihm der erkennungsdienstliche Apparat der Düsseldorfer Polizei nicht mehr zur Verfügung stand (auf jeden Fall nicht mehr in gleicher Weise wie früher), war er auf diese Fähigkeit mehr denn je angewiesen.

Allerdings gab es gewisse Momente, in denen sie vollkommen aussetzte. Und einer dieser Momente war gewesen, als er Marwitz angegriffen hatte. Dann war er ein Gefangener der Vergangenheit und seine Gedanken nur auf diesen einen Augenblick konzentriert, in dem sich für ihn alles verändert hatte. Nichts war so geblieben, wie es war. Es gab ein Leben davor und eines danach, und beide hatten nicht allzu viel miteinander zu tun.

Konzentrier dich auf das Hier und Jetzt!, ermahnte er sich. Laut der Anzeige an deinem Rechner ist es 12:29 Uhr. Du sitzt in deinem Büro im Stadtteil Bilk einem Klienten gegenüber, der sich trotz der abschreckenden Geschichten, die du über dich selbst kundgetan hast, noch von dir helfen lassen will, was wohl nur bedeuten kann, dass ihm niemand anderes helfen kann oder will.

Die Vergegenwärtigung der Realität anhand von fassbaren Details war eine Strategie, die von Psychologen empfohlen wurde, um ein Trauma unter Kontrolle zu halten. Es sollte verhindern, dass ein Geruch, ein Geräusch, ein Lichtreflex oder irgendetwas anderes sonst als Trigger wirkte und man wieder anfallartig in den Moment versetzt wurde, in dem das traumatisierende Ereignis stattgefunden hatte. Ganz verhindern ließ es sich nicht. Der Körper hatte sein eigenes Gedächtnis, so hatte man es

Berringer erklärt. Ein Gedächtnis, das sich vom Gehirn wenig vorschreiben ließ und in der Lage war, sich an eine Raumtemperatur bis auf ein Zehntelgrad genau zu erinnern – um damit einen Anfall auszulösen.

„Also“, begann Marwitz, „gestern Abend war ich in meinem Büro und habe auf so einen Blödmann gewartet, der heute bei der großen Ü-30-Party in der Kaiser-Friedrich-Halle von Mönchengladbach als Michael-Jackson-Double einspringen soll.“

„Wieso Blödmann?“, fragte Berringer.

„Der Typ kann nichts und wollte gleich Geld im Voraus. Aber ich hab keine Wahl, als ihn zu nehmen, weil mich sein Vorgänger ziemlich kurzfristig sitzen gelassen hat. Seit der King of Pop tot ist, können sich seine Lookalikes und Imitatoren vor Auftrittsangeboten kaum retten, und das macht die Sache für jemanden wie mich leider nicht leichter. Aber egal. Es war schon Mitternacht, und der Typ kam und kam nicht. Dann taucht er schließlich doch noch auf, und es stellt sich heraus, dass er nicht singen kann, Michael Jackson so ähnlich sieht wie eine Salatgurke einer Karotte und auch den Moonwalk kaum hinkriegt. Na ja“, Marwitz verzog das Gesicht zu einem säuerlichen Grinsen, „er kann ja vielleicht mit Mundschutz auftreten, dann fällt die nicht vorhandene Ähnlichkeit nicht so auf, und wenn er beim Playback die Lippen nicht synchron bewegt, kriegt das auch keiner mit. Und jetzt, da alle Welt um Jacko trauert, erhält er dafür wahrscheinlich trotzdem Applaus. Mit hoher Stimme ‚I love you‘ ins Mikro hauchen wird ja wohl nicht so schwer sein …“

„Was passierte an dem Abend?“, versuchte Berringer, das Gespräch wieder auf den Kern der Sache zu bringen. Er konnte sich inzwischen lebhaft vorstellen, wie Marwitz als Plaudertasche vom Dienst nacheinander einen Kindergeburtstag, einen Seniorennachmittag, eine Karnevalssitzung und eine Ü-30-Party über die Bühne brachte und vielleicht noch zwischendurch eine Amateur-Modenschau für ein Kaufhaus moderierte.

„Ich wollte dem Jacko-Double gerade fünfhundert Euro geben, hab meine Geldkassette aus der Schublade geholt, da gibt es plötzlich einen Knall. Eins der Bürofenster zerspringt, und ein Stahlbolzen zischt an mir vorbei und haut mit einer Wucht in die Wand rein – ich sag Ihnen, so was haben auch Sie noch nicht erlebt. Tja, und im nächsten Moment fliegt der Wagen des Jackson-Doubles in die Luft, und man hört laut und deutlich, wie ein paar Motorräder davonbrausen."

Als er erwähnte, dass das Auto des Lookalikes explodiert war, zuckte Berringer merklich zusammen. *Das Feuer ... Die verzerrten Gesichter seiner Frau und seines Sohnes in den Flammen ...* Berringer riss sich am Riemen und fragte: „Und dann?"

„Na, was und dann? Das war's im Wesentlichen. Ich hab die Feuerwehr und die Polizei gerufen und kann jetzt nur beten, dass der falsche Jackson heute Abend auch auftaucht. Ich hätte mir ja schon längst selbst den Moonwalk beigebracht, wenn ich nicht seit meinem Skiunfall im letzten Jahr Probleme mit dem Knie hätte. Die fünfhundert Euro hat er jedenfalls mitgenommen, aber nachdem sein Wagen ausgebrannt ist, hat er ja vielleicht einen so großen Bedarf an Geld, dass er heute Abend wirklich auftritt."

„Name und Adresse des Jacko-Doubles", forderte Berringer.

„Arno Schwekendiek. Adresse, Telefonnummer und so weiter hab ich hier aufgeschrieben." Er kramte einen Zettel aus der Jacketttasche hervor und schob ihn Berringer über den Tisch. „Aber ehrlich gesagt weiß ich nicht, was Sie von dem Kerl wollen."

„Er ist ein wichtiger Zeuge, und da sein Auto bei diesem Anschlag in die Luft gesprengt wurde, könnte es sein, dass er das eigentliche Ziel der Attacke war und nicht Sie."

„Nein, das glaub ich nicht", widersprach Marwitz. „Sehen Sie, seit Wochen werde ich immer wieder von einer Rockergang bedroht. Die haben Veranstaltungen gesprengt, bei denen ich moderiert hab. Das Fest der Landjugend in Knickelsdorf zum Beispiel. Da haben die mit ihren Maschinen einen Riesentumult veranstaltet."

„Und da Sie vergangene Nacht Motorräder gehört haben, glauben Sie, dass diese Bande dahintersteckt?"

„Genau! MEAN DEVVILS nennen die sich. DEVVILS mit Doppel-V. Die sind in der ganzen Gegend berüchtigt."

„Hat sich die Polizei die Typen nicht vorgenommen nach der Sache in Knickelsdorf?", fragte Berringer.

„Nun, da laufen ein paar Verfahren, aber die Typen waren maskiert, und es ist wohl nicht so leicht, da Einzelnen was nachzuweisen. Und ich fürchte, das wird jetzt wieder so sein."

„Und weshalb meinen Sie, haben es die Burschen auf Sie abgesehen?"

Marwitz zuckte mit den Schultern. „Ich habe bisher immer gedacht, dass mir da jemand von der Konkurrenz richtig schaden will. Mich aus dem Job drängen oder so. Verstehen Sie? Wenn sich herumspricht, dass es bei Veranstaltungen, bei denen ich auftrete, stets zu Krawallen kommt, engagiert mich niemand mehr."

„Ich nehme an, die Polizei war am Tatort und hat sich alles angesehen", vermutete Berringer.

„In Knickelsdorf?"

„Nein, bei dem Anschlag letzte Nacht."

„Ja, sicher. Aber einen richtig kompetenten Eindruck haben die mir nicht gemacht. Ich habe denen gesagt: Was soll denn noch passieren, damit Sie endlich ein paar von der Bande festnehmen? Aber dieser rothaarige Typ meinte nur, dass ich ganz beruhigt sein könnte, sie würden ihre Arbeit schon machen. Na großartig! Ich darf gar nicht an heute Abend denken ..."

„Wieso?"

„Na, die Ü-30-Party in der Kaiser-Friedrich-Halle. Können Sie da nicht mit Ihren Leuten hinkommen?"

„Und Sie beschützen?"

„Vielleicht fällt Ihnen ja was auf. Wenn da heute Abend was passiert, dann ..."

„Was dann?"

Marwitz sah Berringer an und schluckte. „Dann bin ich draußen, verstehen Sie?“ Die Augen des Event-Managers flackerten unruhig. „Jetzt steht das Schützenfest in Korschenbroich an und dann das große internationale Feldhockey-Turnier, wo ich den Stadionsprecher machen werde und natürlich durch das Vorprogramm moderiere. Das ist ein Riesending! Ich weiß nicht, ob Sie's wissen, aber der Hockeypark in Mönchengladbach ist das größte Feldhockey-Stadion Europas und ...“

„Ich verfolge eigentlich mehr das Schicksal der Borussia“, unterbrach Berringer, um Marwitz' Abschweifungen zu stoppen.

„Was ich sagen wollte, ist: Es gab da im Vorfeld einen sehr starken Konkurrenzkampf“, erklärte Marwitz, „und ich habe bei beiden Veranstaltungen die Sache für mich entschieden. Ich habe einfach überzeugt. Gutes Konzept, gute Probemoderation, ein rundes Paket eben. Aber es gab da noch jemand anderen, und den hat das sehr gewurmt: Eckart Krassow, meinen lokalen Konkurrenten. Wir machen so ziemlich das Gleiche, nur ist er in jeder Hinsicht etwas schlechter als ich. Schlechter bei der Moderation und schlechter im Preis ...“

Berringer runzelte die Stirn. „Und Sie glauben, dass dieser Krassow etwas mit dem Anschlag auf Sie zu tun hat? Ist der etwa nach Feierabend Rocker und fährt mit den MEAN DEVVILS auf 'ner Harley durch die Gladbacher City?“

„Nein, natürlich nicht. Aber erstens könnte es doch sein, dass die MEAN DEVVILS von Krassow bezahlt werden, um mich aus dem Markt zu drängen ...“

„Das glauben Sie wirklich?“

„... und zweitens ist Krassow Armbrustschütze in einem Verein.“

„Ich glaube, das müssen Sie mir erklären.“

„Na, der Stahlbolzen, der mich fast umgenietet hätte! Das war ein Armbrustbolzen! Das hat die Polizei herausgefunden. Wussten Sie, dass diese Dinger, wenn sie aus einer heutigen Hightech-Armbrust abgeschossen werden, sogar Panzerplatten durchschlagen können? Die Durchschlagskraft ist höher als bei den meisten Schusswaffen, und – jetzt kommt's! – sie zählen zwar als Schusswaffen, aber sie unterliegen nicht den dafür eigentlich infrage kommenden Gesetzen. Niemand braucht sich irgendwo anzumelden oder muss einen Waffenschein beantragen, wenn er so ein Ding erwirbt. Und wenn man wirklich auf Nummer sicher gehen will, geht man in die Schweiz, da zählen Armbrüste noch nicht mal als Waffe, und es gibt überhaupt keine Beschränkungen beim Erwerb, beim Verkauf, beim Besitz und so weiter."

Klar, ist ja auch das Land von Wilhelm Tell, dachte Berringer, enthielt sich aber eines Kommentars auf Marwitz' gesammeltes Google-Wissen, das dieser sich offenbar auf die Schnelle angeeignet hatte, um sich schlauzumachen.

„Na, dann geben Sie mir sicherheitshalber auch die Adresse Ihres Konkurrenten", sagte Berringer stattdessen. Er drehte den Zettel um, auf dem schon die Daten des Jacko-Doubels standen, und holte einen Kugelschreiber aus der Jackettinnentasche.

„Eckart Krassow hat sein Büro in der Landgrafenstraße. Nummer habe ich vergessen. Aber er hat 'ne Homepage, da steht alles drauf. Übrigens, soweit ich gehört habe, wäre es nicht das erste Mal, dass die MEAN DEVVILS solche Aufträge ausführen. Allerdings haben sie das bisher eher für das Rotlichtmilieu, Drogenhändler oder Inkasso-Büros getan. Nur will Ihr ehemaliger Kollege meinen diesbezüglichen Hinweisen nicht nachgehen. Den hat das gar nicht interessiert, diesen Ignoranten. Stattdessen wollte er dafür sorgen, dass bei mir jetzt häufiger Streifenwagen vorbeifahren, aber das glaube ich ihm nicht. Wäre ohnehin auch Blödsinn, weil ich ja ständig auf Achse bin. Ja, aber so ist das: Da wird man mit dem Tod bedroht und bekommt noch nicht mal anständigen Personenschutz! Das sind eben Beamte. Die haben ja ihre Sicherheit von der Wiege bis zur Bahre, und was für Sorgen ein Selbstständiger wie ich so hat, das können die sich nicht mal ansatzweise vorstellen. Ich sage Ihnen, schon unser Steuersystem und die Pensionen …"

Nein, bitte nicht!, dachte Berringer. Nicht diese Leier!

„Sie sagten, mein Exkollege war rothaarig. Hieß der zufällig Anderson?"

„Ja, so hieß er."

„Sie haben Glück."

„Als ich mit diesem Kerl zu tun hatte, hatte ich den Eindruck nicht gerade. Das ist ja einer der Gründe, warum ich zu Ihnen gekommen bin."

„Kriminalhauptkommissar Thomas Anderson, früher Kripo Düsseldorf, jetzt Kripo Mönchengladbach", murmelte Berringer. „Ich kenne ihn gut. Wir waren zusammen in der Ausbildung, und Sie sollten wirklich nicht zu schlecht über ihn denken."

„Wieso?"

„Als ich Paul Paukes Stalkerin überführt hab, brauchte ich ein paar Informationen, an die ich ohne Anderson nicht herangekommen wäre."

„Na ja ...", gab sich Marwitz nun etwas kleinlaut. „Ich will ja nichts gesagt haben. Und ganz bestimmt will ich Ihren ehemaligen Kollegen nicht schlechter reden, als er ist ..."

Berringer lächelte kühl. „Darauf wäre ich jetzt nicht gekommen, Herr Marwitz."

„Aber Sie müssen auch mich verstehen. Ich bin mit den Nerven ziemlich am Ende. Tja, und heute Abend muss ich natürlich wieder megagut drauf sein, wenn die ergrauten Achtzigerjahre-Teenies abfeiern wollen und so tun, als wäre die Zeit an ihnen vorbeigegangen und nur sie selbst jung und geil geblieben."

Da passt du doch ganz gut dazwischen!, dachte Berringer.

„Klingt nach einem wirklich harten Job", sagte er laut und mit einigermaßen überzeugend geheucheltem Mitleid.

„Kann ich heute Abend mit Ihnen und Ihrer Truppe rechnen?", vergewisserte sich Marwitz.

„Ja, Sie können sich auf uns verlassen", versprach Berringer. „Hundertprozentig."

„Ich rede mit dem Veranstalter, damit man Sie hereinlässt."

Wäre ja noch schöner, wenn ich für diesen Mist noch bezahlen müsste!, dachte Berringer. Alle Formen des organisierten Frohsinns waren ihm verhasst, und das hatte ausnahmsweise nichts mit seinem Trauma zu tun, sondern lag in seiner tiefsten Natur begründet. Das hatte er feststellen müssen, als es ihn vor Jahren aus dem heimatlichen, komplett frohsinnsfreien, von muffigen Sturköpfen dominierten Münsterland in das karnevalsverrückte Düsseldorf verschlagen hatte.

Marwitz wandte sich an Vanessa. „Ich werde sogar versuchen, Sonderkarten für Sie aufzutreiben. Für den Backstagebereich und so." Er schenkte Vanessa ein öliges Lächeln, und zu Berringers Entsetzen schien Marwitz damit bei ihr sogar zu punkten.

Bevor die Situation noch peinlicher werden konnte, meldete sich Marwitz' Handy, indem es in reichlich scheppernden Akkorden den Triumphmarsch aus Aida schmetterte.

Viel Schein, wenig Sein, dachte Berringer. Aber unglücklicherweise schien sich genau diese besondere Angeber-Spezies bestens zu vermehren.

„Marwitz, Agentur EVENT HORIZON – Motto: Wir machen alles möglich, aber Wunder dauern fünf Minuten länger. Was kann ich für Sie tun?"

Berringer überlegte, wie oft Marwitz diesen Spruch wohl schon heruntergerattert hatte, um ihn in dieser exorbitanten Geschwindigkeit fehlerfrei und immer noch deutlich akzentuiert über die Lippen zu bringen. Da zeigt sich der wahre Profi, dachte Berringer.

Marwitz schien das größte Schnellsprechtalent seit Dieter Thomas Heck zu sein, doch der Fluch der späten Geburt hatte dafür gesorgt, dass seine Zeit schon vorbei gewesen war, bevor er seine Karriere hatte starten können. Der Mantel der Geschichte hatte diesen Moderatorentyp gestreift und war an ihm vorbeigegangen, und nun mussten Männer wie Frank Marwitz auf Ü-30-Partys grölende Massen unterhalten anstatt eine Samstagabendshow im ZDF zu moderieren.

Marwitz sagte ein paarmal knapp, zackig und ganz gegen seine ansonsten ausschweifende Diktion „Ja!“ und beendete dann das Gespräch. Dann stand er auf und sah gewichtig auf seine Armbanduhr, die zwar aussah wie eine Rolex, aber nur ein preiswertes Imitat war, wie Berringer auf den ersten Blick erkannte. In der Zeit, als er noch mit einer Polizeimarke gegen das organisierte Verbrechen gekämpft hatte, hatte er unzählige solcher Fälschungen sichergestellt. Sie wurden von kriminellen Banden über die EU-Grenzen geschleust und dann für einen Bruchteil des Preises angeboten, den ein Originalprodukt kostete.

„Ich muss leider weg. Ich habe wider Erwarten jemanden gefunden, der mir eine PA-Anlage liefern kann.“

„Wie …?“, fragte Berringer.

„PA – Public Adress. Eine Anlage zur Beschallung einer öffentlichen Veranstaltung – also mit genügend Leistung.“

Marwitz hatte Berringer gründlich missverstanden. Berringer wusste durchaus, was eine PA-Anlage war. Er wunderte sich nur, dass sie Marwitz plötzlich wichtiger war als seine Sicherheit. Jedenfalls schien er auf einmal keinerlei Furcht mehr davor zu haben, dass man noch einen weiteren Anschlag auf ihn verüben könnte.

„Wir sehen uns also heute Abend in der Kaiser-Friedrich-Halle“, sagte Marwitz und eilte schon Richtung Tür.

„Wann fängt die Party denn an?“, fragte Berringer schnell.

„Um acht. Aber ich bin schon um sieben da, und es wäre schön …“

Den Rest bekam Berringer nicht mehr mit.

„Seltsamer Typ“, sagte Berringer, als der Event-Manager weg war.

„Ich fand ihn nett“, meinte Vanessa.

„Na ja …“ Berringer bemühte sich, nicht mit den Augen zu rollen.

Als Nächstes versuchte er, Mark Lange anzurufen, um ihm zu sagen, dass er ihn am Abend unbedingt brauche. Aber Mark war nicht erreichbar. „Hat bestimmt das Handy abgestellt, damit ich ihn nicht belästige“, brummte Berringer.

„Schreib ihm doch 'ne SMS“, schlug Vanessa vor.

Berringer seufzte. „Bleibt mir wohl nichts anderes übrig“, knurrte er. Er hoffte nur, dass sich Mark die Nachricht auch rechtzeitig ansah. „Mit dir rechne ich natürlich auch ganz fest“, fügte er an Vanessa gerichtet hinzu.

„Kein Problem.“

Na, da hat der Charme des Möchtegern-Medienstars aber volle Wirkung gezeigt!, ging es Berringer durch den Kopf, denn ansonsten brachte Vanessa ganz obligatorisch ein paar Widerworte vor, wenn er eine Aufgabe für sie hatte.

Die nächste Nummer, die Berringer wählte, gehörte Kriminalhauptkommissar Thomas Anderson. Sie war im Adressbuch der Telefonanlage gespeichert.

„Kann ich gleich mal vorbeikommen?“, fragte der Detektiv. „Wie, was heißt hier: Es ist im Moment gerade schlecht? Die Sache ist sehr wichtig, und eine Hand wäscht die andere, das weißt du doch.“

Berringer lauschte der Antwort, sagte dann „Ja, ja – schon gut“ und legte auf.

„Na, meiden dich jetzt schon alte Freunde, Berry?“, fragte Vanessa spitz.

„Nein, das nicht. Allerdings muss ich in einer halben Stunde in Gladbach sein. Thomas muss in die Drachenhöhle.“

Vanessa runzelte die Stirn. „Ist dein Kommissar-Kumpel nicht ein bisschen zu alt für Fantasy-Rollenspiele?“

„Drachenhöhle wird im Gladbacher Polizeipräsidium das Büro der Staatsanwaltschaft genannt, insbesondere das von Frau Dr. Müller-Steffenhagen. Und bei der soll der arme Thomas in 'ner Stunde antanzen.“

„Klingt ja richtig gruselig“, neckte Vanessa.

„Ja, da bin ich richtig froh, mit dem ganzen Laden nichts mehr zu tun zu haben“, seufzte Berringer.

2. Kapitel

In den Straßen von Mönchengladbach

Die Treppe zu seinem Büro im vierten Stock mehrmals täglich hoch- und dann wieder auf Erdgeschossniveau hinabzusteigen, war gegenwärtig der einzige Sport, den Berringer betrieb – vom Denksport mal abgesehen, den sein Job manchmal mit sich brachte.

Angeblich war Bilk der Stadtteil mit den meisten Frauen und der höchsten Geburtenrate in ganz Düsseldorf; nirgends in der Landeshauptstadt gab es mehr Kinder. In den vielen Kneipen wurde aber trotzdem Alt und nicht Malzbier ausgeschenkt. Eingefleischte Lokalpatrioten behaupteten sogar, dass man in Bilk und Unterbilk viel besser shoppen könnte als auf der Kö.

Berringer allerdings nahm eher an, dass Leute, die so etwas von sich gaben, einfach nur schon zu lange nicht mehr aus Bilk herausgekommen waren, vielleicht weil sie den ganzen Tag über einen Kinderwagen vor sich herschoben. So toll dieser Stadtteil mit seinen schmucken Altbauten, den kleinen Straßen und den vielen Bäumen auch war, in Bilk zu wohnen hätte sich Berringer nicht vorstellen können. Sein privates Domizil lag im Düsseldorfer Hafen, fünfzehn Gehminuten entfernt, und war ein Hausboot, für das er noch immer keinen richtigen Namen gefunden hatte. So hieß der umgebaute Frachter einfach DIE NAMENLOSE.

Auch bis zu seinem Wagen musste Berringer an diesem Tag fast eine Viertelstunde gehen, nur in die andere Richtung. Parkplätze waren in Bilk so knapp wie überall in der Landeshauptstadt. Die legalen Parkplätze waren sogar noch knapper und die, für man nichts bezahlen musste, eigentlich immer besetzt.

Aber für Berringer hatte das sein Gutes. Manchmal wachte er morgens auf, und es schien keinen Grund zu geben, das Bett zu verlassen. Doch bevor man sich der Depression ergab, riss einen der Gedanke aus den Federn, dass man vielleicht keinen Parkplatz mehr bekam, wenn man sich nicht sputete, und in Berringers Job konnte es mitunter ziemlich wichtig sein, den Wagen in unmittelbarer Nähe des Büros zu haben.

So angenehm ein Spaziergang durch das malerische Bilk bei gutem Wetter auch sein mochte, manchmal musste es eben einfach sehr schnell gehen. Und dies war so ein Moment.

Berringer ging mit großen Schritten durch die Straßen und zog das Longjackett aus, weil er ins Schwitzen geriet. Schließlich fand er die Stelle wieder, wo er den Wagen, einen Opel, geparkt hatte. Er war neu, denn der fahrbare Untersatz, den er bis vor zwei Monaten noch benutzt hatte, hatte den Geist aufgegeben.

Berringer stieg ein.

MEAN DEVVILS mit Doppel-V ... Er versuchte, sich daran zu erinnern, ob er schon irgendwann mal etwas von dieser Rockergruppe gehört hatte. Etwas, das ihn weiterbringen konnte. Aber ihm fiel nichts ein. Außer ein paar Zeitungsartikeln, an die er sich vage erinnerte und in denen es um die übliche Randale gegangen war: Schlägereien, einen Türsteherkrieg, Drogen ... Aber das hatte alles in Mönchengladbach stattgefunden, also schon fast im Ausland.

Bestimmt konnte ihm Thomas Anderson weiterhelfen.

Berringer warf das Jackett auf den Beifahrersitz. Von Düsseldorf-Bilk bis Gladbach war es eine knappe halbe Stunde. Berringer stellte fest, dass er sein Navi vergessen hatte, fand das aber nicht weiter schlimm. Erstens war es noch nicht lange her, dass er zuletzt dem Polizeipräsidium von Mönchengladbach einen Besuch abgestattet hatte, und zweitens hatte Berringer als Expolizist einen exzellenten und gut trainierten Orientierungssinn, und so traute er sich zu, die Theodor-Heuss-Straße in Mönchengladbach im Schlaf zu finden. Das Polizeipräsidium war ein so großer Gebäudekomplex, dass man ihn kaum übersehen konnte.

Während er damals Paul Pauke vor den Nachstellungen dieser verrückten Stalkerin beschützt hatte, war er mehrmals die Woche in Thomas Andersons Büro gewesen. So oft, dass er dem Herrn Kriminalhauptkommissar damit wohl schon ziemlich auf die Nerven gegangen war, Freundschaft hin oder her.

Und jetzt bin ich leider gezwungen, Thomas schon wieder auf den Wecker zu fallen, dachte Berringer. Kein Wunder, dass Anderson alles andere als erfreut geklungen hatte, als er Berringers Stimme am Telefon vernommen hatte.

Er fuhr auf die Kopernikusstraße und gelangte schließlich zum Düsseldorfer Südring, wo sich der Verkehr bereits auf verdächtige Weise verlangsamte. Stau? Baustelle? Berringer rechnete jeden Moment damit, dass bei den Fahrzeugen vor ihm die Warnblinkanlagen angingen.

Der Aggregatzustand des Verkehrs veränderte sich von fließend in zähflüssig. Berringer trommelte mit den Fingern nervös auf dem Lenkrad herum. Wenn das so weiterging, würde Anderson bereits in der staatsanwaltschaftlichen Drachenhöhle hocken, wenn er die Theodor-Heuss-Straße in Mönchengladbach erreichte. Anders als in Märchen und Fantasy-Romanen bestimmten dort allerdings die Drachen die Regeln, nicht die aufrechten Recken, die für Recht und Gerechtigkeit eintraten. Berringer erinnerte sich noch gut daran. Von diesen Büros war mitunter ein enormer Ermittlungsdruck ausgegangen, was bisweilen dafür gesorgt hatte, dass letztendlich niemand mit dem Ergebnis der jeweiligen Untersuchung hatte zufrieden sein können. Insbesondere geschah das immer dann, wenn ein Fall Aufsehen in der Öffentlichkeit erregte. Dann schrien Medien und Politik jedes Mal auf, wenn nicht umgehend Erfolge präsentiert wurden, und dadurch reagierten alle Beteiligten wie ein aufgescheuchter Hühnerhaufen und taten in erste Linie das, was öffentlichkeitswirksam nach entschlossenem Handeln aussah, aber nicht das, was wirklich zur Lösung des Falls beitrug. So mancher Massen-Gentest gehörte in diese Rubrik und war in Wahrheit eher ein Akt der Verzweiflung als Teil überlegter Ermittlungstaktik.

Manchmal brauchte man eben Geduld, um zu Ergebnissen zu kommen. Jeder Jäger, der tagelang auf dem Hochsitz zubrachte, wusste das, aber diese Tugend vertrug sich irgendwie nicht mit der Kurzatmigkeit der Medien.

Wie geduldig man mitunter sein musste, hatte Berringer am eigenen Leib erfahren, und das auf sehr schmerzhafte Weise. Der Tod seiner Familie war auch nach Jahren noch immer nicht vollständig aufgeklärt, und es war fraglich, ob das überhaupt jemals geschehen würde. Zwar saß ein Mann wegen dieses Verbrechens im Gefängnis, aber der Killer war bestenfalls ein Werkzeug gewesen, und man hätte ihn genauso gut zusammen mit anderen Tatwaffen in der Asservatenkammer aufbewahren können, hätte das nicht gegen die Menschenwürde verstoßen. Wer diesen Mann beauftragt und damals aus dem Hintergrund die Fäden gezogen hatte, war bislang unbekannt.

Es gab nur einen *nom de guerre*, einen Kampfnamen.

Die Eminenz!

Anscheinend spielte diese *Eminenz* eine gewichtige Rolle in der organisierten Kriminalität des Niederrheins, und so hatte Berringer damals gegen dieses Phantom ermittelt. Vielleicht war er dem unbekannten Paten dabei näher gekommen, als er geahnt hatte. So nahe, dass man ihn als Gefahr eingestuft hatte – als jemanden, der kaltgestellt werden musste.

Und obwohl die Autobombe aufgrund nie wirklich geklärter Umstände nicht ihn, sondern seine Familie getötet hatte, hatte die andere Seite damit ihr Ziel erreicht.

Vorerst zumindest.

Denn auch wenn sich Berringer in dieser Sache zunächst geschlagen geben musste, so war er doch entschlossen, irgendwann Licht ins Dunkel zu bringen. Irgendwann, das hatte er sich fest vorgenommen, würde er alle Teile des Puzzles zusammengefügt haben. Irgendwann würde vielleicht auch der eingebuchtete Killer sein Schweigen brechen.

Irgendwann …

Sie sollten aufhören, in der Vergangenheit zu leben!

Er hatte den markigen Satz eines dieser Psychologen noch im Ohr, bei denen er in Behandlung gewesen war. Berringer mochte dem noch nicht einmal widersprechen. Manchmal wiederholte er diesen Satz sogar leise, sprach ihn vor sich hin wie ein Mantra, wenn er innerlich abzudriften drohte und Gefahr lief, den Anforderungen im Hier und Jetzt nicht mehr gerecht zu werden. Sein Verstand sagte ihm, dass der Doc recht hatte, aber da war etwas anderes, viel Stärkeres in ihm, das seine Gedanken trotzdem immer wieder rückwärtsrichtete.

Er konnte nichts dagegen tun. Und oft wollte er es auch gar nicht.

Der Verkehr quälte sich langsam an einem Lastwagen vorbei, dem wohl ein Reifen geplatzt war. Jedenfalls hing der Geruch von angeschmortem Gummi in der Luft und gelangte über die Belüftung des Opels auch in Berringers Nase.

Der Lastwagen war offenbar die Ursache für den zäh fließenden Verkehr gewesen, denn danach ging es schneller voran. Auf dem Südring nahm Berringer die Ausfahrt zur A57 und trat dann das Gaspedal voll durch, in der Hoffnung, dass er nicht von den Exkollegen der Autobahnpolizei gestoppt wurde.

Er nahm die Route über die A52 Richtung Mönchengladbach. Drei Baustellen ließen ihn beinahe jeden Zukunftsglauben begraben, noch pünktlich beim Polizeipräsidium anzukommen.

Durch die veränderte Verkehrsführung im Baustellenbereich verpasste Berringer dann beinahe noch die Abfahrt Nord. Vielleicht war auch der Umstand schuld, dass er sich nicht richtig auf die Fahrt konzentrierte. Ein Detail aus Frank Marwitz' Bericht schwirrte ihm immer wieder im Kopf herum.

MEAN DEVVILS – mit Doppel-V …

Berringer war sich plötzlich sicher, schon einmal in einem anderen Zusammenhang das Wort DEVVIL mit Doppel-V gesehen zu haben. Es lag schon länger zurück, in jenem so fern erscheinenden Abschnitt seines Lebens, in dem noch alles in Ordnung gewesen war.

Vor seinem inneren Auge tauchte ein grobschlächtiges Gesicht auf, das ihm jedoch nur nebulös in Erinnerung geblieben war, obwohl er eigentlich darauf trainiert war, sich Gesichter zu merken. Aber offenbar war dieses nicht wichtig genug gewesen, und so hatten es diese Züge nicht in den permanent abrufbaren Bereich des Langzeitgedächtnisses geschafft.

Dafür war da dieses Detail, das sich dort aus irgendeinem Grund festgesetzt hatte und nun wieder aus der Versenkung auftauchte, in der es einige Jahre lang geschlummert hatte.

DEVVILISH – mit zwei V! Ein Tattoo, das am Halsansatz aus dem Muskelshirt eines Türstehers geschaut hatte. Die einzelnen Buchstaben waren in altdeutscher Frakturschrift gewesen.

Und auf einmal fiel Berringer auch wieder ein, bei welcher Gelegenheit er das Tattoo gesehen hatte.

Es war bei einer Razzia gewesen, an der er vor Jahren teilgenommen hatte. Der Türsteher mit dem Tattoo am Halsansatz hatte ein ziemlich verdutztes Gesicht gemacht, als ihm die Dienstmarke der Kripo unter die Nase gehalten wurde. Wahrscheinlich waren seine Personalien von Kollegen aufgenommen worden; an den Namen des Burschen erinnerte sich Berringer jedenfalls nicht mehr. Aber an den Namen der Diskothek. Und daran, dass die Razzia ein Reinfall gewesen war.

BLUE LIGHT …

Ein Glitzerschuppen, der über ein paar Strohmänner unter der Kontrolle des organisierten Verbrechens gestanden und der Geldwäsche sowie als Drogenumschlagsplatz gedient hatte. Berringer und seine Kollegen hatten gehofft, eine Spur zu finden, die sie der *Eminenz* ein Stück näher hätte bringen können. Die Düsseldorfer Kripo hatte Insidertipps erhalten, aber die andere Seite hatte von der geplanten Razzia Wind bekommen. Jedenfalls war am entsprechenden Abend noch nicht einmal ein Joint gefunden worden.

DEVVILISH … MEAN DEVVILS …

Das doppelte V bei beiden Wörtern stellte nun wirklich keine besonders augenfällige Verbindung zwischen beiden Sachverhalten dar.

Dennoch …

Glaubst du an Zufälle?, fragte sich Berringer.

Er wusste, dass er dieser Spur folgen würde. Geduldig und ohne eine Ahnung zu haben, wohin sie ihn führen würde.

Gut möglich, dass er damit wieder mal nur nach einem Strohhalm griff, um den Mord an seiner Familie aufklären zu können …

Mit Mühe und Not und einem Tritt in die Eisen, der einen dicht auffahrenden Mercedes-Fahrer zu der allgemein unter der Bezeichnung „Einen Vogel zeigen“ bekannten Geste verleitete, zog Berringer den Opel auf die Abfahrt nach Mönchengladbach-Nord. Er sah auf die Uhr. Er brauchte schon eine grüne Welle, um es noch mit einer einigermaßen vertretbaren Verspätung zum Präsidium zu schaffen.

Am Ende der Ausfahrt hielt er sich rechts und folgte den Schildern, die nach Mönchengladbach wiesen. Wo auch immer das sein mag, dachte Berringer leicht amüsiert. Im Grunde war Mönchengladbach eine Gruppe von Kleinstädten und Dörfern, um welche die allmächtigen Herren der Gebietsreform irgendwann einmal einen Kreis gezogen hatten, um dann zu verkünden: Es werde eine Stadt! Und es ward eine Stadt. Mit einem Lokalpatriotismus, der zumindest so lange gehalten hatte, wie die Borussia den Bayern die Meisterschaft hatte wegschnappen können. Aber das war in den seligen Siebzigern gewesen, und die waren lange vorbei.

Berringer folgte der Kaldenkirchener Straße und wurde von ein paar Motorrädern überholt, die ohne Rücksicht auf Verluste ihre Überholmanöver durchführten und die anderen Verkehrsteilnehmer offenbar als Slalomstangen in einem Biker-Rallye-

Park ansahen. In solchen Augenblicken hätte Berringer am liebsten die rote Kelle rausgehalten oder die Leuchtanzeige mit der Aufschrift BITTE FOLGEN! eingeschaltet, um wenigstens ein paar dieser Verrückten die Leviten zu lesen.

Nein, du bist kein Polizist mehr!, musste er sich dann jedes Mal eindringlich selbst erinnern. Seine Befugnisse waren nicht größer als die jedes anderen Bürgers. Er konnte Nummernschilder aufschreiben und Anzeige erstatten, mehr nicht.

Nun ja, der Nutzen all der Appelle an die Vernunft war bei solchen Typen ohnehin kaum messbar.

Dieses Mal achtete Berringer besonders auf die Embleme und Schriftzüge auf den Jacken und den Maschinen der Biker. Einer von den Kerlen fuhr sogar provozierend lange neben ihm her und zeigte ihm den Stinkefinger, anstatt seinen Überholvorgang zügig abzuschließen.

An diesem Tag wurde das bisschen, das von Berringers psychischer Stabilität geblieben war, auf eine harte Probe gestellt.

Bei keinem der Rocker war ein DEVVIL mit zwei V auszumachen, auch nicht in irgendwelchen Abwandlungen oder Kombinationen. Stattdessen registrierte er jede Menge Totenköpfe und ein paarmal die Aufschrift EAGLES OF TERROR. War wohl die Konkurrenz der MEAN DEVVILS.

Die Motoren heulten auf, und auch der Stinkefinger-Zeiger brauste davon, mit einer Geschwindigkeit, dass es den überwiegend altersschwachen Fahrzeugen der Einsatzwagenflotte des Landes NRW wohl schwergefallen wäre, die Verfolgung aufzunehmen. Der Spuk war so schnell vorbei, wie er begonnen hatte.

Komische Schreckensvögel, dachte Berringer.

Noch bevor er den Bismarckplatz erreichte, meldete sich sein Handy. Er nahm das Gespräch über die Freisprechanlage entgegen.

„Herbolzheimer, Hafenverwaltung", stellte sich eine schleppend sprechende Frauenstimme vor. „Spreche ich mit Herrn Robert Berringer?"

„Ja."

„Sie sind der Eigner eines Boots, das die Bezeichnung NAMENLOSE trägt?"

„Richtig."

„Im Bereich des Liegeplatzes, den Sie zurzeit haben, müssen Ausbesserungsarbeiten an der Kaimauer durchgeführt werden. Dazu ist es nötig, dass Ihr Boot an einen anderen Liegeplatz verlegt wird."

Der Gedanke, dass er die NAMENLOSE an einem anderen Platz festmachen sollte, gefiel Berringer nicht. Er konnte nicht genau sagen, weshalb eigentlich. War es nicht völlig normal, dass Boote ab und zu mal ihren Liegeplatz änderten?

Aber in diesem Fall war das etwas anderes. Seitdem Berringer die NAMENLOSE besaß und als seinen Wohnsitz nutzte, hatte sie ihren Liegeplatz nicht mehr gewechselt.

„Ich habe nirgends Schäden an der Kaimauer bemerkt", sagte der Detektiv.

„Wir führen die Arbeiten ja auch durch, *bevor* sichtbare Schäden auftreten", erläuterte ihm die Stimme am anderen Ende der Verbindung. „Im Übrigen sind Sie bereits schriftlich auf die anstehenden Maßnahmen hingewiesen worden."

Berringer konnte sich nicht erinnern, einen entsprechenden Bescheid erhalten zu haben. „Tut mir leid, Ihre Post hat mich nicht erreicht."

„Wie dem auch sei, Sie müssen bis morgen mit der ... äh, mit der NAMENLOSEN den jetzigen Liegeplatz verlassen haben."

„Ich habe die Gebühren im Voraus bezahlt!", empörte sich Berringer.

„Dafür ist Ihnen ja auch für die Zeit der Baumaßnahmen ein Ersatzliegeplatz zugewiesen worden. Nummer ... Einen Moment!"

„Mailen Sie mir die Nummer zu", bat Berringer. „Dann weiß ich zumindest, wo es hingeht." Er gab seine E-Mail-Adresse durch.

„Ich rufe Sie eigentlich nur an, weil ich mich vergewissern wollte, dass Sie Ihren Liegeplatz tatsächlich frei gemacht haben, damit die Arbeiten wie geplant beginnen können."

„Ja", knurrte Berringer wenig begeistert.

„Vorsorglich weise ich Sie darauf hin, dass man Sie in Regress nehmen kann, falls durch …"

„Ist schon klar", schnitt Berringer ihr das Wort ab.

Nachdem er das Gespräch beendet hatte, rief er in der Detektei an. Vanessa war am Apparat.

„Ruf Werner van Leye an. Seine Nummer steht in unserem Adressverzeichnis. Sag ihm, meine NAMENLOSE muss bis morgen auf einen anderen Liegeplatz verlegt werden, dessen Nummer gleich per E-Mail durchgegeben wird."

Werner van Leye war ein ehemaliger Binnenschiffer, der sich zu seiner Frührente hier und da etwas schwarz dazuverdiente. Er war es gewesen, der die NAMENLOSE überhaupt an ihren Liegeplatz manövriert hatte. Schließlich hatte Berringer zwar manche Qualifikation, aber eine Fahrberechtigung für Binnenschiffe gehörte nicht dazu. Noch schwerer wog, dass er sich zu einem solchen Manöver gar nicht in der Lage sah. Bevor er also selbst sein Kapitänsglück versuchte, war es besser, dass sich jemand darum kümmerte, der die nötige Erfahrung hatte. Schließlich wollte Berringer nicht, dass am Ende nicht nur Ausbesserungsarbeiten an der Kaimauer, sondern auch noch an seinem Boot durchgeführt werden mussten.

„Ich kann dir jetzt keine Einzelheiten erklären", sagte Berringer zu Vanessa. Aber wie sich herausstellte, war das auch gar nicht nötig.

„Ach, du meinst wegen der Ausbesserungsarbeiten des Hafenamts", hörte er ihre helle Stimme ganz beiläufig daherflöten.

Für einen Moment glaubte er, sich verhört zu haben, und war sprachlos. Dann brach es aus ihm hervor: „Du weißt davon?"

„Ich habe dir den Brief mehrfach vor die Nase gehalten, aber du hast die Sache wohl irgendwie nicht zur Kenntnis genommen.

Na ja, das ist ein Weilchen her. Ich dachte, du hättest das längst geregelt."

„Tja, das habe ich dann offensichtlich nicht", murmelte Berringer.

„Ich kümmere mich darum."

„Danke."

Vanessa beendete das Gespräch.

Berringer nahm mechanisch die Südeinfahrt des Mönchengladbacher Polizeipräsidiums an der Ecke Theodor-Heuss-Straße/Webschulstraße. So kam man auf dem schnellsten Weg zum Besucherparkplatz, und außerdem war das Gebäude nicht weit, in dem sich das Kommissariat 11 befand, dem Kriminalhauptkommissar Thomas Anderson angehörte.

Berringer ließ sich vom Pförtner durchwinken, der ihn kannte und wusste, dass sich Berringer zurechtfand. Nach links ging es auf den Besucherparkplatz, der an eine Grünfläche mit Teich angrenzte. Die Gebäude waren von A bis P durchnummeriert, woran man allein schon ermessen konnte, welche Ausmaße die Anlage hatte.

Berringer konnte sich immer nur wundern, dass diese Ansammlung von beschaulichen Dörfern, die sich Mönchengladbach nannte und, seit die Borussia nicht mehr am Bökelberg spielte, ihr „Zentrum der Herzen" verloren hatte, ein so großes Polizeipräsidium brauchte. Lokalpatrioten aus Rheydt, die sich noch lange gegen die Eingemeindung im Jahre 1975 gewehrt hatten, sahen darin wahrscheinlich noch immer eine geballte Demonstration der kommunalen Zentralmacht.

Aber vielleicht war der Grund für die bauliche Zurschaustellung polizeilicher Stärke auch der, dass die Gegend gar nicht so besinnlich war, wie sie Berringer bei der ersten Durchfahrt erschien. Die Nähe zur holländischen Grenze brachte es natürlich mit sich, dass die Drogenfahnder immer gut zu tun hatten. Trotz europäischer Union und Schengener Abkommen, trotz des gemeinsamen Wirtschaftsraumes, gemeinsamer Verteidigung und des Euros als gemeinsame Währung – die unterschiedliche gesetzliche Behandlung sogenannter weicher Drogen in den Niederlanden und dem Rest der Welt sorgte dafür, dass diese Grenze auf absehbare Zeit mehr bleiben würde als nur eine Verwaltungsgrenze.

Berringer eilte im Laufschritt zum Gebäude, das sich entlang der Theodor-Heuss-Straße wie ein lang gezogener Schlauch erstreckte. Unglücklicherweise war das Kriminalkommissariat im Westteil untergebracht, was bedeutete, dass Berringer einen längeren Weg hatte.

Er stürmte durch den Eingang, nachdem man ihm dort geöffnet hatte. Jetzt nur nicht ungeduldig oder gar aggressiv-erregt wirken, dachte Berringer. Sonst bestand die Gefahr, dass man ihn nicht weiter vorließ.

„Zu wem wollen Sie denn?“, fragte eine Frau in einem Glaskasten.

„Kriminalhauptkommissar Thomas Anderson. Wir haben einen Termin.“

„Davon ist mir nichts bekannt.“

„Rufen Sie doch bitte kurz durch.“

„Ja, aber …“

„Bitte, es ist dringend.“

Der größte Fehler, den Berringer in so einer Situation machen konnte, war, zu erwähnen, dass er Privatdetektiv war. Irgendwie wurde er dann immer als unlautere Konkurrenz angesehen, als etwas, das es eigentlich gar nicht geben durfte. Schließlich war die Bekämpfung des Verbrechens eine staatliche Aufgabe, da hatte sich die Privatwirtschaft rauszuhalten. So oder so ähnlich lautete die in Hallen wie dieser weitverbreitete Ansicht. Kaufhausdetektive, Nachtwächter und Personenschützer – das war noch statthaft. Aber um den Rest – wenn’s denn nicht gerade um Ehebruch ging – kümmerte sich bitte schön die Staatsmacht selbst.

Früher hatte Berringer diese schlechte Meinung über Privatdetektive und alles, was sich sonst noch im sogenannten Security-Business tummelte, durchaus geteilt. Die Tatsache, dass man keine Ausbildung, sondern nur einen Gewerbeschein brauchte, um sich „privater Ermittler“ nennen zu dürfen, trug sicher nicht zum guten Ruf der Branche bei.

Abgesehen davon war jeder Private, der in der Sicherheitsbranche tätig war, eine stille Anklage gegen die Unzulänglichkeit von Justiz und Polizei.

„Herr Anderson erwartet Sie“, sagte die Frau im Glaskasten schließlich, nachdem sie aufgelegt hatte.

„Danke“, knurrte Berringer, was eigentlich mehr wie „Na endlich“ klang.

„Sie sollen sich beeilen!“

„Witzbold!“

„Was meinten Sie?“

„Nichts.“

Berringer nahm immer drei Stufen auf einmal. Auf diese Weise war er schneller, als wenn er auf den Lift gewartet hätte.

Augenblicke später stand er vor Andersons Büro und klopfte.

„Herein!“

Berringer trat ein.

Thomas Anderson stand hinter seinem Schreibtisch. Er trug sein Jackett, den mittleren Knopf zugeknöpft, den Schlips hochgezogen und eine Mappe unter dem Arm. Das alles zusammengenommen konnte eigentlich nur bedeuten, dass er bereits auf dem Sprung war. Fertig zum Kampf in der Drachenhöhle.

Er sah auf die Uhr. Eine Geste, die man nur auf eine Weise verstehen konnte: als Vorwurf.

„Berry, du bist spät.“

„Tut mir leid.“

„Ich hatte dir doch gesagt, was gleich für mich ansteht.“

„Und ich sagte, dass es mir leidtut. Der verdammte Verkehr, du weißt schon. Sieht aus, als soll buchstäblich jeder Autobahnkilometer in und um Mönchengladbach verbreitert, ausgebessert oder aus anderen Gründen neu geteert werden.“

„Vorwiegend sind das wohl andere Gründe", sagte Anderson. „Das Konjunkturprogramm der Bundesregierung zeigt Wirkung. Die Gelder müssen von den Kommunen noch rechtzeitig ausgegeben werden, und da wird jetzt asphaltiert, was das Zeug hält. Für unsere Kollegen von der Verkehrspolizei ist das natürlich mit erheblicher Mehrarbeit verbunden. Die Unfallzahlen sind gerade in den Baustellenbereichen alarmierend gestiegen."

„Kann ich mir denken."

„Aber nun zur Sache, Berry. Meine Zeit ist knapp, und ich hoffe, du kommst mir mit etwas wirklich Wichtigem."

„Frank Marwitz war bei mir."

„Dieser Wichtigtuer vom Dienst? Die Rampensau von Mönchengladbach? Keine Party ohne die dummen Sprüche von Frank Marwitz. Na ja, ich kann mir schon denken, was er wollte."

„So?"

Anderson legte die Mappe auf den Tisch. Eins zu null für mich, dachte Berringer, denn das bedeutete, dass sich Anderson ein wenig Zeit nehmen würde. Und das Dunkelrot, das sein Gesicht plötzlich angenommen hatte, deutete auf einen Zustand hin, den man neudeutsch als „emotionale Betroffenheit" bezeichnete. Kein Zweifel, der Fall Marwitz hatte Anderson ziemlich auf die Palme gebracht, und Berringer wollte unbedingt wissen, warum.

„Der Kerl weiß alles besser", erklärte Anderson dann auch gleich ungefragt, „gibt uns aber keine vernünftigen Hinweise und denkt, die ganze Welt drehe sich nur um ihn. Und zu allem Überfluss erzählt er uns dann auch noch, wie wir unseren Job zu machen hätten. Da kann einem wirklich der Kragen platzen."

„Verstehe", murmelte Berringer.

„Nein, das verstehst du nicht, Berry. Du bist schon zu lange draußen, um dich daran noch richtig erinnern zu können."

„Jedenfalls hat Herr Marwitz mich beauftragt, ihm zu helfen."

Anderson winkte ab. „Nichts für ungut, aber ich denke, er schmeißt sein Geld zum Fenster raus."

„Na ja, da es nicht unser Geld ist, sollte uns beide das nicht weiter interessieren."

Anderson zuckte mit den Schultern. „Komm du mir nicht auch noch auf die Tour. Mein Bedarf an dummen Sprüchen ist auf Jahre hinaus gedeckt, seit ich diesen eingebildeten Blödmann kennengelernt habe."

„Aber wir sind uns doch einig darüber, dass auch einen Blödmann niemand mit einem Armbrustbolzen abschießen darf, oder?"

Anderson atmete tief durch. Er strich sich übers Gesicht, das die dunkelrote Färbung einfach nicht verlieren wollte. Sie passte auch zu gut zu den zahllosen Sommersprossen und zu Andersons schütterem, rötlichem Haar. Seit Neuestem trug er auch ein kleines Ziegenbärtchen, das ihm Berringers Meinung nach allerdings nicht stand.

Auf Berringers letzte Bemerkung ging Anderson nicht weiter ein. Stattdessen sagte er in gedämpftem, fast vertraulichem Tonfall: „Hör zu, dieser Anschlag auf Frank Marwitz gehört zu einer Serie vergleichbarer Taten. Immer wurden Hightech-Armbrüste eingesetzt. Nie starb jemand, es gab immer nur Sachschaden. Hast du nichts darüber gelesen? Der irre Armbrustschütze – wurde er durch die alten Edgar-Wallace-Filme inspiriert?"

„Ich bin sehr beschäftigt. Diese Meldungen müssen an mir vorbeigegangen sein." Die Welt war schlecht, das wusste Berringer auch ohne die Lektüre bunter Sensationsblätter oder entsprechende Sendungen im Privatfernsehen, die das Publikum offenbar davon überzeugen wollten, dass Perverse und Kriminelle längst die Weltherrschaft errungen hatten.

„Na ja, du bist ja sozusagen auch raus aus dem Geschäft", räumte Anderson ein. „Es hat sich manches geändert, seit wir zusammen in Düsseldorf unterwegs waren."

O nein, jetzt kein Gequatsche über die Vergangenheit!, ging es Berringer durch den Kopf. Die sentimentalen Kollektiverinnerungen an irgendeine vermeintlich gute alte Zeit fielen Berringer schwer, seit seine Familie in einem Feuerball ums Leben gekommen war. Es schien so, als wäre sein gesamtes Leben vor diesem Augenblick mitverbrannt. Er mied deswegen Klassentreffen oder Einladungen alter Freunde. Manche nahmen ihm das übel – vor allem dann, wenn er diese Kontakte trotzdem beruflich zu nutzen versuchte.

„Marwitz hat den Verdacht geäußert, dass eine Rockergang hinter dem Anschlag steckt, die es wohl schon länger auf ihn abgesehen hat", sagte Berringer. „MEAN DEVVILS mit Doppel-V in der Mitte. Die haben wohl schon mehrere Veranstaltungen gesprengt, die von Marwitz moderiert wurden."

Anderson nickte. „Und angeblich soll sein Konkurrent, ein gewisser Eckart Krassow, die Brüder dazu angestiftet haben. Hat er dir also auch diesen Mist erzählt."

„Wieso ist das Mist?"

„Na ja, das ist vielleicht etwas hart gesagt. Aber dieser Marwitz nervt mich einfach. Tut so, als würden wir unseren Job nicht machen."

„Er hat einfach Angst. Und ehrlich gesagt, kann ich das auch verstehen. Wenn dir so ein Bolzen um die Ohren fliegt, würde dich das wahrscheinlich auch nicht kaltlassen."

Anderson fixierte ihn auf einmal aus blitzenden Augen. „Glaubst du, wir machen unsere Hausaufgaben nicht?"

Berringer wollte keinen Streit, deshalb gab er erst gar keine Antwort, sondern sagte: „Du hast eine Serie vergleichbarer Taten erwähnt ..."

„Mit Marwitz ein rundes Dutzend Fälle", bestätigte Anderson. „Wir vermuten Mutproben unter Rockern. Wer aufgenommen werden will, muss vorher etwas möglichst Verrücktes, Gefährliches, Aufsehenerregendes tun. Etwas, das ihn an die Gruppe bindet. Warum also nicht mit einer Armbrust auf jemanden schießen? Aber eben nur knapp daneben. Man zeigt, wozu man in der Lage ist, aber zieht es nicht bis zur letzten tödlichen Konsequenz durch. Dennoch verbreitet das Angst und Schrecken. Und diese Brüder freuen sich dann, wenn sie groß in der Zeitung stehen."

Anderson deutete auf ein Boulevardblättchen, das gefaltet auf seinem Schreibtisch lag. „Mönchengladbach: der Wilde Westen Deutschlands – Armbrust-Cowboys schlagen wieder zu!" stand da über einem schwarz umrandeten Artikel, der aus zwei sehr kurzen Spalten und einem Foto samt dazugehöriger Bildunterschrift bestand. Das Bild zeigte einen Mann in Lederkleidung, der einen Stinkefinger in die Kamera hielt (was Berringer an den Rocker erinnerte, der ihm selbigen auf der Herfahrt gezeigt hatte). Das Gesicht war unkenntlich gemacht, was dem Ganzen wohl einen pseudodokumentarischen Charakter geben sollte. Berringer glaubte eher, dass das Foto gestellt war. Vielleicht sogar eine Montage. Im Hintergrund war jedenfalls das malerisch-biedere Panorama der Innenstadt zu sehen.

„Dann ist ein Zusammenhang mit diesen MEAN DEVVILS doch gar nicht weit hergeholt", äußerte er.

„Natürlich nicht", schnaubte Anderson verärgert. „Sie sind sogar unsere Hauptverdächtigen bei den Armbrustattentaten. Denn wir wissen, dass einige ihrer Mitglieder in der Vergangenheit Armbrüste besessen haben. Nur glaube ich nicht, dass dieser Krassow etwas damit zu tun hat."

„Wieso nicht? Ist er nicht Armbrustschütze im Verein?"

„Das ist er. Wir haben seine Waffen sichergestellt und die verwendeten Projektile verglichen. Der offizielle Bericht vom BKA ist noch nicht da, dennoch hat Krassow nichts mit den Anschlägen zu tun."

„Was macht euch so sicher?"

„Wir haben natürlich Krassows Alibi überprüft. Er war zu der Zeit, als der Anschlag auf diesen Schwätzer verübt wurde, in Köln. Da gibt es so einen TV-Sender, bei dem man anrufen kann, um sich die Karten legen und die Sterne deuten zu lassen. Hast du bestimmt schon mal gesehen."

„Nö", sagte Berringer.

„Egal. Jedenfalls ruft da ein überwiegend weibliches, esoterisch angehauchtes Publikum an und will wissen, ob sie sich scheiden lassen oder den Job aufgeben sollen und so weiter."

„So was macht dieser Krassow?", wunderte sich Berringer.

Anderson zuckte mit den Schultern. „Offenbar erhofft er sich davon die große TV-Karriere."

Immerhin das hatten Marwitz und Krassow wohl gemeinsam, ging es Berringer durch den Kopf, auch wenn sie als Wettbewerber auf einem eng umkämpften Markt wie Feuer und Wasser waren: Beide Männer trieb der Gedanke, zu etwas Besonderem geboren zu sein, beide hielten sich für Publikumsmagneten. Die Hoffnung stirbt eben zuletzt, dachte Berringer.

„Jedenfalls hat der Sender bestätigt, dass Krassow während der fraglichen Zeit im Sender war", fuhr Anderson fort. „Seine Armbrüste haben wir trotzdem erst mal konfisziert. Die dazugehörigen Bolzen natürlich auch." Anderson schüttelte den Kopf. „Das ganze Zeug ist noch im Labor."

„Armbrüste?", wiederholte Berringer. „Er hat gleich mehrere?"

„Er scheint diesem Sport sehr zugetan."

„Und wieso schließt ihr gleich aus, dass er die MEAN DEVVILS beauftragt hat?"

„Weil es keine Anhaltspunkte dafür gibt. Es ist auch nicht richtig, dass wir das ausschließen, wir halten es nur für sehr unwahrscheinlich. Die Kontobewegungen sind überprüft worden, und auch da deutet nichts darauf hin, dass Marwitz' Theorie stimmt."

„Angeheuerte Schlägertrupps werden ja auch für gewöhnlich bar bezahlt", meinte Berringer.

„Weiß ich, Berry", sagte Anderson. „Ich mach den Job auch nicht erst seit gestern. Das entscheidende Argument ist, dass die MEAN DEVVILS nachweislich auch eine Veranstaltung gesprengt haben, auf der Krassow den großen Zampano gegeben hat. Ist zwar schon ein paar Jahre her, aber in diesem Fall haben wir das sogar amtlich, denn mehrere Mitglieder der Bande sind damals angeklagt und sogar verurteilt worden."

„Was wisst ihr über die MEAN DEVVILS?"

„Die kommen aus der Türsteher-Szene. Ihr Geld verdienen sie mutmaßlich mit Drogenhandel, Schutzgelderpressung und Ähnlichem. Leider kommt es nur selten vor, dass es gegen einen von ihnen zu einem Verfahren kommt. Und jetzt muss ich los. Tut mir leid, Berry."

„Hör mal, ich brauche eine Liste der bisherigen Opfer. Und außerdem …"

„Berry!"

„Bitte!"

Anderson seufzte. Dann legte er die Mappe, die er unter dem Arm trug, noch einmal auf den Tisch, öffnete sie und nahm einen Computerausdruck heraus, den er offenbar für sein Treffen in der Drachenhöhle vorbereitet hatte. „Ich kopier dir das. Und wenn dir irgendeine Gemeinsamkeit zwischen den bisherigen Opfern auffallen sollte, dann wäre es sehr nett, würdest du mich das wissen lassen."

„Na klar."

Anderson ging zum Kopierer. Berringer warf einen Blick in die Mappe und sah ein Foto, das unverkennbar bei einer erkennungsdienstlichen Behandlung aufgenommen worden war: ein Mann im Muskelshirt, am Oberarm ein Tattoo, das ein Hakenkreuz zeigte und irgendwie verwischt wirkte. Offenbar war mal versucht worden, es zu entfernen, aber ein Tattoo war eben letztlich nichts anderes als eine Narbe, und die blieb.

Vor allem aber fiel Berringer der tätowierte Fraktur-Schriftzug am Hals des Burschen auf: DEVVILISH – wie damals.

Plötzlich glaubte er auch, sich wieder an das Gesicht auf dem Foto zu erinnern.

Das ist er!, durchfuhr es ihn. Der Typ aus dem BLUE LIGHT in Düsseldorf!

Anderson kehrte zurück und gab Berringer die Kopie der Liste. „Die Nummern in der letzten Spalte bezeichnen den jeweils verwendeten Bolzentyp."

„Danke."

Anderson bemerkte Berringers stieren Blick. „Das ist der Boss der MEAN DEVVILS. Artur König – nennt sich selbst gern King Arthur."

„Den kenne ich. Der war Türsteher im BLUE LIGHT in Düsseldorf. Warst du nicht damals bei der Razzia dabei?"

„Ich kann mich weiß Gott nicht an jede Razzia erinnern, an der ich mal teilgenommen hab." Dann aber nickte Anderson und meinte: „Aber was du sagst, könnte stimmen. Artur König hat tatsächlich bis vor ein paar Jahren in Düsseldorf gewohnt. Nachdem er dann eine Haftstrafe wegen Körperverletzung absitzen musste, ist er nach Mönchengladbach gezogen und hat seinen eigenen Laden aufgemacht."

„Ach, wärst du doch in Düsseldorf geblieben", murmelte Berringer in sich gekehrt.

„Wie?"

„Nur so ein Schlager."

Die Mappe klappte zu, Anderson klemmte sie sich unter den Arm und schob Berringer freundschaftlich, aber bestimmt aus dem Raum. „Los, raus hier. Ich darf dich nicht allein in meinem Büro lassen."

„Damit ich nicht in euren wertvollen Fahndungsunterlagen herumschnüffle?"

„Nein, damit mich nachher niemand anscheißt, weil ich die Vorschriften nicht eingehalten hab."

„Ach so."

„Mach's gut, Berry. Und wehe, ich hör nichts von dir. Eine Hand wäscht die andere, hast du am Telefon gesagt. Nun, das ist eine wechselseitige Beziehung und kein …" Er stockte.

„Und kein *was*?"

„Vampirismus. Einer saugt den anderen aus."

„Das musst du mir als lebendem Toten schon nachsehen",

brummte Berringer so düster, dass Anderson es vorzog, darauf nichts zu erwidern.

Wenig später fand sich Berringer im Freien wieder und schlenderte zurück zum Besucherparkplatz. Ein blauer Polizeiwagen kam ihm entgegen. Einer der ersten blauen Einsatzwagen in ganz NRW, wo bisher immer noch die grünen Polizeifahrzeuge über die Straßen rollten.

Berringer hatte darüber gelesen. Er bekam nämlich immer noch das Mitteilungsblatt der Polizeigewerkschaft, und manchmal konnte er es einfach nicht lassen, es durchzublättern, auch wenn er sich hinterher meist elend fühlte.

Er erreichte seinen Opel, setzte sich hinters Steuer und warf einen Blick auf die Liste, die Anderson ihm kopiert hatte. Es handelte sich eigentlich mehr um eine Tabelle. Darin waren jeweils der Name des Opfers, die Adresse sowie Datum und Uhrzeit des Vorfalls verzeichnet. Außerdem gab es drei Spalten, eine für Sach- und eine für Personenschäden sowie eine Spalte mit den verwendeten Bolzen. Es fiel gleich ins Auge, dass die bisherigen Anschläge mit zwei verschiedenen Bolzentypen durchgeführt worden waren. Insgesamt neunmal war jener Geschosstyp benutzt worden, der auch bei Marwitz verwendet worden war, bei den übrigen drei Fällen stand in der letzten Spalte eine andere Kombination aus Buchstaben und Zahlen als Typbezeichnung des Projektils.

Ich werde mich wohl mal darüber schlaumachen müssen, was genau das bedeutet, ging es Berringer durch den Kopf. Die Namen sagten ihm – außer der von Marwitz – nichts. Aber auch das musste ja nicht so bleiben.

Berringer sah auf die Uhr.

Mal sehen, ob so ein Tausendsassa wie Krassow im Moment vielleicht zu Hause ist, überlegte er.

3. Kapitel

Im Fadenkreuz

Du legst den Bolzen ein und spannst jene Waffe, die einst als unritterlich galt und deren Einsatz gegen Christen verpönt war. Doch daran hielt sich schon damals niemand, und in der heutigen Welt spielt der Glaube keine Rolle mehr.

Du justierst das Zielfernrohr, siehst durch das Fadenkreuz. Das ist der Moment, in dem du ganz ruhig wirst, obwohl sich jede Faser deines Körpers in Anspannung und jede Windung deines Gehirns in einem aktiven Zustand befindet.

In einem einzigen Moment ist eine Ewigkeit enthalten. Dein ganzes Leben und vor allem jener Augenblick, mit dem alles anders wurde. Lange hast du gedacht, du könntest einfach alles mit einer Tünche aus bunten Farben und gezwungener Fröhlichkeit überkleistern. Du hast gedacht, dass du Schuld vergessen könntest, denn du hast nicht damit gerechnet, dass sie dich nie verlassen wird, sondern dir wie ein Schatten folgt.

Der Moment höchster Konzentration ist da. Ein Moment, der kühlen Kopf und kaltes Blut erfordert. Du weißt, dass du nun an nichts anderes denken darfst und dass die Waffe es dir nicht verzeihen wird, wenn du dich doch ablenken lässt. In der Ruhe liegt die Kraft.

Die Kraft, die du jetzt brauchst.

Was du nun tun wirst, hättest du schon lange tun müssen, vielleicht wäre dann alles anders gekommen.

Vielleicht …

Nein, du weißt, dass dieser Gedanke dich nicht weiterbringt.

Nur wenn der Pfeil der Rache endlich auf sein Ziel trifft, findest du deinen Frieden.

Dann drückst du ab.

Der Bolzen schlägt ein.

Gut so, denkst du, und siehst dir das Resultat an.

Genau ins Schwarze.

Hundert Punkte.

Aber damit sie dir vom Konto deiner Schuld getilgt werden, wird es nicht reichen, auf Scheiben zu schießen.

Ein Kleinlaster fuhr auf den Hof des Gebäudes, in dem die Agentur EVENT HORIZON untergebracht war. Ein Glaser hatte bereits neue Scheiben eingesetzt, doch es kündigten sich weitere Probleme an, vor allem hinsichtlich der Frage, wer für den Schaden aufkam. Die Gebäudeversicherung machte Zicken, und so hielt sich der Vermieter zunächst einmal an Marwitz.

Dabei war die Sache eigentlich klar. Die Gewalteinwirkung auf die Scheibe war von außen erfolgt, daran ließen auch die Ermittlungsergebnisse der Polizei keinen Zweifel. Und das bedeutete, dass der Vermieter beziehungsweise seine Versicherung dafür haften musste, wenn sich der eigentliche Verursacher nicht feststellen ließ.

Aber bei der Versicherung wollte man das nur für die Scheibe gelten lassen, die der Armbrustbolzen durchschlagen hatte. Doch auch die anderen Fenster waren zu Bruch gegangen, und dafür war die Explosion des Wagens unmittelbar vor dem Büro verantwortlich.

Wahrscheinlich würde es in nächster Zeit noch einiges an Papierkrieg geben.

Marwitz seufzte, war aber erleichtert, als er den Kleinlaster sah. SPEDITION HANDBROICH stand auf der Plane. Das war die ersehnte PA-Anlage, die er für seinen Auftritt auf dem Korschenbroicher Schützenfest brauchte. Die Vermittlung der Anlage gehörte nämlich in diesem Fall – anders als bei der Ü-30-Party am Abend – zu den vereinbarten und schon bezahlten Dienstleistungen, zu denen er sich verpflichtet hatte.

Ansonsten war er bei der Frage, in wessen Mikrofon er hineinsäuselte, nicht wählerisch. Hauptsache, er war laut genug zu hören und musste sich nicht die Seele aus dem Leib schreien. Die war immerhin sein Kapital. Und diesem Kapital gönnte er keine Pause, schließlich sollte es ja arbeiten. Also musste er entsprechend schonend damit umgehen.

Ein paar Tricks, die er sich überwiegend bei Sängern abgeschaut hatte, gab es da schon. Marwitz nahm ein Mentholbonbon aus einer Tüte, die in der Seitentasche seines Jacketts steckte. Die Kehle immer feucht halten, aber nicht mit Alkohol. Das war eine Devise, die sich durchaus bewährt hatte.

Ein dicker Mann stieg aus dem Lastwagen. Dick und riesig. Er war fast zwei Meter groß und sah auf Marwitz herab wie auf einen kleinen Jungen.

„Ist doch noch ein bisschen später geworden. Da war ein Unfall in Rheydt, und zwar genau dort, wo ich herfahren musste. Du kennst die Ecke. Da …"

„Ist ja nicht weiter tragisch, Harry", schnitt ihm Marwitz das Wort ab. Nach Harry Handbroichs aufregenden Abenteuern im Straßenverkehr stand ihm im Moment einfach nicht der Sinn.

Harry – eigentlich Harald – Handbroichs Aufmerksamkeit wurde im Augenblick ohnehin abgelenkt. Er sah zur Straße, wo ein Streifenwagen sehr langsam entlangfuhr. Zwei Beamte saßen darin, ein Mann und eine Frau. Der Mann saß am Steuer, die Frau ließ die Seitenscheibe nach unten und nickte Marwitz zu.

Der Event-Manager erwiderte flüchtig den Gruß. Eine Geste, die so viel wie „Alles in Ordnung" signalisierte. Aber wenn wirklich etwas passierte, dann waren die Uniformträger – da war sich Marwitz sicher – sowieso gerade ganz woanders. Durch die verstärkten Polizeistreifen fühlte er sich jedenfalls keinen Deut sicherer, zumal ihm die nicht im Mindesten helfen konnten, wenn er unterwegs war, und das war bei ihm nun mal sehr häufig der Fall.

„Hast du irgendwelche Schwierigkeiten?", fragte Harry Handbroich, während er die Ladeklappe des Lastwagens öffnete.

„Wieso?"

„Na, wegen der Bullen.“ Harry hatte die Zeit zwischen seinem zwanzigsten und dreißigsten Geburtstag in verschiedenen Bauwagen und besetzten Häusern in Berlin-Kreuzberg zugebracht, wohin es ihn auf der Flucht vor dem Wehrdienst verschlagen hatte. Schließlich aber war er dann doch noch bürgerlich geworden und in seine Heimatstadt Mönchengladbach zurückgekehrt, wo er mit Mitte fünfzig die elterliche Spedition übernommen hatte. Aber Polizisten waren für ihn trotzdem immer noch Bullen.

„Lass uns auspacken“, wich Marwitz der Frage aus.

Der Streifenwagen blieb am Straßenrand stehen, der Fahrer stellte sogar den Motor ab. Präsenz zeigen. Darauf lief es wohl hinaus. Die Beifahrerin telefonierte.

Marwitz und Harry wuchteten den ersten der großen PA-Lautsprecher aus dem Lastwagen. Die Stimmung auf dem Korschenbroicher Schützenfest war damit für dieses Jahr gerettet.

„Hast du keine Sackkarre oder so was?“, fragte Harry.

In diesem Moment gab es einen dumpfen Knall. Etwas krachte mit ungeheurer Wucht durch den Lautsprecher hindurch, sprengte noch den Putz von der Gebäudewand und prallte dann einen Meter zurück auf den Asphalt.

Ein Armbrustbolzen!

Die PA-Lautsprecherbox war nicht mehr zu gebrauchen. Ein armdickes Loch klaffte in der Lautsprechermembran.

„Hey, was ist das denn?“, rief Harry Handbroich verdutzt und absolut verwirrt. Seine Zeiten als Streetfighter im Berliner Häuserkampf waren schon zu lange her, als dass er diese Situation hätte gelassen hinnehmen können.

Marwitz starrte zum Dach der Lagerhalle auf der gegenüberliegenden Straßenseite, wo gerade eine Gestalt aufsprang. Sie war nur als Schattenriss zu erkennen, hielt aber etwas in der Hand, das wie eine Armbrust aussah.

Die beiden Polizisten hatten den Schützen offenbar auch gesehen, denn der Beamte am Steuer startete sofort den Motor.

Marwitz rannte über die Straße.

„Bleiben Sie, wo Sie sind, Marwitz!“, rief ihm die Beamtin zu. Sie war noch ziemlich jung, aber in ihrer Stimme lag eine Autorität, die Marwitz tatsächlich stoppte. Nach Atem ringend stand er da, während der Streifenwagen auf das Firmengelände auf der anderen Straßenseite fuhr.

Mit quietschenden Reifen stoppte das Fahrzeug. Die beiden Beamten sprangen heraus, und die Frau zog ihre Waffe. Ihr Kollege rief zuerst über Funk Verstärkung, dann nahm er ebenfalls die Dienstwaffe aus dem Holster.

Sie gingen vorsichtig voran. Jeder nahm sich eine Seite der Lagerhalle vor. Das vordere Tor war verriegelt. Gearbeitet wurde hier zurzeit nicht. Die Firma, der das Lagerhaus gehörte, war ein Zulieferer im Anlagenbau, und wegen der gegenwärtigen Wirtschaftskrise hatte sie derzeit den Betrieb einstellen müssen.

Auf der anderen Seite des Gebäudes trafen sich die beiden Polizisten wieder. Von der Gestalt auf dem Dach war nirgends etwas zu sehen.

„Glaubst du an Zauberei?“, fragte die Beamtin.

„Seit dem letzten Kindergartenjahr eigentlich nicht mehr“, antwortete ihr Kollege.

„Es gibt hier nirgends eine Leiter oder dergleichen. Von außen kann er nicht auf das Dach geklettert sein.“

„Dann ist er von innen dorthin gelangt.“

Der Polizist ging etwa zehn Meter zu einer Personaltür. Das Schloss war aufgebrochen worden. „Er muss noch da drinnen sein!“

„Sollen wir rein?“

„Warten wir auf Verstärkung. Weg kann er nicht.“

„Auch wieder wahr.“

„Mann, du hast Nerven", sagte Harry Handbroich, der sich erst mal eine Selbstgedrehte genehmigte.

Marwitz nahm deutlich den süßlichen Geruch wahr. Manche Gewohnheiten ließen sich offenbar nur schwer ablegen, und Harry schien der festen Überzeugung, dass die Polizei im Augenblick Wichtigeres zu tun hatte, als sich um einen einzelnen friedlichen Haschischkonsumenten zu kümmern.

Harry schüttelte den Kopf. „Da macht dich ein Irrer fast alle, und du hast nichts anderes im Kopf als dein Geschäft!" Harry konnte es kaum fassen, dass Frank Marwitz zum Handy gegriffen hatte, noch während die Polizisten auf dem gegenüberliegenden Grundstück nach dem Armbrustschützen suchten.

Doch Marwitz brauchte einfach eine funktionierende PA-Anlage zum Korschenbroicher Schützenfest. Wenn er das nicht auf die Reihe brachte, war der Auftrag weg, und er konnte sich in Korschenbroich und Umgebung nie wieder blicken lassen.

Mit dem kaputten Lautsprecher war die von Harry gelieferte Anlage jedenfalls nicht mehr zu gebrauchen. Er brauchte eine neue oder zumindest einen passenden Ersatzlautsprecher. Also telefonierte er, was das Zeug hielt, um die Sache doch noch zu retten.

Minuten vergingen, während derer sich Harry Handbroich unter dem Einfluss seines „Sticks" wieder etwas beruhigte. Er starrte die ganze Zeit über zum Lagerhaus, aber dort tat sich nichts Auffälliges.

In der Ferne waren Martinshörner zu hören, deren Jaulen immer mehr anschwoll. Wenig später bogen die ersten Einsatzfahrzeuge um die Ecke.

Die Polizeiwagen fuhren auf das Firmengelände. Ein gutes Dutzend Beamte in kugelsicheren Westen sprang heraus.

„So was gibt's sonst nur im Kino", meinte Harry Handbroich und zog an seinem Stick. „Aber wir haben einen schlechten Platz. Wenn ich bei der Borussia so wenig sehen könnte, würde ich mein Geld zurückverlangen."

Die Polizisten drangen ins Innere der Halle vor, deren Personaltür wenig fachmännisch aufgebrochen worden war. Dreimal war der Armbrustschütze zuvor per Megafon aufgefordert worden, das Gebäude mit erhobenen Händen zu verlassen. Aber der Kerl – vorausgesetzt, es handelte sich tatsächlich um einen Mann – schien gar nicht daran zu denken, sich zu ergeben.

Licht fiel durch die hohen Fenster der Halle. Die Maschinen waren verhüllt und sahen aus, als hätte Christo sie zum Bestandteil einer seiner Kunstaktionen gemacht.

Es dauerte nicht lange, und die gesamte Halle war bis auf den letzten Winkel durchsucht. Von dem Armbrustschützen gab es keine Spur. Man stieß auf einen Gullydeckel. Am Staub war zu sehen, dass er erst vor Kurzem geöffnet worden war.

Einer der Beamten deutete darauf und fragte: „Kann man auf diesem Weg von hier entkommen?“

„Wenn man nicht allzu geruchsempfindlich ist – sicher!“, meinte ein anderer Ordnungshüter. „Jedenfalls dürfte der Typ über alle Berge sein – oder wie immer man das auch ausdrücken will, wenn sich jemand unterirdisch … äh, abseilt.“

Ein paar seiner Kollegen schmunzelten über die Wortspielerei. Dann wurde der Gully geöffnet. Eisensprossen führten hinab in die Tiefe.

„Möchte wissen, was die hier produziert haben, dass sie darauf eingerichtet sind, so große Wassermengen in der Halle abfließen zu lassen“, wunderte sich ein Polizist mit grauem Haar.

An einer der Sprossen, die hinabführten, war ein Zettel befestigt. Einer der Beamten kniete sich hin und holte den Zettel heraus.

PECH GEHABT! stand in großen Fraktur-Buchstaben darauf.

Was auch immer man davon halten mochte – die hastige Arbeit eines Schmierfinks waren diese komplizierten Zeichen nicht. Da hatte sich jemand Mühe gegeben.

Berringer fuhr zum Stadtteil Westend, wo Eckart Krassow seine Geschäftsräume in der Leibnizstraße unterhielt.

Das Büro war geöffnet, die Einrichtung schlicht und zweckmäßig. An den Wänden hingen Plakate von Veranstaltungen, auf denen Eckart Krassow in irgendeiner Funktion aufgetreten war. Außerdem gab es ein paar vergrößerte Screenshots, die ihn als Astro-Talker im TV zeigten, versehen mit dem Hinweis, dass man seine Sendung auch als Livestream über Internet verfolgen konnte, und mit den Zeiten, zu denen Krassow höchstselbst auf der Mattscheibe zu bewundern war.

Offenbar sah er das als professionelle Eigenwerbung an, während es dem Sender wohl gleichgültig war, wer da in den Leben der Anrufer herumpfuschte und mit der Autorität angeblich kosmischer Mächte dafür sorgte, dass Jobs und Partner gewechselt wurden, weil sie nicht für den Anrufer „bestimmt“ waren.

Eine Frau saß hinter einem Schreibtisch mit Computer. Sie war Mitte zwanzig, hatte gelocktes Haar, trug Jeans und T-Shirt und hatte für Frisur und Make-up erkennbar viel Aufwand betrieben. Vielleicht sah sie wegen der dicken Schichten Schminke einfach auch nur älter aus und war in Wahrheit gerade erst mit der Schule fertig. Die Fingernägel waren so lang, dass sie die Bedienung einer Computertastatur erheblich erschwerten – wie vermutlich fast alles andere auch, was in irgendeiner Form mit Arbeit zu tun hatte.

Außer Apfelsinenschälen, dachte Berringer. Wahrscheinlich war sie eine Vierhundert-Euro-Kraft oder eine Ein-Euro-Jobberin oder eine Praktikantin, wobei Berringer Letzteres schon fast ausschloss. Praktikanten präsentierten in der Regel nicht vorsätzlich äußere Hinweise auf ihre Arbeitsunfähigkeit.

EVENT-AGENTUR KRASSOW – WIR MACHEN DIE GRÖSSTEN EVENTS stand auf einem der Plakate. Die junge Frau, die Berringer mit einem wenig professionellen Nicken begrüßte, bezog den Slogan offenbar in erster Linie auf ihre eigene Erscheinung.

„Ja?", fragte sie und offenbarte dabei, dass sie einen Kaugummi im Mund hatte.

„Mein Name ist Berringer. Ich hätte gern Herrn Krassow gesprochen."

„Is weg", sagte sie, und Berringer dachte: Jetzt fehlt nur noch, dass sie eine Blase macht.

„Ja, das habe ich mir nach einem kurzen Rundblick durch Ihr Büro auch schon gedacht. Aber ich muss ihn wirklich sehr dringend sprechen. Vielleicht …"

„Was iss'n?"

„Das muss ich ihm schon selbst sagen. Wann ist er denn wieder hier im Büro?"

„Weiß nich." Sie kaute jetzt ganz ungeniert. „Sind Sie der Typ aus Korschenbroich?"

„Wieso?"

„Wieso stellen Sie mir 'ne Frage, wenn ich Sie was frag?"

Berringer atmete tief durch. Kein Wunder, dass Krassows Agentur noch schlechter lief als die von Marwitz, bei so einer Marketing-Granate im Büro.

Die junge Frau verschränke die Arme vor der Brust. Man brauchte kein Experte für Körpersprache zu sein, um zu begreifen, dass sie das Gespräch im Wesentlichen für beendet hielt.

Berringer hatte genug. Seine Augen wurden schmal, und er fixierte sie mit seinem Blick. Dann sagte er: „Hören Sie gut zu! Ich ermittle, weil auf den größten Konkurrenten von Herrn Krassow mit einer Armbrust geschossen wurde – und zufällig ist bekannt, dass Herr Krassow nicht nur liebend gern das Korschenbroicher Schützenfest und internationale Hockey-Turnier moderieren würde, sondern auch noch passionierter Armbrustschütze ist! Ich muss ihm dringend ein paar Fragen stellen, und es wäre auch in seinem Interesse, wenn ich ihn umgehend erreichen könnte!"

Die junge Frau machte große Augen. „Polizei?"

„Wo ist Herr Krassow? Kann ich ihn vielleicht zu Hause erreichen?"

„Moment." Sie ging zum Telefon, betätigte eine Kurzwahltaste mit dem Fingergelenk, um ihre Nägel zu schonen, und schmatzte dabei hektisch auf ihrem Kaugummi herum.

„Papa?", fragte sie dann in den Hörer.

Papa – das erklärte vieles. Zumindest ergab sich daraus ein plausibler Grund, weshalb Krassow sie in seiner Agentur arbeiten ließ. Ob er sich damit einen Gefallen tat, stand auf einem anderen Blatt.

„Papa, hier ist ein Polizist", sagte sie, und Berringer dachte: Na ja, wenn man ein ‚Ex' davorsetzt, ist es nicht mal verkehrt. „Der will dich unbedingt sprechen … Hat er nich gesagt … Jaaa, Papa! Jaaahaaa, ich weiß, Papa …" Es folgten noch zwei lang gezogene ‚Ja', deren Modulation den ansteigenden Grad ihrer Genervtheit widerspiegelte. Dann legte sie auf und sagte erst danach: „Tschüss!"

Sie ging wieder zu Berringer hin. „In einer halben Stunde können Sie zu uns nach Hause kommen. Dann ist er dort. Adresse kennen Sie, sagt mein Vater."

„Gut."

„War's das?"

„Vielleicht können Sie mir ja auch etwas über diese Sache sagen, Frau Krassow. Zum Beispiel, wo Ihr Vater war, als …"

„Ich heiße nicht Krassow, sondern Runge", sagte sie. „Tanja Runge. Meine Mutter hat meinen Vater damals nicht geheiratet."

„Ach so …"

„Und ansonsten … Als Tochter brauche ich doch nicht auszusagen, oder?"

„Wenn Sie der Meinung sind, dass Sie Ihren Vater belasten könnten, nein. Aber wenn dessen Alibi in Ordnung ist, dann besteht kein Grund zu schweigen. Im Gegenteil."

„Also gut: Zur fraglichen Zeit hat mein Vater diese Astro-Sendung moderiert, auf diesem Esoterik-Kanal." Sie deutete auf den Bildschirm auf ihrem Schreibtisch. „Ich hab's mir im Livestream angesehen. Und dass es wirklich live war, ist klar, denn es haben ja Leute angerufen, um sich beraten zu lassen."

„Trotzdem ist Frank Marwitz felsenfest davon überzeugt, dass Ihr Vater hinter alldem steckt."

Sie runzelte die Stirn. Durch die dicke Make-up-Schicht zeichneten sich ein paar zusätzliche Linien in ihre Haut, die sonst wohl nicht so deutlich aufgefallen wären. Nun ja, dafür gibt's ja heutzutage Botox, dachte Berringer.

„Was meinen Sie denn mit *alldem*?"

„Er denkt, dass Ihr Vater eine Rockerbande angestiftet hat, ihn fertigzumachen."

„Ach, *der* Scheiß. Wieso stellen eigentlich Kriminalbeamte immer dieselben Fragen? Is das 'n besonderer Trick? Denken Sie, dass ich was anderes sag, wenn Sie zehn Leute vorbeischicken, die mich auf die gleiche Weise anlabern?"

„Sie haben recht, das muss sehr nervig für Sie sein. Aber wir stehen nun mal unter großem Druck, denn wir müssen den Täter finden, ehe noch Schlimmeres passiert."

„Lochen Sie doch diese Rocker ein, wenn Sie wirklich glauben, dass die so was machen", sagte sie, und ihre Stimme wurde auf einmal schrill. „Aber lassen Sie meinen Vater und mich in Frieden! So einfach ist das!"

„So einfach ist das leider nicht", erwiderte Berringer ruhig und schaltete um auf die in seinem Gedächtnis gespeicherte Aufzeichnung mit dem Titel „Verständnisvoller Polizist". Die war immer noch in voller Länge und perfekter Tonlage abrufbar. Um sie abzuspielen, musste er sich nicht einmal darauf konzentrieren. Selbst wenn sein Gegenüber wusste, dass er gar kein Polizist war, traf er damit oft genug den richtigen Ton, sodass sich sein Gesprächspartner beruhigte und innerlich abkühlte.

Berringer bewegte also nahezu automatisch die Lippen, während er überlegte, ob die Shows des Astro-Senders tatsächlich immer live ausgestrahlt wurden. Das würde man noch genauer überprüfen müssen. Ob ihn die Krassow-Spur wirklich weiterbrachte, bezweifelte er allerdings inzwischen.

Dennoch sagte ihm irgendetwas, dass da noch mehr war. Etwas, das alles in einem anderen Licht erscheinen lassen würde. Ein Puzzlestück, das noch fehlte und irgendwie mit Krassow zu tun hatte. Er konnte es nicht erklären. Es war einfach Instinkt, ein Bauchgefühl, das aus der Erfahrung kam und dem Berringer immer mehr zu vertrauen gelernt hatte.

„Eine Bitte hätte ich noch", sagte er schließlich. „Ihr Vater hat doch sicher so etwas wie eine Visitenkarte."

Sie schien einen Augenblick nachzudenken, und Berringer fragte sich, warum ihr die Antwort so schwerfiel. Was für ein Gedanke ging ihr dabei im Kopf herum?

Drei Möglichkeiten standen zur Auswahl: Will er damit etwas Bestimmtes sagen? Wo sind die Karten? Soll ich ihm überhaupt eine geben?

Schließlich ging sie zum Schreibtisch, nahm eine Karte heraus und reichte sie Berringer wortlos.

„Danke."

„Ich hab ganz vergessen, Sie nach Ihrem Dienstausweis zu fragen", sagte sie plötzlich.

„Das holen wir ein andermal nach. Wiedersehen."

„Sie sind doch Polizist, oder?"

„Bis dann."

Berringer war schon halb zur Tür hinaus, deshalb konnte er das, was die junge Frau noch sagte, nicht mehr verstehen.

Er sah auf die Karte. Alles drauf: Firmenadresse, Privatadresse, Handynummer … Immer und überall erreichbar zu sein, gehörte zweifellos zu dem Job, den Leute wie Krassow ausübten.

Ich hätte sie gleich nach der Karte fragen sollen, dann hätte ich mir den Rest sparen können, dachte er grimmig.

Berringer besorgte sich in einer Bäckerei einen Coffee-to-go und ein Käsebrötchen, vertilgte das Brötchen im Stehen, schlürfte dabei den Kaffee, fuhr dann weiter nach Gerkerath im Stadtteil Rheindahlen, wo Eckart Krassow einen Bungalow bewohnte.

Er steuerte seinen Opel an den Straßenrand und stieg aus. Das

Garagentor war geschlossen, man konnte also nicht sehen, ob der Herr des Hauses ausgefahren war. Berringer klingelte an der Tür, doch es öffnete niemand.

Der Detektiv sah auf die Uhr. Insgesamt war sogar bereits mehr als eine halbe Stunde vergangen, seit Tanja Runge mit ihrem Vater gesprochen hatte. Vielleicht bin ich zu spät dran, und Krassow ist schon wieder gefahren, befürchtete Berringer. Doch er beschloss, zumindest ein paar Minuten zu warten, und lief vor der Haustür auf und ab.

Schließlich bog ein BMW um die Ecke und fuhr in die Einfahrt. Ein Mann von Anfang fünfzig stieg aus. Er trug Jeans, Jackett und ein schwarzes Hemd, dessen erste drei Knöpfe offen standen, sodass darunter ein Goldkreuz zu sehen war. Die Haare waren pechschwarz, aber diese Schwärze konnte nicht echt sein. Die Haare waren es vielleicht auch nicht. Die Falten, die sein höhensonnengebräuntes Gesicht durchzogen, dagegen schon. Der starre Blick, das aufgedunsene Gesicht und die großporige Haut sprachen dafür, dass Eckart Krassow in der Vergangenheit nicht nur Feiern aller Art moderiert, sondern sich auch selbst gern am Frohsinn beteiligt hatte, wenn Hochprozentiges ausgeschenkt worden war.

„Polizei?“, fragte er.

„Herr Krassow?“

„Ja. Erkennen Sie mich nicht von Ihren Fahndungsfotos, die wahrscheinlich inzwischen schon auf jeder Polizeiwache hängen?“, fragte er gallig. „Wahrscheinlich haben Sie die auch schon ins Internet gestellt, damit mein Ruf auch gründlich ruiniert wird.“

„Seien Sie versichert, dass ich auf keinen Fall Ihren Ruf ruinieren will, Herr Krassow. Ich habe einfach nur ein paar Fragen.“

Krassow kam zur Tür. „Was denn für Fragen, verflucht noch mal? Ich hab zu tun! Aber das versteht einer wie Sie ja nicht. Ich bin selbstständig, das heißt, ich arbeite selbst und ständig, anstatt nur auf die dicke Pension zu warten wie gewisse andere Berufsgruppen, die sich einen feuchten Dreck darum scheren, wessen Steuergelder sie verschwenden."

„Vielleicht ..."

Krassow ließ Berringer gar nicht zu Wort kommen. Da hatte sich offenbar einiges an Wut bei ihm angestaut. „Ich habe mich vor Ihren Kollegen wirklich ausgezogen! Ich habe sogar zugestimmt, dass sie meine Kontobewegungen überprüfen, damit dieser Vorwurf, ich würde irgendwelche Gelder an irgendwelche Rocker zahlen, schnellstmöglich aus der Welt geschafft wird. So etwas ist für mein Geschäft nämlich das reinste Gift. Ich habe mich also kooperativ gezeigt, anstatt die Ermittlungen zu erschweren. Hätte ich auch tun können. Mir einen Anwalt nehmen, auf einer richterlichen Verfügung bestehen, gegen alles Widerspruch einlegen und so weiter und so fort. Aber das war ja gar nicht in meinem Interesse ..."

„Herr Krassow ..."

„Und wie bekommt man es gedankt? Dadurch, dass diese Beamtenseelen einfach jemand Neuen schicken, dem man dann alles noch mal erklären darf!"

„Vielleicht gehen wir besser ins Haus", schlug Berringer vor. „Ich weiß nicht, ob unser Gespräch wirklich dafür geeignet ist, dass die ganze Nachbarschaft mithört."

Krassow atmete tief durch, und seine Solariumsbräune bekam einen noch etwas dunkleren Ton, was wohl seine ganz individuelle Art des zornigen Errötens war.

„Kommen Sie", sagte er, nachdem er ein paar Sekunden lang nervös an dem BMW-Anhänger seines Schlüsselbundes herumgespielt hatte. Er schloss die Tür auf und führte Berringer durch einen großzügig angelegten Eingangsbereich in ein ebenfalls sehr geräumiges Wohnzimmer, das allein wohl schon hundert Quadratmeter in Anspruch nahm. Da es nur mit einigen wenigen erlesenen Möbeln bestückt war, wirkte es noch größer.

„Setzen Sie sich, Herr ...?"

„Berringer."

„Der Kollege, mit dem ich zuerst zu tun hatte, war ziemlich unsympathisch. So ein Rothaariger. Kommt hier rein, behandelt einen gleich wie einen Schwerverbrecher und quatscht einen so von oben herab an. Also ganz ehrlich, an ihrem Außenauftritt sollte Ihre Firma noch arbeiten."

„Ich werde es ihm ausrichten", versprach Berringer.

„Meine Tochter hat mich übrigens noch mal angerufen, als ich unterwegs war. Sie hatten wohl versäumt, ihr den Ausweis zu zeigen."

Berringer griff in die Tasche und zeigte Krassow die ID-Card, die er sich als Privatdetektiv hatte anfertigen lassen. Genau genommen war das ein Fantasieausweis ohne irgendeine rechtliche Relevanz. Manche Detektive verwendeten Ausweise ihrer Berufsorganisationen, aber Berringer verzichtete darauf.

Krassow runzelte die Stirn. „Sie sind gar kein Polizist?"

„Hab ich auch nie behauptet. Übrigens auch nicht gegenüber Ihrer Tochter."

„Aber …"

„Ich bin privater Ermittler. Und wenn Sie Kriminalhauptkommissar Anderson nicht mögen – oder er Sie nicht, ganz wie man das drehen will –, dann sollten Sie mich unterstützen."

„Hat Marwitz Sie engagiert?"

„Ja."

„Dieser Spinner!", brauste Krassow erneut auf. „Es reicht ihm nicht, mir die Jobs mit unlauteren Mitteln wegzuschnappen. Nein, er muss mir auch noch die Polizei auf den Hals hetzen und mich anschwärzen. Und jetzt auch noch Sie! Am besten, Sie verlassen gleich wieder mein Haus. Ich hätte Sie gar nicht eingelassen, hätte ich geahnt, wer Sie wirklich sind."

„Hören Sie, auf Herrn Marwitz wurde ein Attentat verübt und …"

„Attentat – das ist wohl etwas übertrieben. Er lebt ja noch!"

„Die Polizei findet diese Bezeichnung nicht übertrieben und ich ehrlich gesagt auch nicht. Sie sind Armbrustschütze und …"

„Und? Ist bei der Untersuchung meiner Waffen, die Ihre Polizeikollegen mitgenommen haben, vielleicht irgendetwas herausgekommen? Es kann nichts Belastendes gewesen sein – weil ich nichts Unrechtes getan habe!"

„Und was ist mit den Aktionen dieser Rockerbande mit dem wohlklingenden Namen MEAN DEVVILS?"

„Als ob ich so etwas nötig hätte! Oder mir leisten könnte! Die arbeiten doch für Rotlichtgrößen und Drogenhändler, soweit man hört. Hier und da spielen die auch den Ordnungsdienst bei einschlägigen Rockkonzerten – insbesondere bei Gruppen aus der rechten Szene. Ich habe mit so einem Pack nichts zu schaffen! Fragen Sie Ihre unsympathische Konkurrenz von der Kripo; die haben meine Konten überprüft!"

„Ach, Herr Krassow." Berringer winkte ab. „Die MEAN DEVVILS könnten mit einer ordentlichen Überweisung doch gar nichts anfangen, das wissen wir beide."

„Tja, so was nennt sich Rechtsstaat – *ich* muss jetzt meine Unschuld beweisen, obwohl ich ein wasserdichtes Alibi habe."

„Ihre Sendung in Köln."

„Genau. Aber allein schon der Verdacht, der da geäußert wurde, reicht aus, um meinen Ruf zu schädigen. Sie glauben ja gar nicht, wie sensibel unsere Branche ist. Da ist man schnell weg vom Fenster, das sag ich Ihnen."

Ja, dachte Berringer. Oder wenn ein Konkurrent einfach zehn bis fünfzehn Jahre jünger ist und das Party-Publikum etwas zeitgemäßer anzusprechen versteht als man selbst.

Aber diesen Gedanken behielt Berringer diplomatischerweise für sich. „Sehen Sie, Herr Krassow", sagte er stattdessen in versöhnlichem Tonfall. „Wie Sie eben selbst anmerkten, haben Sie doch ein besonderes Interesse daran, dass alles aufgeklärt wird." Oft machte der Ton die Musik, und das galt für Gespräche dieser Art ganz besonders. Das waren Situationen, in denen es wichtiger war, wie etwas gesagt wurde, als der Inhalt selbst. „Wir haben sozusagen dasselbe Ziel, Herr Krassow …"

Bevor er weitersprechen konnte, meldete sich Krassows Handy mit einer abgespeckten Version der charakteristischen ersten drei Akkorde von „Smoke On The Water“.

Du warst also auch mal Rocker, dachte Berringer.

„Ja, hier Krassow ... Ja, ja, natürlich kann ich einspringen, das ist überhaupt kein Problem ... Nein, Sie können sich darauf verlassen ... Eine PA-Anlage? Besorg ich auch ... Okay, alles Weitere besprechen wir dann morgen früh.“

Krassow beendete das Gespräch.

„Ein neuer Auftrag für Ihre Agentur?“, fragte Berringer.

„Ich mach mir ’nen Kaffee. Wenn Sie auch einen wollen, schütt’ ich Ihnen ’ne Tasse ein. So viel Zeit habe ich für Sie. Aber das muss es dann auch gewesen sein.“

„Gern.“

Berringer tat endlich, wozu ihn Krassow anfangs schon aufgefordert hatte: Er nahm Platz.

Krassow ging in die Küche. „Es ist löslicher Kaffee!“, rief er.

„Das macht nichts.“

„Ich wollte Sie nur warnen.“

„Ist schon in Ordnung.“

„Zu mehr als löslichem Kaffee hab ich einfach keine Zeit. Es dauert sonst einfach zu lange ...“

Berringer hörte Krassow kaum noch zu, zumal die Bedeutung dessen, was er von der Küche her rief, zum Teil nur noch zu erahnen, aber nicht mehr zu verstehen war. Stattdessen konzentrierte sich sein Blick auf eine Wand des Wohnzimmers, an der lauter Fotos hingen, alle gerahmt und so vergrößert, dass sie in keinem Album Platz gefunden hätten. Berringer stand wieder auf und näherte sich den Bildern, um sie genauer in Augenschein zu nehmen, während Krassow noch in der Küche beschäftigt war. Auf den meisten Fotos war der Herr des Hauses selbst zu sehen.

Dazwischen hing auch eine Reihe Urkunden, die alle auf die eine oder andere Weise etwas mit Bogen- oder Armbrustschießen zu tun hatten. Urkunden, die Eckart Krassow entweder als Gewinner von Vereinswettbewerben oder als Absolvent von Prüfungen auswiesen.

Ein Familienfoto fiel Berringer auf. Es zeigte Krassow zusammen mit einer Frau, die die Mutter seiner Tochter sein musste. Jedenfalls war sie Tanja Runge wie aus dem Gesicht geschnitten.

Seine Tochter war ebenfalls auf dem Bild zu sehen, erst zehn oder zwölf Jahre alt und ebenfalls mit einer Armbrust in der Hand.

Berringer entdeckte sie auch noch auf anderen Fotos, auf denen sie allerdings manchmal weniger gut zu erkennen war, vor allem bei den Schnappschüssen, die sie bei der Ausübung ihres Sports zeigten; der Schaft der Armbrust verdeckte bei diesen Fotos häufig die Kinnpartie.

Krassow kehrte mit zwei Bechern Kaffee zurück, aus denen leichter Dampf aufstieg. Er trat mit gerunzelter Stirn auf Berringer zu und reichte ihm einen der Becher. „Suchen Sie was Bestimmtes?"

„Eigentlich nicht. Aber Familienfotos lösen immer ein ganz besonderes Interesse bei mir aus."

„Haben Sie auch Familie?"

„Ich hatte", sagte Berringer.

„Tja, heutzutage wird jede dritte Ehe geschieden, und oft genug verhindern die Frauen dann den Kontakt zwischen dem Vater und den Kindern. Dann bricht natürlich alles auseinander."

„Nein, bei mir war das simpler", sagte Berringer. „Ein Killer, der eigentlich mich töten wollte, hat meine Frau und meinen Sohn mit einer Autobombe in die Luft gesprengt."

„Oh …", sagte Krassow. „Das … das tut mir leid."

„Tanja sieht ihrer Mutter zum Verwechseln ähnlich."

„Ja, vor allem auf den alten Bildern. Wenn man Frederike heute sieht …"

„Stell ich mir in Ihrem Job gar nicht so leicht vor. Als alleinerziehender Vater, meine ich."

Krassow sah ihn erstaunt an. „Wie kommen Sie darauf? Ich

hatte nicht erwähnt, dass Frederike und ich nicht mehr zusammen sind.“

„Entschuldigen Sie, ich hab laut gedacht. Mir ist einfach nur aufgefallen, dass die jüngsten Aufnahmen, auf denen sie zu sehen ist, sieben bis acht Jahre alt sein müssen – grob geschätzt aufgrund des Alters, das Ihre Tochter auf den Fotos hat.“

Krassow seufzte. „Sie beobachten sehr genau. Und Sie haben recht. Frederike hat uns verlassen.“

„Eine ganze Familie von Armbrustschützen – Vater, Mutter, Tochter. Das hat man selten.“

„Man wird ruhig dabei“, erklärte Krassow. „Sehen Sie, in meinem Job stehe ich immer unter Strom. Ständig muss ich hundertfünfzig Prozent geben, um irgendwelche Säle zum Kochen zu bringen, und selbst in dieser Astro-Show muss ich mich sehr konzentrieren …“

Auf Ihre seherische Gabe, dachte Berringer ironisch, behielt den Kommentar aber für sich. Wahrscheinlich bestand die Kunst, die man Krassow abverlangte, eher darin, die Anrufer lange genug an der Strippe zu halten, damit man möglichst viele Gebühren abbuchen konnte.

„Ich kann Sie gut verstehen“, sagte Berringer stattdessen – ganz im Sinn eines positiven Feedbacks, wie in Lehrgängen zur Gesprächsführung immer empfohlen wurde.

„In dem Augenblick, in dem man schießt, denkt man an nichts mehr, dann ist das Gehirn wie leergefegt“, fuhr Krassow fort. „Sonst geht der Schuss daneben.“

„Man schaltet also völlig ab, meinen Sie das?“

„Genau. Ich kann das wirklich nur jedem empfehlen.“

Berringer nippte an dem Kaffee. Er war etwas bitter. So hatte der Kaffee früher geschmeckt, wenn man die Bohnen in sogenannten Dritte-Welt-Läden gekauft hatte. Fair gehandelt, stark geröstet. Krassow trank seinen Becher in wenigen Zügen leer.

Berringers Handy meldete sich. Er ging ran, und kaum hatte er seinen Namen genannt, hörte er den Anrufer hastig sagen:

„Hier Marwitz. Bei mir ist der Teufel los. Es wäre nett, Sie würden sofort herkommen!“

Als sich Berringer kurze Zeit später hinter das Steuer seines Wagens setzte, meldete sein Handy eine SMS. Die sah er sich schnell noch an, bevor er losfuhr. Frank Marwitz befand sich erst einmal in Sicherheit. Zumindest hatte der Event-Manager behauptet, dass sich rund zwanzig Beamte, wenn nicht mehr, in der Nähe seines Büros aufhielten.

Der Text der SMS lautete: *Warum hast du dich nicht gemeldet? W.*

W. – das war Dr. Wiebke Brönstrup, Gerichtsmedizinerin und Berringers alte Flamme. Das war lange vor seiner Ehe gewesen, und Berringer hatte nicht gedacht, dass sie beide ihre alte Affäre noch einmal wiederaufleben lassen würden. Doch das Schicksal oder vielleicht auch nur Wiebkes beruflicher Weg hatte sie vor einiger Zeit wieder zusammengeführt, auch wenn Berringer noch nicht so ganz klar war, wohin das Ganze laufen sollte. Schließlich war es zwischen ihnen schon einmal schiefgegangen – und das zu einer Zeit, als seine Seele noch gesund gewesen war.

Auf der anderen Seite konnte ihm Wiebke vielleicht dabei helfen, die Vergangenheit endlich ein Stück weit hinter sich zu lassen. Die Betonung lag dabei allerdings auf *ein Stück weit.*

Berringer seufzte und überlegte, was er antworten sollte. Sein Kopf war auf einmal völlig leer. Alle Wörter, die auch nur im Entferntesten hätten passen können, schienen sich plötzlich aus seinen Gehirnwindungen verabschiedet zu haben. Eine Minute verging, dann eine zweite. Schließlich schrieb er: *Wir telefonieren.*

Erst als er die Nachricht abgeschickt hatte, erinnerte er sich daran, dass er ihr die gleichen zwei Worte erst vor Kurzem geschrieben hatte. Mist, dachte er, das wird sie als unsensibel interpretieren.

Aber es war zu spät. Die Nachricht war weg. Unwiederbringlich im Äther des Mobilfunknetzes.

Doch schon im nächsten Moment fesselte etwas anderes seine Aufmerksamkeit.

Er sah, wie Krassow ziemlich eilig zum Kofferraum seines Wagens stiefelte. Er holte ein paar schlammverschmierte Turnschuhe daraus hervor und steckte sie in einen Müllsack, dann überquerte er die Straße und warf den Beutel in einen Mülleimer, den jemand anderes rausgestellt hatte. Erst da bemerkte er, dass ihn Berringer von seinem Wagen aus beobachtete, und er erstarrte mitten in der Bewegung und mitten auf der Straße.

Ganz kurz präsentierte er sein Gesicht ohne das so kontrollierte, geschäftsmäßige Event-Manager-Lächeln. Aber dieser rare Moment, in dem er einen tieferen Einblick unter seine glatte Moderatorenfassade gewährte, war sogleich wieder vorbei.

Krassow ging auf Berringers Wagen zu, und der Detektiv ließ die Scheibe nach unten.

„Sie beschatten mich doch nicht etwa?“, fragte Krassow mit gezwungen wirkendem Lächeln.

„Dann hätten Sie mich nicht bemerkt“, erwiderte Berringer. „Ganz bestimmt.“

„Ja, ja …“

„Glauben Sie mir.“

„Ich wette, Sie haben auch schon mal was in einen fremden Mülleimer geworfen, der halb leer ist.“

„Sicher.“

„Es kostet heutzutage ja fast so viel, all das Zeug wieder loszuwerden, das man sich gekauft hat, wie man ursprünglich dafür ausgegeben hat, um es zu bekommen.“

„Dennoch putze ich meine Schuhe lieber, statt sie wegzuschmeißen“, entgegnete Berringer.

„Ich bin in Scheiße getreten, um es deutlich zu sagen. Den Geruch kriegen Sie nie wieder richtig weg, und in meinem Job muss man immer einen guten Eindruck machen.“

„Wo tritt man denn hier in Scheiße?“, fragte Berringer.

„Überall. Mir ist es beim Joggen passiert, aber Sie können hier gehen, wo Sie wollen – überall Leute mit großen Hunden, die große Haufen machen, und niemand, der dafür sorgt, dass Straßen und Wege wieder sauber werden!"

„Ich muss los", sagte Berringer.

„Wiedersehen."

„Bestimmt."

Berringer ließ das Seitenfenster hochgleiten und startete den Motor. Im Rückspiegel sah er noch, wie Krassow ihm hinterherblickte. Als hätte ich ihn dabei erwischt, wie er eine Leiche beseitigt, dachte der Detektiv.

Dabei waren es doch nur Schuhe …

Bei der nächsten Ampel piepte sein Handy erneut und kündigte damit Wiebkes Antwort-SMS an.

Die Nachricht bestand nur aus einem einzigen Wort.

wann

Klein geschrieben und ohne Satzzeichen.

Berringer schrieb: *Später.*

Mehr ging nicht, dann war die Ampel wieder grün.

4. Kapitel

M – Eine Stadt sucht einen Mörder

Du weißt, dass alles, was bisher geschehen ist, nur ein Vorspiel war. Eine Probe. Eine Generalprobe vielleicht, aber nicht mehr. Du hast den Schritt durchdacht, du hast ihn im Kopf längst vollzogen, nun kannst du es auch in der Realität durchziehen.

Katzen spielen manchmal mit ihrer Beute, bevor sie sie töten.

Willst du noch länger eine Katze sein oder endlich tun, was getan werden muss?

Damit Schluss ist.

Endgültig.

Du brauchst keine Furcht zu haben.

Die Hölle, die hinter dir liegt, ist schlimmer als alles, was noch kommen kann. Schlimmer auch als alles, was du auslöst, wenn du jetzt endlich den Mut fasst, der nötig ist.

Du nimmst den Bolzen, legst ihn ein …

Klack.

Es ist doch eigentlich so leicht …

Von unterwegs rief er Vanessa Karrenbrock in der Detektei an.

Berringer fasste ihr kurz den Stand der Dinge zusammen und sagte dann: „Wäre klasse, du könntest rausfinden, ob dieser Eckart Krassow zur fraglichen Zeit tatsächlich im Sender war oder ob nicht manchmal vielleicht doch Aufzeichnungen gezeigt werden."

„Wie soll ich das denn hinkriegen?", beschwerte sie sich prompt. „Außerdem wollte ich gleich Feierabend machen, es sei denn, du zahlst mir die zusätzlichen Stunden."

„Bin ich dir schon mal was schuldig geblieben?"

„Na ja …"

„Bitte?"

„Schon gut. Aber du könntest mal darüber nachdenken, ob du meine Dienste nicht finanziell etwas höher bewerten möchtest."

Höher bewerten, dachte Berringer. BWLer-Gequatsche. Bildung verdirbt eben den Charakter!

„Ich denke darüber nach."

„Echt?"

„Echt. Und noch was: Ich brauch alles über einen gewissen Artur König. Der war Türsteher in Düsseldorf und soll inzwischen Anführer der MEAN DEVVILS sein. Durchforste das Internet und …"

„Wäre es nicht leichter, du quatschst deswegen deine Exkollegen an?"

„Das tu ich schon."

„Na ja, ich werd mal sehen, was sich machen lässt."

„Gut."

Als er schließlich Marwitz' Agentur erreichte, musste sich Berringer zwischen all den Einsatzfahrzeugen erst einen Platz suchen, wo er seinen Opel abstellen konnte. Die Presse war auch schon da. Und Kommissar Anderson sah er ebenfalls herumlaufen. Allerdings schien sich die Polizei hauptsächlich für das Gebäude auf der gegenüberliegenden Straßenseite zu interessieren.

Berringer ging zuerst zu Marwitz.

„Diesmal war es noch knapper!", stieß der Event-Manager aufgeregt hervor und deutete auf den zerstörten Lautsprecher der PA-Anlage. „Wer macht so was? Schießt auf mich, während die Polizei fast danebensteht und zusieht!"

„Also ehrlich, so was haben wir uns nicht mal in Kreuzberg getraut", äußerte der recht dicke und sehr große Mann, der in der Nähe stand.

„Wer sind Sie bitte?", fragte Berringer.

„Harry Handbroich von der Handbroich-Spedition. Aber für dich Harry. Und wer bist du?"

Am liebsten hätte Berringer geantwortet: Ich bin *Herr* Berringer. Aber stattdessen sagte er: „Ich bin der Robert."

„Geil. Der Privatdetektiv, ne?"

Das „ne" mit dem dumpfen, kurz gesprochenen E am Ende war zusammen mit dem Wort „geil" so etwas wie das verbale Erkennungszeichen einer Generation.

„Ja, der Privatdetektiv", bestätigte Berringer.

„Also wenn du mich fragst, Robert, der Kerl, der das getan hat, wollte unserem guten Frank nur Angst machen. Ich meine, zweimal daneben – das gibt's doch sonst nicht. Jedenfalls nicht so knapp."

Berringer wandte sich an Marwitz. „Haben Sie was gesehen?"

„Wie er davonlief. Über das Dach der Halle da vorn."

„Na ja", meinte Berringer, „jedenfalls wissen wir nun, dass es ein Mann ist."

„Sah jedenfalls von der Figur her so aus. Mehr war auch nicht zu erkennen. Nur ist er leider auf rätselhafte Weise verschwunden. Die Polizei sagt, wahrscheinlich durch einen Abwasserkanal."

„Spricht für gute Planung", murmelte Berringer nachdenklich. „Ich komme übrigens gerade von Krassow ..."

Er dachte an die Schuhe und hätte zu gern gewusst, ob wirklich Hundekot oder vielmehr Klärschlamm an ihnen geklebt hatte.

Aber jetzt zurückzufahren, um das zu überprüfen, hatte kaum Sinn. Entweder hatte die Müllabfuhr die Schuhe bereits mitgenommen, oder Krassow hatte, wenn er tatsächlich etwas mit den Anschlägen auf Marwitz zu tun hatte und wie das Phantom von Mönchengladbach durch die Abwasserkanäle entkommen war, die verschmierten Treter inzwischen anderweitig entsorgt. Vielleicht im Garten vergraben, dachte Berringer.

„Was haben Sie denn von Krassow herausbekommen?", fragte Marwitz.

„Nicht der Rede wert", erwiderte Berringer. „Nur, dass er offenbar wirklich ein sehr guter Armbrustschütze ist und von daher für so einen Kunstschuss infrage käme."

Und auch vom zeitlichen Ablauf her hätte Krassow zumindest dieses Mal der Täter sein können ...

„Er *muss* hinter diesen Anschlägen stecken", war Marwitz überzeugt. „Eigentlich dachte ich ..." Er stockte.

„Was?", hakte Berringer nach.

Marwitz schluckte und scheute offenbar davor zurück, weiterzusprechen, rang sich dann aber doch dazu durch: „Na ja, ich hatte gehofft, Sie würden ihn mal etwas härter anfassen."

Berringer riss die Augen auf und starrte ihn an. „Wenn Sie einen Schläger suchen, sind Sie bei mir an der falschen Adresse."

„So war das nicht gemeint", behauptete Marwitz.

„Hörte sich aber so an", entrüstete sich Berringer. „Wenn Sie mich nur deshalb engagiert haben, weil die MEAN DEVVILS schon für Ihren Konkurrenten arbeiten und Sie jemand Gleichwertigen suchen, um ihn dagegenzustellen, ist unsere Zusammenarbeit hier und jetzt beendet!"

Marwitz hob abwehrend die Hände. „Wie gesagt, so war das nicht gemeint. Aber Sie müssen mich verstehen, ich bin in einer verzweifelten Lage. Wenn jetzt noch irgendwas schiefläuft, kann ich das Korschenbroicher Schützenfest und vielleicht sogar das internationale Hockey-Turnier knicken. Sie haben ja keine Ahnung, was das bedeutet."

Berringer bemerkte, wie Marwitz' Gesichtsfarbe von Rot in Dunkelrot wechselte. Der Event-Manager ballte die Hände zu Fäusten, und es war unübersehbar, wie verkrampft und angespannt er war. Der aufgesetzte Optimismus, die demonstrativ zur Schau getragene gute Laune, die lässige Souveränität und sein schmalziger Charme – das alles wirkte plötzlich wie eine abblätternde Tünche, durch die immer mehr zum Vorschein kam, wie es in Wirklichkeit in Marwitz' Seele aussah. Innerlich stand er vor einem Abgrund.

„Sie müssen Ihr Gemüt etwas abkühlen", forderte Berringer.

„Heute Abend haben Sie in der Kaiser-Friedrich-Halle eine perfekte Show abzuliefern, auf die Sie sich voll konzentrieren müssen. Alles andere sollte erst mal nebensächlich sein."

Aber diese Worte blieben anscheinend ungehört. In Marwitz kochte es, und Berringer hatte Sorge, dass sein Klient bei nächster Gelegenheit und aus nichtigem Anlass die Beherrschung verlor.

„Das internationale Hockey-Turnier ist so was wie die Generalprobe für die Feldhockey-Europameisterschaft der Herren 2011", erklärte Marwitz. „Und für die könnte ich mir gute Chancen erarbeiten, wenn alles glatt über die Bühne geht. Aber so ..." Er verstummte und schüttelte den Kopf, und ein bitterer, verzweifelter Zug trat in seine Miene.

Er deutete auf einen Mann mit Halbglatze, der sich mit einem der uniformierten Polizisten unterhielt und dabei die Hände tief in den Hosentaschen vergraben hatte. Um den Hals hing ihm eine Kamera, deren Riemen das Revers seines Jacketts arg verknitterte. Es war kleinkariert und eigentlich eine Nummer zu eng. Jedenfalls bezweifelte Berringer, dass der Mann die Knöpfe schließen konnte.

„Da steht er schon, der Feind", raunte Marwitz.

„Wie?", fragte Berringer, der im ersten Moment schon glaubte, sich vielleicht verhört zu haben.

„Conny Tietz von der Rundschau. Kennen Sie ihn nicht?"

„Nur als Name unter diversen Artikeln."

„Sie scheint er zu mögen. Jedenfalls hat er Ihren Namen groß herausgestellt, als er über die Sache mit der Stalkerin und Paul Pauke geschrieben hat."

„Ich erinnere mich", murmelte Berringer. Allerdings war es ihm gar nicht recht gewesen, dass die Sache in der Öffentlichkeit breitgetreten worden war. Zwar war das auf der einen Seite natürlich kostenlose Werbung, aber erstens hatte Berringer inzwischen längst genug lohnende Aufträge, und zweitens war Unauffälligkeit Teil seines Jobs. Insofern vermied er es immer tunlichst, sein Gesicht in irgendeine Kamera zu halten, egal, ob es die eines WDR-Landesstudios, einer Lokalzeitung oder eines Boulevardblatts war. Dass allerdings sein Name hin und wieder erwähnt wurde, ließ sich nicht vermeiden.

„Mich mag Tietz leider überhaupt nicht“, fuhr Marwitz fort. „Immer wenn er in der Rundschau über eine Veranstaltung schreibt, die ich moderiert habe, ist der Artikel voller Süffisanz. Das ist in meinen Augen schon Rufschädigung.“

„Warum verklagen Sie ihn nicht?“, fragte Berringer.

„Bin ich verrückt? Dann würde dieser Tietz doch erst so richtig loslegen. Und weil diese Pressegeier alle irgendwie zusammenhalten, wenn’s gegen ein wehrloses Opfer geht, hätte ich dann auch noch seine Kollegen am Hals. Davon abgesehen habe ich mich auch schon juristisch beraten lassen, und mir wurde dringend von einer Klage abgeraten. Die Erfolgsaussichten seien gleich null, von wegen Presse- und Meinungsfreiheit und so.“

„Tja, da bin ich wohl der Falsche, um Ihnen irgendeinen Tipp zu geben“, meinte Berringer und beobachtete mit Sorge, wie Marwitz immer mehr in Rage geriet. Die Adern an seinem Hals schwollen auf bedenkliche Weise an, und die Gesichtsfarbe wurde sogar noch eine Spur dunkler.

„Wenn Krassow, dieser alte Schleimer mit dem Charme der vorletzten Jahrhundertwende, einen Senioren-Tee moderiert, dann lobt ihn Conny Tietz in den höchsten lokaljournalistischen Tönen. Es ist nicht zu fassen! Ich habe gehört, dass Krassow dafür beim Fußballturnier der Mönchengladbacher Schulen umsonst den Stadionsprecher macht.“

Berringer runzelte die Stirn. „Den Zusammenhang versteh ich nicht.“

„Na, ist doch ganz einfach: Die Rundschau sponsert das Turnier. Eine Art Imagekampagne, um sich die Sympathie der Leser von morgen und ihrer Eltern zu sichern. Einer, der früher in der Rechnungsabteilung der Rundschau gearbeitet hat, hat mir verraten, dass Tietz das Honorar, das Krassow in Rechnung stellt, in die eigene Tasche steckt.“

Berringer nickte. Wenn das der Wahrheit entsprach, konnte er sich gut vorstellen, wie das ablief. Es hatte jeder seinen Vorteil davon: Krassow opferte einen Nachmittag für das Schulturnier und erhielt dafür eine gute Werbung, und Tietz konnte sich zwei Wochen Mallorca extra im Jahr leisten. Der Haken war wohl nur, dass offenbar auch die Unterstützung der örtlichen Presse Krassow nicht viel weiter nach vorn brachte, als er im Moment schon war. Die beste Werbung hob letztendlich nicht die Unterschiede im Talent auf: Eckart Krassow spielte eben nicht in einer Moderatorenliga mit Frank Marwitz – so wie es für Marwitz unmöglich war, die höheren Weihen eines Show-Moderators im Free-TV zu erhalten.

Die sollen sich nicht so anstellen, dachte Berringer. Was soll ich denn sagen? Ich werde ja auch kaum noch Polizeipräsident von Düsseldorf.

Frank Marwitz zog Berringer etwas zur Seite. „Können Sie da nichts machen?“, fragte er leise und in einem fast verschwörerischen Tonfall.

„Was heißt hier *was machen?*“, fragte Berringer, obwohl er eigentlich gar nicht näher wissen wollte, was sein Klient damit zum Ausdruck bringen wollte.

„Na, der Schmierfink wird doch wahrscheinlich ausführlich über das berichten, was hier geschehen ist. Und die Folgen sind unabsehbar. Kann sein, dass ich meinen Laden dann dichtmachen kann – zumal, wenn er die Story auch noch an die Boulevardpresse verkauft. Das darf er zwar nicht, weil er eigentlich exklusiv für die Rundschau arbeitet, aber seine Unfallfotos von der A52 sind auch immer regelmäßig in der BILD.“

Ich dachte, landesweite Berühmtheit wäre ganz nach deinem Geschmack, dachte Berringer, verkniff sich diese Bemerkung aber und versprach: „Ich werde mal mit ihm reden.“

„Und heizen Sie ihm vielleicht ein bisschen ein. Ich bezahle Sie ja schließlich.“

„Ich sagte Ihnen schon: Wenn Sie glauben, Sie hätten mit mir einen Schläger angeheuert, sind Sie falsch gewickelt, Herr Marwitz", stellte Berringer unmissverständlich klar.

„Ich dachte nur …"

„Lassen Sie das Denken besser bleiben, wenn es in diese Richtung geht", schnitt Berringer ihm das Wort ab. „Tut mir leid für Sie, dass die hiesige Rockertruppe offenbar schon von Ihrem Konkurrenten gebucht wurde. Ich habe keine Lust, mich auf dieses Niveau zu begeben."

Marwitz sah Berringer mit zu Schlitzen verengten Augen an. Ein Muskel zuckte unruhig in seinem Gesicht, und das linke Augenlid flatterte ein wenig. Er sah aus wie ein Mann, der drauf und dran war, den sicheren Grund unter den Füßen zu verlieren.

Doch auf einmal lächelte er matt. „Ich wollte sagen, dass Sie als Expolizist ja vielleicht auch ein bisschen juristisch argumentieren könnten, so von wegen übler Nachrede und so. Vielleicht reagiert er ja darauf."

„Mal sehen", brummte Berringer nur.

Berringer ging zu dem Pressemann, den der uniformierte Polizist inzwischen stehen gelassen hatte.

„Conny Tietz?", fragte Berringer.

„Der bin ich."

„Mein Name ist Berringer."

„Der Detektiv, der Paul Pauke von dieser Stalkerin befreit hat, richtig?"

„Richtig. Und im Moment versuche ich Frank Marwitz zu helfen."

„Falls dem noch zu helfen ist", sagte Tietz.

Berringer wurde sofort hellhörig. „Wie meinen Sie das?"

„Na ja, so schlecht wie sein Ruf inzwischen schon ist …"

„Darüber möchte ich mit Ihnen reden. Herr Marwitz ist nicht daran interessiert, dass Sie dazu beitragen, dass sein Ruf noch schlechter wird."

„Dafür sorgt er schon selbst. Ich schreibe nur das, was ich erfahre und belegen kann“, behauptete Tietz. „Wollen Sie etwa, dass ich irgendeine Information zurückhalte?“ Dann deutete er zur anderen Straßenseite, wo die Polizei das Grundstück, auf dem sich das Lagerhaus befand, abgeriegelt hatte. „Die lassen niemanden an den Tatort. Ich muss wahrscheinlich von einem hohen Gebäude in der Umgebung meine Fotos machen.“

„Sie haben es wirklich nicht leicht“, erwiderte Berringer mit deutlicher Ironie im Tonfall, aber Conny Tietz schien es zu überhören. Jedenfalls verzog er keine Miene.

Berringer wartete noch einen kurzen Moment auf das Blitzen in den Augen oder ein Zucken der Mundwinkel. Irgendetwas, das darauf schließen ließ, dass Tietz doch verstanden hatte, wie Berringer es meinte.

Stattdessen fragte Tietz: „Können Sie nicht was für mich tun und bei Ihren Kollegen ein gutes Wort für mich einlegen?“

Berringer antwortete nicht darauf. „Wir sollten uns vielleicht mal treffen und über Eckart Krassow reden“, schlug er stattdessen vor und gab Tietz seine Karte, von denen er glücklicherweise ein paar griffbereit in der Seitentasche seines Jacketts hatte.

Tietz nahm die Karte entgegen und war offenbar leicht überrascht. Dann gab er Berringer seine eigene. „Wir sollten uns wirklich mal treffen. Ich würde gern eine Homestory über Sie schreiben. Sie wohnen doch auf einem Hausboot im Düsseldorfer Hafen, oder?“

„Ach, das wissen Sie auch?“

„Ich bin gut informiert.“

„Das merke ich gerade.“ Umso wichtiger war ein Treffen mit ihm, ging es Berringer durch den Kopf. Natürlich hoffte Tietz, dass der Informationsfluss bei dieser Gelegenheit genau in die andere Richtung verlief. Berringer hatte nicht die Absicht, ihm diesen Glauben jetzt schon zu nehmen.

„Verzeihen Sie, wenn ich das so offen anspreche, aber der Typ, der damals Ihre Familie umgebracht hat“, sagte Tietz, „der sitzt doch lebenslänglich, oder?“

„Wir können gern über den Irren reden, der Frank Marwitz mit seiner Armbrust in den Wahnsinn oder ins Grab treiben will“, entgegnete Berringer energisch. „Aber nicht über meine Familie. Haben Sie mich verstanden?“

So hast du vielleicht früher Dienstanweisungen gegeben, dachte er im nächsten Moment, aber im normalen Leben ist diese Art der Kommunikation absolut daneben!

Er begriff, dass er sich im Ton vergriffen hatte, wenn er von Tietz tatsächlich was wollte. Doch der Journalist hatte bei ihm den empfindlichen Punkt getroffen, und deswegen reagierte er auf eine Weise, die auf andere Menschen vielleicht etwas grob wirkte.

Inzwischen war es Berringer in der Regel gleichgültig, wie er auf andere wirkte und ob sein Gegenüber ihn für einen Misanthropen hielt, der er nur scheinbar war. Aber wenn es darum ging, in einem Fall weiterzukommen, versuchte er, seine eher düstere Seite zu unterdrücken. Zumindest so gut es ging, denn ganz war ihm das nicht möglich.

„Wie kommen Sie dazu, sich so genau mit meinem Leben zu beschäftigen?“, fragte er ungehalten und spürte, wie ihn das innerlich auf eine ungesunde Weise aufwühlte. Das Herz schlug ihm bis zum Hals, und seine Hände krampften sich zusammen.

„Das ist eine ergreifende Story“, verteidigte sich der Reporter. „Daraus könnte man was machen. BILD-Zeitung, die Boulevardmagazine der Privatsender ... Da könnte eine richtig gute Kampagne draus werden und schon stehen Sie wie ein Held da. Ein Mann, der sein Leben gemeistert hat, obwohl ihm das Schicksal so hart mitspielte. Ein Kämpfer für Gerechtigkeit, der nicht aufgibt, obwohl ihm die Gangster alles genommen haben, was ihm etwas bedeutete ... Man müsste ein Buch daraus machen. Ich könnte mich als Ghostwriter anbieten, wenn Sie mir die nötigen Background-Infos geben.“

„Und hinterher kann man noch einen Spielfilm darüber drehen“, brummte Berringer erbost. „Mit Til Schweiger in der

Hauptrolle. Man könnte ja den Tod meiner Frau und meines Sohnes zu einer Komödie umdichten, was? Nein danke."

„Überlegen Sie sich das gut. Wir hätten beide was davon."

Berringer wollte noch einmal heftig widersprechen, schluckte dann aber die Bemerkungen, die ihm auf der Zunge lagen, hinunter. Er wollte etwas von diesem Mann, also sollte er es sich mit ihm nicht ganz und gar verderben.

„Wir sprechen später darüber", lenkte er ein, als er hinter einer Ecke des Lagerhauses Kriminalhauptkommissar Anderson auftauchen sah.

Anderson unterhielt sich zunächst mit einem uniformierten Polizisten sowie einer Kollegin der Spurensicherung, die einen weißen Einwegoverall trug. Strähnen ihres gelockten Haares lugten unter der dazugehörigen Kopfhaube hervor.

Berringer überquerte schnell die Straße.

Ein Uniformierter hielt ihn auf, als er das Gelände betreten wollte. „Tut mir leid, keine Presse. Das habe ich schon Ihrem Kollegen gesagt."

Berringer hörte hinter sich Schritte. Ohne sich umzudrehen, begriff er, dass Conny Tietz ihm einfach gefolgt war, in der Hoffnung, sich in Berringers Windschatten vielleicht doch noch auf das Grundstück schleichen zu können. Und für Berringer hatte das nun zur Folge, dass er zusammen mit dem offenbar allseits bekannten Conny Tietz zur Presse gerechnet wurde.

„Kriminalhauptkommissar Anderson kennt mich und will mich sprechen", sagte Berringer und zeigte dem Uniformierten seine ID-Card, mit der er sich als Privatdetektiv auswies.

„Tut mir leid, davon weiß ich nichts."

„Ich habe wichtige Ermittlungsergebnisse beizutragen."

Anderson wandte das Gesicht in Berringers Richtung. Der Detektiv winkte ihm zu, und Anderson grüßte mit einem Kopfnicken zurück, während die Beamtin von der Spurensicherung mit weit ausholenden Schritten in die Lagerhalle zurückkehrte.

Berringer nutzte die Verwirrung des Uniformierten, der ihn

aufgehalten hatte, um einfach an ihm vorbeizugehen. Dieser schaffte es gerade noch, zu verhindern, dass Tietz es ihm gleichtat.

Anderson ging Berringer entgegen, deutete auf Tietz und rief dem Uniformierten zu: „Der da nicht!"

„In Ordnung", bestätigte der Polizist und sagte zu Tietz: „Sie müssen schon bis zur Pressekonferenz warten."

„Hallo, Thomas", begrüßte Berringer seinen ehemaligen Kollegen. „Wie ist der Stand der Dinge?"

„Wir suchen derzeit die entscheidenden Köpfe der MEAN DEVVILS, um sie zu vernehmen. Beweise gegen sie haben wir nicht."

„Und? Die werden doch ihre bekannten Treffpunkte haben."

„Nur sind sie alle ausgeflogen. Denn unsere leitende Staatsanwältin Frau Dr. Isolde Müller-Steffenhagen …"

„Der Drache?"

„Genau. Frau Dr. Müller-Steffenhagen denkt leider mehr an ihre persönliche Selbstdarstellung als daran, dass sie mit ihrem Getöse die Ratten verscheucht."

„Wie wär's, wenn du heute Abend auf die Ü-30-Party in der Kaiser-Friedrich-Halle kommst und ausreichend Personal mitbringst? Nur sollten die besser ihre Uniformen zu Hause lassen."

„Nach feiern ist mir nicht zumute", erwiderte Anderson. „Unsere Ermittlungsergebnisse sind nämlich mehr als bescheiden."

„Dennoch", meinte Berringer, „die Sache könnte sich lohnen. Da gibt's einen tollen falschen Michael Jackson, der zwar nicht wie Michael Jackson aussieht – weder wie der schwarze noch wie der weiße – und weder singen noch tanzen kann, aber dadurch wird die Fantasie der Zuschauer enorm gefordert. Wäre das nichts für dich?"

„Das ist nicht dein Ernst, oder?"

„Doch, ist es. Denn das ist das nächste Event, das Frank Marwitz moderiert, und es ist mehr als wahrscheinlich, dass die MEAN DEVVILS wieder versuchen, dort zu stören."

Anderson überlegte kurz, dann nickte er. „Ja, vielleicht ist das wirklich eine Möglichkeit, ein paar von den Typen dingfest zu machen. Ich werde mal sehen, was sich da machen lässt."

Plötzlich bog ein Van um die Ecke und fuhr auf den Hof vor Marwitz' Büro. An den Seiten trug er das Logo eines Privatsenders. Ein Typ mit Kamera sprang ins Freie, dann ein Tontechniker und anschließend eine Frau mit langen blonden Haaren, die sich zunächst mal von einer Assistentin die Frisur zurechtmachen ließ und dann mit dem Mikro in der Hand ungeduldig auf und ab ging, als würde sie auf etwas warten.

„Ist hier irgendein Ereignis angekündigt, von dem ich nichts mitbekommen habe?", fragte Berringer an Anderson gewandt.

Das Gesicht seines Exkollegen verriet, dass er ebenso ratlos war wie er selbst. Schließlich murmelte Anderson: „Ich habe einen bösen Verdacht …"

Aber er kam nicht mehr dazu, ihn auch zu äußern. Einer seiner Kollegen rief: „Wir haben etwas gefunden!"

Berringer folgte Anderson bis zum Personaleingang der Lagerhalle. Niemand kümmerte sich weiter um ihn oder versuchte gar, ihn aufzuhalten. Zusammen mit Anderson trat er ins Innere, wo Beamte der Spurensicherung mit ihrer Arbeit beschäftigt waren.

Die Kollegin im Einwegoverall, die Berringer draußen schon gesehen hatte, trat auf Anderson zu. Sie hielt einen schlammverschmierten, sorgfältig eingetüteten Gegenstand in der Hand.

„Hier", sagte sie. „Sieht aus wie ein Armbrustprojektil."

„Wo ist das her?", wollte Anderson wissen.

„Kommt aus dem Kanal. Der Täter hat es offenbar bei seiner Flucht verloren. Der Abstieg ist sehr eng und die Metalltritte sind scharf und rostig. Und da es dunkel war, dürfte er auch kaum was gesehen haben, selbst wenn er eine Taschenlampe bei sich hatte."

„Sagen Sie bloß, es gibt sogar 'ne DNA-Spur?", fragte Anderson.

„Ist nicht ausgeschlossen. Unter Luminol sind an einer der

Sprossen kleinere Blutspuren zu erkennen. Es könnte sein, dass der Täter abgerutscht ist und sich dabei eine Schürfung zugezogen hat. Ob die Blutspur vernünftig gesichert werden kann und für eine DNA-Bestimmung ausreicht, muss sich noch zeigen. Das macht unser Hans-Werner!"

„Hans-Werner Wradel?", fragte Berringer.

Die Frau im Overall sah ihn stirnrunzelnd an. „Wer sind Sie denn?"

„'n Kollege", sagte Anderson knapp; das „'n" war dabei kaum zu hören. Dann deutete er auf die Frau im Overall: „Birgit Mankowski vom Erkennungsdienst."

„Angenehm", sagte Berringer.

„Ja, unser Hans-Werner heißt tatsächlich Wradel", bestätigte Birgit Mankowski.

„Ich kenne ihn aus Düsseldorf."

„Sind Sie vom LKA?", wollte sie wissen. Sie schloss darauf, weil das Landeskriminalamt von NRW in Düsseldorf, in der Völklinger Straße, seinen Sitz hatte. „Ich wusste nicht, dass der Fall schon solche Dimensionen angenommen hat, dass sich das LKA darum kümmern muss. Na ja, ist ja auch egal. Ich mach hier nur meinen Job, und das, was dabei herauskommt, müssen dann andere Leute bewerten und interpretieren."

Etwas ganz Ähnliches hatte Berringer vor einigen Jahren Hans-Werner Wradel öfter mal sagen hören. Der hatte nach den paar Jahren in verschiedenen Kommissariaten für sich entschieden, dass ihm der Umgang mit Menschen einfach zu anstrengend war. Für den Umgang mit Proben und deren Auswertung war er hingegen aufgrund seiner Akribie wie geschaffen.

Eigentlich hätte Berringer gern noch mit Hans-Werner Wradel gesprochen, um mehr zu erfahren, aber dann beschloss er, das Gespräch nicht weiter in diese Richtung voranzutreiben. Er bemerkte nämlich, wie nervös Thomas Anderson geworden war, weil seine Kollegin von der Spurensicherung ihn – Berringer – für einen LKA-Beamten hielt.

Okay, okay, ich will dich ja nicht unnötig blamieren, dachte er. Hans-Werner konnte er schließlich später auch anrufen.

„Der Täter hatte Schuhgröße fünfundvierzig", fuhr Birgit Mankowski fort. „Das wissen wir aufgrund eines Schuhabdrucks im Staub."

„Einen Schuhabdruck hatten wir doch schon bei einem der anderen Attentate", erinnerte sich Berringer und kramte die Kopie hervor, die er von Anderson hatte. Selbst bei der bisherigen flüchtigen Lektüre war ihm unter den gesicherten Spuren ein Abdruck Größe einundvierzig aufgefallen, schon deswegen, weil es der einzige gesicherte Schuhabdruck überhaupt gewesen war.

Er faltete das Blatt auseinander. „Hier, auf Dr. Rainer Gerresheim wurde vor vier Wochen ein ähnlicher Anschlag verübt."

„Ja, ich erinnere mich", murmelte Anderson sichtlich gereizt.

„Gefundene Spuren: Schuhabdruck Schuhgröße einundvierzig, Turnschuh mit abgelaufenem Profil."

„Ja, das LKA – genau und akribisch, wie sich das gehört", sagte Birgit Mankowski, und Berringer zog die Möglichkeit in Erwägung, dass sie das vielleicht ironisch meinte und in Wahrheit vor allem ihrem Unbehagen darüber Ausdruck verleihen wollte, dass ihr und ihren Kollegen eine teils übergeordnete und teils in Konkurrenz stehende Behörde auf die Finger schaute.

„Wenn es sich um Aufnahme-Riten dieser Rocker handelt, ist das mit den unterschiedlichen Schuhgrößen nicht verwunderlich", meinte Anderson. „Die Neulinge müssen so einen Unfug abziehen, müssen möglichst knapp vorbeischießen und dennoch maximalen Schaden anrichten, und wenn sie das hinkriegen, werden sie in die Gang aufgenommen. Und natürlich braucht so ein Neuling nur eine dieser Mutproben hinzulegen. Also wäre es eher verwunderlich, wenn wir identische Abdrücke hätten."

„Nun ja, bei Rockern vermute ich eher die Abdrücke von Motorradstiefeln", murmelte Berringer.

„Mit denen kann man aber nur schwer über Dächer schleichen", hielt Anderson dagegen.

„Wie gesagt, ich halte mich da raus“, sagte Birgit Mankowski. „Das ist nicht mein Job.“

„Trotzdem – wenn wir den Fall aufklären, wird Ihre Arbeit sicher die Grundlage für den Erfolg sein“, meinte Berringer und zauberte damit ein Lächeln ins Gesicht seiner Gesprächspartnerin.

Anderson wurde es zu bunt. „Komm mit, wir müssen was besprechen“, raunte er Berringer zu und schob ihn ziemlich bestimmt aus der Halle, obwohl der Detektiv eigentlich noch gern geblieben wäre.

Als sie im Freien waren, ließ der Kriminalhauptkommissar seinem Ärger freien Lauf. „Du bist wohl verrückt geworden, Berry! Dich als LKA-Beamter auszugeben!“

„Das habe ich nicht getan.“

„Doch!“

„Du warst es, der mich als Kollegen vorgestellt hat“, erinnerte Berringer. „Ich habe nur erwähnt, dass ich aus Düsseldorf komme …“

„Hör mal, was denkst du dir eigentlich? Willst du mich hier völlig unmöglich machen? Und dann holst du auch noch eine Kopie aus der Tasche, die du gar nicht haben dürftest! Eine Hand wäscht die andere – okay! Aber deine Hände haben einen so üblen Geruch wie die Scheiße in dem Kanal dort unten, und ich habe ehrlich gesagt keine Lust mehr, das länger mitzumachen!“

„Thomas, wir arbeiten doch an derselben Sache – und stehen auf derselben Seite.“

„Da bin ich mir nicht mehr so sicher! Und nun lass mich hier erst mal zufrieden! Ruf mich nicht an, es sei denn, es ist wirklich wichtig, und untersteh dich, meine Kollegen anzusprechen!“

„Das hatte ich auch nicht …“

„Doch, das hattest du vor!“, unterbrach ihn Anderson. „Du hattest vor, Hans-Werner später anzurufen und auszuquetschen, und dann hast du dir nach dieser grandiosen Show vor Frau Mankowski gedacht, dass du ihren Irrtum bezüglich deiner LKA-Zugehörigkeit vielleicht noch mal ausnutzen könntest, um mehr zu erfahren. Schließlich wird sie ja wohl keinen Dienstausweis von dir verlangen, wenn du sie noch mal triffst."

Eine Erwiderung fiel Berringer im Moment nicht ein. Er öffnete den Mund und sagte nur: „Ich …"

Aber danach kam nichts mehr. Er war einfach zu perplex.

„Ja, da staunst du, Berry! Ich kann nämlich deine Gedanken lesen! Und jetzt verschwinde!"

Als Berringer das Grundstück verließ, sah er eine Limousine, um die sich eine Menschentraube gebildet hatte. Eine Frau im Business-Kostüm und mit markanter Hornbrille stieg aus.

Von einem der uniformierten Beamten erfuhr Berringer, wer dieser Star im Blitzlichtgewitter war: Frau Dr. Müller-Steffenhagen inszenierte sich. Offenbar waren gezielt Medien informiert worden, damit ihr Auftritt auch gebührend gewürdigt wurde.

Berringer näherte sich bis auf wenige Schritte und hörte die Staatsanwältin etwas davon sagen, dass man bereits große Ermittlungsfortschritte erzielt habe und Verhaftungen unmittelbar bevorstünden. Allerdings könne sie aus fahndungstaktischen Gründen keine Einzelheiten bekannt geben. „Aber eins kann ich Ihnen versichern: Wir sorgen für die Sicherheit der Bürger von Mönchengladbach", hörte man sie laut und deutlich sagen, und sie betonte es so, dass jedem klar war, dass sie selbst mit dem „wir" gemeint war.

Berringer setzte sich in seinen Wagen. Er fragte sich, ob Eckart Krassow vielleicht Schuhgröße fünfundvierzig hatte, und rief Vanessa an. Aber es ging niemand an den Apparat. Er versuchte es unter ihrer Handynummer. Und damit hatte er Erfolg.

Im Hintergrund waren Stimmen zu hören und eine Akustik wie in einer Kneipe.

„Wo bist du?", fragte Berringer.

„Dönerbude. Man muss ja schließlich auch mal was essen", erwiderte Vanessa genervt. Sie sprach undeutlich und kaute dabei. Man hörte selbst durchs Telefon den Krautsalat knacken.

„Bist du mit Krassows Alibi weitergekommen?"

„Hmmmmm", murmelte sie gedehnt und schluckte dann erst mal. „Sorry, Berry ... Einen Moment." Nach einer kurzen Pause fuhr sie fort: „Ich hab mit dem Sender telefoniert, und jeder dort schwört Stein und Bein, dass Eckart Krassow zur fraglichen Zeit tatsächlich im Sender gewesen sei und jede Sendung live ist. Aufzeichnungen – so etwas gäbe es nicht, das wäre ja Betrug an den armen Leuten, die dann versuchen anzurufen und in der Warteschleife landen."

„Aber genau dann bringen sie dem Sender das meiste Geld", brummte Berringer.

„Ich weiß. Nun hab ich mal ein bisschen herumtelefoniert und über die Freundin einer Freundin, die mal bei diesem Sender gejobbt hat, Kontakt zu einer Exmoderatorin gekriegt, die Heike Martens heißt und sich inzwischen als sogenannte wahre Hexe mit eigener Praxis in Viersen selbstständig gemacht hat und sich Abraxella nennt. Sie führt jetzt mentale Karmakorrektur und magische Lebensberatung durch und bietet außerdem Kurse an, in denen Frauen ihre Hexenkräfte entdecken und für gut fünfhundert Euro ein Diplom erwerben können, um damit selbst als magische Beraterinnen tätig zu werden."

„Und ich habe leichtsinnigerweise immer gedacht, das Mittelalter läge schon eine Weile zurück", murmelte Berringer.

„Es scheint ein Comeback zu haben."

„Allerdings."

„Jedenfalls ließ die Abraxella an ihrem Exarbeitgeber kein gutes Haar, obwohl bereits eine Verleumdungsklage gegen sie läuft. Sie meinte, selbstverständlich würden ab und zu Aufzeichnungen eingesetzt, wenn mal gerade ein Astro-Berater ausfällt oder nicht genug Personal da ist. Die Sendungen werden im Voraus produziert, als Lückenfüller, die man bei Bedarf einsetzen kann. Man muss nur alle aktuellen Bezüge vermeiden."

„Und die Anrufer?", fragte Berringer.

„Sind bei den Aufzeichnungen in Wirklichkeit Mitarbeiter

des Senders oder deren Freunde und Bekannte. Wer kann schon nachprüfen, ob eine Frau Meier oder Müller aus Niederheide wirklich Probleme mit ihrem Ehemann hat und deswegen beim Sender anruft?"

Gauner!, dachte Berringer. Und genau genommen sogar ein vollendeter Betrug. Kein Wunder, dass der Sender so etwas vehement abstritt. Schließlich hatten die Anrufer, die in der Warteschleife gehalten und denen dabei fleißig Gebühren abgebucht wurden, nicht einmal die vage Chance, das zu bekommen, wonach sie sich sehnten: spirituellen Beistand nämlich.

Für manchen ist das vielleicht auch besser so, dachte Berringer. Denn wer keine dieser „Beratungen" bekommt, steht hinterher auch nicht ohne Job und Lebenspartner da, nur weil er irgendeinem Wink der Sterne oder der Karten gefolgt ist.

„Das könnte also auch bei Krassow so gewesen sein", schloss Berringer.

„Richtig. Aber der Sender würde das um keinen Preis zugeben. Wahrscheinlich nicht mal, wenn denen klar wäre, dass sie damit einen Kriminellen decken."

„Na ja, dann würden sich alle in der JVA wiedersehen und könnten mithilfe ihrer Karten das psychologische Personal etwas entlasten, wenn es darum geht, Prognosen über die Gefahr der Rückfälligkeit bei Inhaftierten zu stellen."

Vanessa konnte darüber offenbar nicht mal schmunzeln, denn sie beschwerte sich: „Kann ich nun weiteressen? Mein Döner fällt schon auseinander."

„Was ist mit Artur König?"

„Ich bin noch nicht dazu gekommen, mich um den zu kümmern. Und da wir am Abend ja in der Kaiser-Friedrich-Halle was vorhaben, wird das heute auch nichts mehr."

„Hör mal, es ist wichtig, dass ich ..."

„Tschüss, Berry", unterbrach sie ihn und beendete das Gespräch.

Er seufzte, doch statt sie noch einmal anzurufen, wählte er die

Nummer von Eckart Krassow, um ihn nach seiner Schuhgröße zu fragen. Aber er bekam lediglich Kontakt zu dessen Anrufbeantworter, anschließend zu einer Mailbox. Krassow war offenbar mal wieder unterwegs und seine Tochter nicht mehr im Büro.

Berringer verbrachte zwei Minuten mit dem Versuch, sich an die Füße des Event-Managers zu erinnern. Aber erstens hatte er nicht besonders auf sie geachtet, und zweitens ließ sich so etwas einfach sehr schlecht abschätzen.

Zumindest war Berringer der Meinung, dass Krassow keine zierlichen einundvierziger Füße hatte.

Er sah auf die Uhr. Nach Düsseldorf zurückzufahren lohnte nicht. Aber vielleicht konnte er sich noch den falschen Michael Jackson vornehmen.

Arno Schwekendiek, der falsche Michael Jackson, lebte in einem Mietshaus im der Nähe des Grenzlandstadions.

Das Haus war dreistöckig, grau und etwas heruntergekommen, obwohl es nicht besonders alt war. Berringer stellte seinen Opel am Straßenrand ab. Schwekendieks Name stand an der Tür, und Berringer betätigte die entsprechende Klingel. Ohne Ergebnis.

Da aus dem abgekippten Fenster, von dem er annahm, dass es zu Schwekendieks Wohnung gehörte, Musik dröhnte, vermutete Berringer, dass man ihn wohl einfach nicht hörte. Also klingelte er bei einem der anderen Namen.

Ein Summen ertönte, und Berringer drückte die Haustür auf. Er nahm – wie immer – mehrere Stufen auf einmal. Auf dem zweiten Absatz stand ein Mann im Unterhemd, schätzungsweise Mitte sechzig und einen Kopf größer als Berringer.

„Haben Sie geklingelt? Was wollen Se denn? Ich kauf nix."

„Tut mir leid, war ein Versehen", entschuldigte sich Berringer.

„Wer sind Sie denn?"

Berringer gab ihm keine Antwort, sondern eilte weiter in den dritten Stock. Wenig später stand er vor Schwekendieks Tür.

Auch dort gab es eine Klingel, aber der Knopf fehlte. Und irgendjemand hatte über Klingel und Namensschild mit einem schwarzen Edding ARSCHLOCH geschrieben.

Es geht doch nichts über den sozialen Zusammenhalt einer Hausgemeinschaft, dachte Berringer und klopfte.

„Herr Schwekendiek?", versuchte er gegen die laute Musik anzukommen.

Privat schien Schwekendiek keineswegs Michael-Jackson-Songs zu bevorzugen, sondern eher auf psychedelische Klänge zu stehen. Berringer versuchte es noch einmal. Vergeblich.

Ein verbrannter Geruch stieg ihm in die Nase. Berringers innere Alarmglocke schlug an. Verdammt, da stimmte etwas nicht!

Sofort war er wieder ganz der Polizist von damals, bevor man seine Familie ausgelöscht hatte. Da war Gefahr in Verzug!

Er rammte die Schulter gegen die Tür. Sie sprang auf. Zwei große Schritte, und er hatte den kleinen Flur durchquert und stand im Hauptraum des Apartments, dem Wohnzimmer. Dort dröhnte die Musik aus leistungsstarken Lautsprechern.

Arno Schwekendiek lag ausgestreckt auf der Couch. Berringer sah ein Fixerbesteck auf dem Tisch, eine glimmende Zigarette war zu Boden gefallen, und ein Stück des Teppichbodens drum herum schmorte. Weißer, in der Nase beißender Rauch stieg auf.

Berringer eilte zurück in den Flur. Dort hing ein Parka am Haken. Der Detektiv riss ihn herunter, ging ins Bad, legte ihn ins Waschbecken und drehte den Wasserhahn auf. Das dauerte nur ein paar Sekunden. Wenige Augenblicke später kehrte er mit dem tropfenden Parka ins Wohnzimmer zurück und erstickte damit den aufglimmenden Brand.

Dann trat Berringer an den völlig entspannt daliegenden Arno Schwekendiek.

„Herr Schwekendiek?", brüllte Berringer ihm ins Ohr und übertönte damit sogar das Dröhnen und Wummern der Stereoanlage. „Aufwachen!"

Er tastete nach dem Puls. Aber da war nichts mehr, was man

hätte erfühlen können. Die Ü-30-Party in der Kaiser-Friedrich-Halle musste wohl notgedrungen ohne Michael Jackson auskommen.

Das Schlimmste aber war, dass Berringer keine Ahnung hatte, wie er diese Nachricht seinem Klienten beibringen sollte.

An diesem Abend wirst du es zu Ende bringen. An diesem Abend wirst du endlich über deinen Schatten springen.

Du weißt, was geschehen wird.

Du hast dich bisher im Verborgenen halten können. Du hast dich tarnen können hinter dem Leichtsinn anderer.

Aber wenn der Bolzen den Kopf durchschlägt, gibt es kein Zurück mehr. Dann wird man es Mord nennen, und die ganze Stadt wird dein Feind sein und dich jagen.

Aber du kennst jetzt keine Furcht mehr.

Es gibt auch kein Zögern mehr.

Kein Zittern des Fingers, der die Waffe auslösen und das Geschoss sicher ins Ziel schicken wird.

Über all die Unsicherheit, all die Fragen in deinem Kopf, all die Zweifel bist du längst hinaus.

Lange hat es gedauert, bis es so weit ist.

Aber nicht zu lange.

Du hättest eigentlich lieber dein Motorrad genommen als den Wagen. Aber in diesem Fall geht es nicht anders. Es wäre zu auffällig. Deine Waffe wäre nicht gut aufgehoben.

Jetzt liegt sie auf dem Beifahrersitz. Du hast eine Zeitung darüber gebreitet, damit sich nicht gleich jemand die Augen aus dem Kopf stiert, der vielleicht an der Ampel neben dir hält und etwas sieht, was er besser nicht sehen sollte.

Du sitzt am Steuer deines Wagens, lenkst ihn wie automatisch. Du hast fast das Gefühl, du wärst nur noch ein Zuschauer. Ein Beobachter, kein Akteur. Es ist, als wäre dir gelungen, was die spirituellen Meister immer nur von sich behaupten, dass sie nämlich den Körper verlassen können.

Du siehst die Lichter. Du kennst den Weg, und du kennst die Gewohnheiten der Beute, die du erlegen willst.

Du siehst das Schild, das auf die Kaiser-Friedrich-Halle hinweist, und biegst ab.

Jetzt kannst du nur noch eines tun: auf den richtigen Moment warten, wenn im Fadenkreuz deiner Armbrust das Gesicht auftaucht, das du zerstören willst, so wie der üble Geist hinter dieser Stirn einst dich zerstört hat, ohne es nur zu ahnen.

Nicht alle können so einfach vergessen; auch wenn du lange Zeit gebetet hast, etwas großzügiger mit dieser Fähigkeit bedacht zu werden.

Nicht allen ist es gegeben, mit einem Schulterzucken die Vergangenheit abzuhaken und die Albträume zu verdrängen, wenn morgens die Sonne aufgeht.

Du jedenfalls kannst all das nicht.

Du legst dich auf die Lauer wie ein Jäger.

Du bist vollkommen ruhig. So ruhig wie selten zuvor.

Eine angenehme Kälte breitet sich in deiner Seele aus, und du weißt, dass du das Richtige tust.

5. Kapitel

Die Nacht des Jägers

„Das sagen Sie mir jetzt bitte noch mal und schön langsam!“, forderte Frank Marwitz und wurde dabei so bleich wie die Wand.

„Es tut mir leid“, erklärte Berringer, wobei ihm bewusst war, wie hohl das in diesem Augenblick in den Ohren seines Gegenübers klingen musste. „Arno Schwekendiek hat sich Ihre fünfhundert Euro genommen und dafür Drogen gekauft. Und irgendwie fand er es wohl besser, sich auf seinem Sofa gemütlich niederzulegen und sich den Goldenen Schuss zu setzen, als heute Abend hier in der Kaiser-Friedrich-Halle den wiederauferstandenen Michael Jackson zu mimen.“

Sie standen auf der Bühne, über die eigentlich das Double des King of Pop im Moonwalk zu den Klängen von „Billy Jean“ hätte dahingleiten sollen. Dieser Programmpunkt musste wohl oder übel gecancelt werden.

„Ich bin ja eigentlich gut im Improvisieren, aber wenn einem die Hauptattraktion so plötzlich abhandenkommt ...“ Marwitz strich sich das Haar zurück, schloss für eine halbe Minute die Augen und atmete tief durch. Mit einem Schlag war eine zusätzliche Zentnerlast auf seine Seele geschichtet worden. Nicht nur, dass es da jemand auf sein Leben abgesehen hatte, nun ließ ihn auch noch der falsche Jacko im Stich, ohne dass es eine Möglichkeit gab, ihn so schnell noch zu ersetzen.

„Warum haben Sie mich nicht schon von unterwegs angerufen?“, fragte er Berringer.

Aber er erwartete keine Antwort, sondern griff zum Handy, klappte es auf und schloss es gleich wieder. Jetzt noch ein Jackson-Double besorgen zu wollen war vollkommen sinnlos, und zumindest das sah Marwitz offenbar ein.

„Akzeptieren Sie es einfach, und machen Sie das Beste draus“, riet ihm Berringer. „Manchmal muss man das." Und in Gedanken fügte er hinzu: Es gibt noch ganz andere Dinge, die einem das Schicksal zumutet, als dass mal einer Show die Attraktion fehlt.

Aber diese Weisheit galt wohl nicht für die Welt des Showbusiness, deren Teil Marwitz so gern sein wollte. Dass er über das tragische Ende des Jacko-Doubles noch nicht mal Betroffenheit geheuchelt hatte, wunderte Berringer kaum. Für Marwitz zählte nur eins: der Auftritt.

„Ein supertoller Ratschlag ist das", knurrte der Event-Manager, und sein Blick war in diesem Augenblick so giftig wie ein Cocktail aus wohlriechendem Schwefelwasserstoff.

„Ich schlage vor, Sie weihen den Veranstalter ein", meinte Berringer.

„Ganz bestimmt nicht!", murmelte Marwitz vor sich hin. Es klang beinahe wie eine Beschwörung.

Mark Lange und Vanessa Karrenbrock trafen ein.

„Was genau liegt an?", fragte Lange, der die Hände in die Gesäßtaschen seiner Jeans quetschte und sich dabei reckte. Der Umzug war wohl anstrengender gewesen, als der ehemalige Wachmann gedacht hatte.

„Na, jedenfalls musst du nicht schwer heben", sagte Berringer.

„Auf der Fahrt hierher kam ein Interview mit dieser Staatsanwältin im Radio", berichtete Vanessa, „dieser Müller-Westernhagen …"

Berringer machte eine wegwerfende Handbewegung. „Frau Müller-Steffenhagen."

„Wie auch immer, sie wirkte sehr kompetent", meinte Vanessa. „Und sie scheint entschlossen zu sein, in dieser Armbrustsache endlich durchzugreifen."

„Na ja …"

„Am erstaunlichsten finde ich, wie bescheiden und professionell sie war. Ohne jede Eitelkeit, wie man das sonst ja durchaus erleben kann."

„Ja, da kann man wirklich nur staunen", murrte Berringer

und dachte: So unterschiedlich kann man das also beurteilen. Aber vielleicht fehlte Vanessa einfach noch die nötige Lebenserfahrung, um das besser einschätzen zu können.

Der Andrang bei der Ü-30-Party war mittelmäßig. Woran das lag, vermochte Berringer nicht zu sagen.

„Vielleicht haben inzwischen schon zu viele mitbekommen, dass es ein Irrer auf Frank Marwitz abgesehen hat", meinte Vanessa. „Das Publikum befürchtet, in die Schusslinie zu geraten. Und genau das beabsichtigt der Unbekannte wohl auch."

„Ja, scheint so", murmelte Berringer und ließ dabei den Blick über die Gäste schweifen. Die Stimmung war einigermaßen ausgelassen. Es lief die Musik der Achtziger, von Michael Jackson bis zur Neuen Deutschen Welle war alles dabei, was damals im Radio gelaufen war und die Plattenläden gefüllt hatte.

Er hoffte, irgendwo jemanden zu entdecken, der verdächtig genug war, um ihm auf den Zahn zu fühlen. Aber so dumm, mit 'ner Motorradjacke zu erscheinen, die die Aufschrift MEAN DEVVILS trug, waren diese Rocker leider nicht. Obwohl man auch immer wieder erstaunliche Dinge erleben konnte. Manche Ganoven waren schlichtweg dämlicher, als die Polizei erlaubte.

So hatte Berringer es während seiner Anfangszeit bei der Polizei mit einer kleinen Bankfiliale zu tun gehabt, die insgesamt achtmal innerhalb eines Jahres überfallen worden war. Und das, obwohl allgemein bekannt gewesen war, dass dort nie mehr als 3000 D-Mark Bargeld zu holen war und man am Tag vorher anmelden musste, wenn man größere Beträge abheben wollte. Der dümmste Gangster hätte das aus der Zeitung erfahren können, und eigentlich hätte man meinen müssen, dass es niemanden gab, der für eine derart lächerliche Summe das Risiko einer mehrjährigen Haftstrafe in Kauf nahm. Aber offenbar gab es genügend Täter, die bei dieser Abwägung die Gewichtung etwas anders vornahmen …

Die Türsteher und Ordner, die an diesem Abend in der Kaiser-Friedrich-Halle Dienst taten, waren von Berringer kurz instruiert worden. Aber das hieß noch lange nicht, dass sie jeden MEAN DEVVIL davon abhalten konnten, die Halle zu betreten. Sofern er regulär eine Karte erworben hatte und nicht als Mitglied der Rockerbande auftrat, würde er den Türstehern nicht auffallen.

Immerhin war es nicht so leicht, eine Armbrust einzuschmuggeln. Aber auch da wusste Berringer aus Erfahrung, dass man niemals vollkommen sicher sein konnte.

Kriminalhauptkommissar Thomas Anderson befand sich ebenfalls am Ort des Geschehens, mit einem guten Dutzend Kollegen. Davon abgesehen halfen natürlich auch noch uniformierte Polizisten bei der Sicherung des Gebäudes.

„Schön, dass du mit deinen Leuten da bist“, sagte Berringer, als Anderson auf den Detektiv zuging und ihn dann ein Stück zur Seite nahm. Frank Marwitz mühte sich derweil nach Kräften, den Saal zum Kochen zu bringen. Der arme Kerl!, dachte Berringer. Wie will er dem Publikum erklären, was mit dem falschen Jacko passiert ist, der doch als fest eingeplanter Show-Act angepriesen wurde?

Morgen würde es jeder in der Zeitung lesen. Aber dann war die Party ja vorbei.

„Wir werden morgen eine Razzia in einem Lokal namens FLASH durchführen“, raunte ihm Anderson zu. „Das soll angeblich ein Treffpunkt der MEAN DEVVILS sein. Und über dieses Lokal organisieren die mutmaßlich auch ihren Drogenhandel.“

„Woher kommen diese Informationen so plötzlich?“, fragte Berringer leicht irritiert.

„Die haben wir schon länger. Aber eigentlich waren sich die Kollegen, die das bearbeiten, immer mit der Staatsanwaltschaft und dem LKA darüber einig, dass es noch viel zu früh ist, um zuzuschlagen. Du weißt ja, wie das ist.“

„Man hat noch nicht genügend Beweise, richtig? Vor allem nicht hinsichtlich der Hintermänner, nehme ich an.“

„Genau. Wir wissen, dass die MEAN DEVVILS in großem Stil Marihuana aus Holland rüberschmuggeln, aber sie beziehen auch härtere Sachen aus anderen Quellen. Eigentlich sollte mit der Aktion gewartet werden, bis wir auch ausreichende Beweise gegen die Lieferanten haben, aber diese Armbrustattentate machen uns jetzt einen Strich durch die Rechnung. Frau Müller-Steffenhagen …"

„Du solltest den Doktor vor ihrem Namen nicht vergessen", mahnte Berringer.

Anderson verzog das Gesicht. „Da kann ich nicht mal mehr drüber lachen, Berry. Die Dame braucht Erfolge. Ich weiß nicht, ob du das mitgekriegt hast …"

„Was?"

„Na, die Staatsanwaltschaft Mönchengladbach ist in letzter Zeit ziemlich in die Bredouille geraten. Strafsachen sind so lange liegen geblieben, bis mutmaßliche Kinderschänder und andere Schwerverbrecher auf freien Fuß gesetzt werden mussten."

„Davon hab ich gehört."

„Man hat es nicht für nötig befunden, ein entsprechendes Computerprogramm zu installieren, das genau das verhindert. Na ja, das Versagen einer einzelnen Mitarbeiterin kommt wohl auch noch hinzu, und schon steht die ganze Behörde am Pranger."

„Mit Recht", meinte Berringer. „Überlange Verfahrensdauer gehört nicht in einen Rechtsstaat."

„Nein. Aber Kompensationshandlungen wie die von Frau *Doktor* Müller-Steffenhagen wohl auch nicht." Diesmal sprach er das „Doktor" extra betont. „Die Aktion morgen wird wohl dazu führen, dass wir ein paar der MEAN DEVVILS wegen kleinerer Drogendelikte verknacken können, was dann als großer Erfolg präsentiert wird. Vielleicht findet man sogar eine Armbrust, und anschließend wird man behaupten, dass nun die Sicherheit in der Stadt wiederhergestellt ist und niemand mehr befürchten muss, Opfer einer dieser berüchtigten Mutproben zu werden …"

„Ich glaube nicht, dass die Anschläge auf Marwitz etwas mit

Mutproben zu tun haben.“ Berringer zuckte mit den Schultern. „Tut mir leid, aber meiner Ansicht nach passt das einfach nicht.“

„Na ja, mal sehen, was sich heute Abend so tut.“

„Habt ihr zumindest eine Ahnung, wer die MEAN DEVVILS mit den harten Drogen beliefert?“, fragte Berringer noch.

Aber Anderson schüttelte den Kopf. „Nein. Wir nehmen an, dass es jemand mit Verbindungen nach Rumänien ist.“

„Die *Eminenz*?“, fragte Berringer sofort, noch ehe er auch nur einen einzigen Moment darüber nachgedacht hatte. Der „Kampfname“ platzte einfach so aus ihm heraus.

Die *Eminenz* spukte stets wie ein Gespenst in seinen Gedanken herum, und das würde sich wohl auch nicht ändern, bis er wusste, wer sich hinter dieser Bezeichnung verbarg, und derjenige eingebuchtet worden war.

„Ich wusste, dass genau diese Frage kommen würde“, sagte Anderson. Er hatte damals das Drama um Berringers Familie hautnah miterlebt, schließlich war er seinerzeit noch bei der Kripo Düsseldorf gewesen. „Berry …“

„Ich weiß, nicht jede Spur des organisierten Verbrechens, die in Richtung Rumänien weist, hat was mit der *Eminenz* zu tun.“

„Bis heute wissen wir nicht, ob es die *Eminenz* überhaupt gibt, Berry, oder ob sich damals einfach nur eine lokale Unterweltgröße sehr gut zu tarnen gewusst hat.“

„Ja, auch das könnte sein“, gestand Berringer ein.

„Hör auf, einem Phantom nachzujagen. Bei allem Verständnis, Berry. Hör auf damit und konzentrier dich auf das Hier und Jetzt.“

„Du redest wie mein Therapeut.“

„Ich sage einfach nur, wie es ist, das ist alles.“ Anderson atmete tief durch und trank sein Glas leer. Es war Cola. Alkohol war für Anderson tabu, und das nicht nur im Dienst. Es gab unterschiedliche Motivationen dafür, Polizist zu werden. Anderson hatte seine Berringer vor Jahren mal verraten: ein ständig betrunkener Vater, der ihn immer wieder verprügelt hatte. Schon damals als Kind war Anderson klar geworden, wie wichtig es war, dass man die Schwachen schützte. Und wie schädlich Alkohol sein konnte. Darum rührte Anderson keinen Tropfen an. Bei den Kollegen galt er deswegen oft als Spaßbremse, aber das war ihm gleichgültig.

„Artur König war Türsteher vorm BLUE LIGHT in Düsseldorf", erinnerte Berringer. „Und das BLUE LIGHT stand unter der Fuchtel der *Eminenz*. Da gibt es also einen Zusammenhang."

„Das war damals bestenfalls eine Vermutung, Berry. Aber wie auch immer. Ich wollte dich, was die MEAN DEVVILS angeht, nur auf den neuesten Stand bringen. Ich habe selbst erst heute Nachmittag von der geplanten Razzia erfahren."

„Bei eurer Konferenz in der Drachenhöhle."

„So ist es."

„Wann findet die Razzia statt?", wollte Berringer wissen.

„Nicht vor elf. Wenn du dann zufällig im FLASH bist …"

„Verstehe schon."

„Hauptsache, du ziehst dich so an, dass man dich nicht gleich für einen Bullen hält."

„Exbullen."

„Die Wirkung wäre dieselbe, du würdest die Bande misstrauisch machen, noch bevor es losgeht. Und ansonsten gilt das Prinzip, dass ich von nichts weiß."

„Danke."

„Berry …"

„Ja?"

„So was wie in der Lagerhalle, mach das bitte nie wieder. Sonst sind wir die längste Zeit Freunde gewesen."

Es gab ein gellendes Pfeifkonzert, als Frank Marwitz dem Publikum eröffnen musste, dass der groß angekündigte Jackson-Imitator nicht auftreten würde. Aber der Unmut legte sich erstaunlich schnell. Denn Frank Marwitz zeigte, was in ihm steckte. Er ahmte nahezu perfekt die Stimme von Herbert Grönemeyer nach. Es gab ein passendes Playback – was Berringer verriet, dass sich Marwitz auf diese Nummer vorbereitet hatte. Anstatt „Bochum" sang er „Gladbach – ich komm aus dir …". Tief im Westen, das stimmte für den Niederrhein noch viel mehr als für Bochum, das von Mönchengladbach aus gesehen schon fast Ostblock war. Und auch wenn die sprachliche Grönemeyer-Färbung nicht so ganz in die Gegend passte, so war die Stimmung doch sehr schnell gerettet.

Ja, dachte Berringer, vielleicht waren es wirklich nur widrige Umstände und böse Neider, die Marwitz eine größere Karriere vermasselt hatten.

Bald grölte der ganze Saal mit, und das „Gladbach – ich komm aus dir" ging sogar etlichen Rheydtern, die sich der statistischen Wahrscheinlichkeit nach unter den Partygängern befinden mussten, immer glatter von den Lippen, je mehr Bier durch ihre Kehlen geflossen war.

Marwitz musste die Nummer dreimal wiederholen, und danach kochte der Saal. Der falsche Grönemeyer übertraf alle Erwartungen, die der falsche Michael Jackson geweckt hatte. Marwitz war in seinem Element. Eine Rampensau, wie sie im Buche stand, jemand, der sich tatsächlich am wohlsten fühlte, wenn er ein Mikro vor sich hatte – und eine Menge, die begeistert an seinen Lippen hing, gleichgültig, ob er auf einer Kaffeefahrt Senioren die Vorzüge von Heizdecken einredete oder mit einem zur Gladbach-Hymne mutierten Bochum-Song auftrat.

Na, das sieht ja noch nach einem friedlichen Abend aus, dachte Berringer.

Die Party war im wahrsten Sinn des Wortes heiß. Berringer schwitzte, trank viel Mineralwasser und ertappte sich dabei, immer öfter auf die Uhr zu sehen. Es war schon nach Mitternacht, und eigentlich war der Abend für Berringer gelaufen. Vielleicht hatten die MEAN DEVVILS Wind davon bekommen, dass diesmal die Polizei auf sie wartete. Wenn ihre Verbindungen zum organisierten Verbrechen tatsächlich so eng waren, wie Anderson ihm das beschrieben hatte, war das gar nicht so unwahrscheinlich.

Berringer traf auf Mark Lange. „Sag mal, ich bin ziemlich fertig wegen des Umzugs heute", klagte Mark.

„Versteh ich", sagte Berringer.

„Können wir nicht Schluss machen? Hier passiert doch nichts mehr."

„Ich weiß nicht."

Mark Lange gähnte. „Ich schlaf gleich ein."

„Trink 'ne Cola, dann bleibst du wach."

Genau in diesem Moment gingen überall die Lichter aus, und die Halle versank in Finsternis!

Es war etwa eine halbe Sekunde lang völlig still. Keine Musik, keine Moderation, kein Laut vom Publikum, das buchstäblich den Atem anhielt. Dann erst kam der große und deutlich hörbare Verwirrungsseufzer.

Stimmengewirr brandete auf. Jemand rief: „Keine Panik!" Aber der zweite Ruf dieser Art ging schon im allgemeinen Chaos unter.

Es war so dunkel, dass man nicht einmal die Hand vor Augen sah. Jemand trat Berringer auf die Füße, und von hinten wurde er angerempelt. Und dann gingen überall, Sternen gleich, kleine Lichter an, Feuerzeuge zumeist.

Und Berringer erstarrte.

Das Klacken von mehreren hundert Feuerzeugen ließ ihn innerlich gefrieren, während gleichzeitig Schweißperlen auf seiner Stirn entstanden. Er fragte sich, ob die Szenerie um ihn herum noch real oder er vielleicht auf geheimnisvolle Weise in einen seiner Albträume geraten war. Er wollte sich an irgendetwas Konkretem, Realem festhalten. Aber ihm fiel nichts ein, keine Uhrzeit, kein Ort. Da waren nur dieses grausige Sternenmeer von kleinen, hässlichen, gefräßigen Flämmchen und all die Rufe, die einen chaotischen Chor bildeten und nach und nach zu panischen Schreien wurden.

Jemand stieß Berringer so heftig in die Seite, dass er zu Boden ging. Jemand fiel über ihn. Er roch ein aufdringliches Parfüm, das sich mit Schweißgeruch mischte, von dem er sich nicht ganz sicher war, ob es nicht sein eigener war.

„Raus hier!“, rief jemand.

Aber das war leichter gesagt als getan.

Du hast lange warten müssen. Länger, als du gedacht hast, aber schließlich kommt er um die Ecke, um zu seinem Wagen zu gelangen. Du siehst ihn im Schein der Straßenlaterne und der Schaufensterbeleuchtung.

Du lässt das Seitenfenster herab.

Er kann dich nicht sehen, denn du bist im Schatten, und die Dunkelheit ist wie ein schützender Mantel für dich. Du nimmst die unchristliche Waffe. Den Bolzen hast du längst eingelegt, du musst nur noch zielen und abdrücken.

Im Gegenlicht des Schaufensters ist auch er nur ein Schatten. Ein Umriss. Ein dunkler Schemen, der fast so aussieht wie die vagen Figuren auf den Zielscheiben, mit denen du geübt hast. Das ist gut so, denkst du. Dann ist es leichter. Es ist wie bei deinen Übungen. Nichts Besonderes. Nur ein weiterer Schuss, der ins Schwarze soll.

Der Finger krümmt sich, verstärkt den Druck.

Er bleibt sogar kurz stehen, schaut ins Schaufenster.

Dann drückst du ab.

Es macht „klack“. Der Bolzen durchschlägt seinen Schädel und hat danach noch genug Wucht, die Scheibe zu zerstören. Eine Alarmanlage wird ausgelöst.

Du siehst den Schatten wanken. Dir fällt auf, dass er keinen Kopf mehr hat. Mit einem dumpfen Laut bricht er zusammen.

Du startest den Motor.

Es war um so vieles leichter, als du geglaubt hast.

Du hättest es längst tun sollen!

Dem Nächsten wirst du nicht mehr so viel Zeit lassen.

Die Gnadenfrist, die sie durch deine Unentschlossenheit und deinen Mangel an Kaltblütigkeit bekommen haben, ist abgelaufen.

Endgültig vorbei.

Ein kühler Wind pfiff um die Ecken, als Berringer ins Freie stolperte. Die gesamte Kaiser-Friedrich-Halle wirkte wie ein dunkler Schatten und hob sich deutlich gegen das Lichtermeer der Stadt ab.

Berringer hatte wahrscheinlich Dutzende von blauen Flecken am Körper. Ein Ellbogen war ihm wohl unbeabsichtigt, aber ziemlich schmerzhaft in die Seite gerammt worden, und genau dieser Schmerz hatte dafür gesorgt, dass er wieder ins Hier und Jetzt zurückgefunden hatte.

Martinshörner schrillten, überall auf dem Vorplatz flackerten und blinkten die Signallichter dutzender Einsatzfahrzeuge, darunter nicht nur die der Polizei, sondern auch der Feuerwehr und Rettungswagen. Da hatte jemand ziemlich gründlich alles alarmiert, was irgendwie Hilfe versprach. Berringer schüttelte nur den Kopf. Das Chaos war völlig unübersichtlich.

Sein Handy klingelte. Er ging ran. Es war Vanessa. „Berry, wo bist du?“

„Gute Frage.“

Er ließ suchend den Blick schweifen, entdeckte sie aber nicht. Stattdessen erblickte er Anderson, der in der Nähe eines Polizeiwagens stand und ebenfalls telefonierte, seiner Körperhaltung nach mit einem Vorgesetzten.

„Wir finden uns sicher gleich“, sagte Berringer zu seiner Mitarbeiterin. „Hast du Marwitz gesehen?“

„Nein.“

„Schau dich nach ihm um, und wenn du ihn hast, halt ihn fest.“

„Wieso das denn?“

„Damit er keinen Unfug anstellt.“

Berringer beendete das Gespräch. Er hatte keine Lust, Vanessa langwierige Erklärungen abzugeben. Stattdessen ging er auf Anderson zu.

Marwitz hatte alles verloren. Wer immer ihm schaden wollte, hatte mit dem Stromausfall erreicht, was er wollte. Denn für Berringer stand fest, dass da jemand nachgeholfen hatte.

„Hallo, Berry“, grüßte ihn Anderson launig. „Schön, dass du nicht verloren gegangen bist.“ Er klappte gerade sein Handy zu und steckte es ein.

Berringer fragte nach Marwitz, aber auch Anderson hatte ihn nicht gesehen. „Ehrlich gesagt, interessiert mich der Typ im Moment auch nur in zweiter Linie.“

„Ich dachte, als Polizisten steht ihr auf der Seite des Opfers?“

„Das tun wir auch. Gleich um die Ecke hat es nämlich eins gegeben.“

„Wie bitte?“

„Jemandem wurde mit einer Armbrust der Kopf weggeschossen. Wer auch immer hinter den Anschlägen steckt, er gibt sich nicht mehr damit zufrieden, Leute nur zu erschrecken. Oder eine der Mutproben der MEAN DEVVILS ist diesmal danebengegangen.“ Er schüttelte genervt den Kopf. „Ich blick da nicht mehr durch, Berry, ganz ehrlich.“

„Wo genau ist das passiert?“

Die kleine Seitenstraße in der Nähe der Kaiser-Friedrich-Halle war bereits abgesperrt. Ein Team der Spurensicherung suchte alles ab, und mehrere Beamte der Kripo Mönchengladbach waren damit beschäftigt, die Anwohner aus dem Schlaf oder vom Fernseher wegzuklingeln, um zu erfahren, ob jemand etwas Auffälliges oder Ungewöhnliches bemerkt hatte.

Das Prozedere in solchen Fällen war Berringer nur allzu vertraut.

Das Bild, das sich am Tatort bot, war schrecklich.

Ein Gerichtsmediziner war aus Düsseldorf unterwegs. Es würde noch etwas dauern, bis er eintraf, und Anderson wollte den Toten nicht wegschaffen lassen, bis nicht ein Experte die genaue Lage begutachtet hatte. Es wurden Fotos gemacht, und Berringer wurde aufgefordert, sich nicht weiter zu nähern. „Sie könnten Spuren verwischen", sagte einer der Männer im weißen Overall.

In dieser Hinsicht wurde man immer penibler, je mehr sich die Untersuchungsmethoden weiterentwickelten. Als Berringer bei der Kripo angefangen hatte, waren Mundschutz und Einwegoveralls noch die absolute Ausnahme gewesen. Inzwischen waren sie zumindest bei Kapitalverbrechen Standard.

Es dauerte noch etwas, bis schließlich feststand, wie der Tote hieß. Er hatte einen Ausweis in der Brieftasche stecken gehabt, aber an die heranzukommen, ohne die Lage des Leichnams zu verändern, war nicht so ganz einfach.

„Dr. Markus Degenhardt", las der Kollege von der Spurensicherung vor.

Berringer bedauerte, dass nicht Birgit Mankowski den Tatort untersuchte, aber für Thomas Anderson war das zweifellos ein Grund zur Erleichterung, denn die Kollegin von der Spurensicherung hätte Berringer mit Sicherheit auf dessen angebliche Tätigkeit beim LKA angesprochen.

„Der Anwalt?", fragte Thomas Anderson.

Berringer nahm die Kopie mit der Liste der bisherigen Opfer der Armbrustattentate zur Hand und hielt sie ins Licht der Straßenbeleuchtung.

„Ja, du brauchst nicht nachzusehen, Berry", sagte Anderson. „Dr. Degenhardt ist dabei. Ich kann die Namen auswendig."

„Hier steht aber eine Adresse im Stadtteil Schelsen", stellte Berringer fest.

„Ja, und dort ist auch das letzte Mal auf ihn geschossen worden. Er saß auf der Terrasse seines Bungalows, als der Bolzen neben ihm einen Gott sei Dank unbesetzten Sessel durchschlug. Der Täter hatte aus dem Gebüsch heraus geschossen, deshalb bekam ihn Degenhardt nicht zu Gesicht."

„Diesmal hat er ihn tatsächlich niedergestreckt", murmelte Berringer düster.

„Degenhardt hat hier in der Nähe sein Büro, das weiß ich", sagte Anderson. „Ich hatte schon mal mit ihm zu tun. Vor zwei Jahren wäre mein Sohn in der zehnten Klasse beinahe sitzen geblieben."

„Sag bloß, dagegen hast du geklagt", staunte Berringer.

„Genau das. Er ist ungerecht beurteilt worden, und in einer der Klassenarbeiten wurden Dinge verlangt, die noch nicht Gegenstand des Unterrichts waren. Letztlich kann man gegen jeden Verwaltungsakt klagen – und ein Versetzungszeugnis ist genau das."

„Ah, ich sehe, du kennst dich aus. Hatte dieser Dr. Degenhardt denn wenigstens Erfolg?"

„Ja. Mein Sohn musste dann allerdings die Elf noch mal machen."

Nur ganz kurz spürte Berringer einen Stich bei dem Gedanken, dass Thomas Anderson einen Sohn hatte, der lebte und – wenn auch mit Ach und Krach – in absehbarer Zeit die Schule beenden würde. Alexander wäre jetzt im gleichen Alter, dachte er.

„Sehen wir uns mal in seinem Büro um", schlug Anderson vor und verlangte nach den Schlüsseln des Toten.

Fünf Minuten später betraten sie die Kanzlei Degenhardt. Berringer war sich sicher, noch nie dermaßen penibel aufgeräumte Büroräume gesehen zu haben. Jeder Aktenordner stand an seinem Platz, die Schreibtische waren leer, die Fachbücher in den Regalen waren säuberlich aufgereiht; Vertragsrecht und Verwaltungsrecht schienen die Spezialitäten von Markus Degenhardt gewesen zu sein, wie Berringer mit detektivischem Blick feststellte.

„Ist alles top aufgeräumt", sagte Anderson. „Dennoch muss Degenhardt hier heute noch bis spätabends gearbeitet haben."

„Selbstständige können sich so etwas wie einen Feierabend oft nicht leisten", meinte Berringer.

„Ich hoffe, du sprichst nicht aus eigener leidvoller Erfahrung, Berry", entgegnete Anderson mit falschem Mitleid.

„Na ja ..."

„Die Frage ist, ob Degenhardt irgendetwas mit den MEAN DEVVILS zu tun hatte."

In Degenhardts eher spartanisch eingerichtetem und auf jeden Schnickschnack verzichtendem Büro fiel Berringer ein Foto auf, das gerahmt an der Wand hing. Es war der einzige private Gegenstand im Raum; sogar ein paar Quadratdezimeter Wand waren dafür von ihrer Nutzfunktion als Regalfläche für Bücher entbunden worden.

Degenhardts Gesicht war nicht mehr vorhanden gewesen, als sich Berringer die Leiche angeschaut hatte, aber er hatte das Ausweisbild gesehen, und so erkannte er Degenhardt trotz der mindestens zwanzig Jahre, die zwischen beiden Aufnahmen liegen mussten. Degenhardt hatte sich in der Zeit kaum verändert, wenn man mal davon absah, dass sein Haar ergraut war. Ansonsten schien er damals zumindest vom Aussehen her schon der gewesen zu sein, der er bis zu seinem Tode war.

Das Bild zeigte Degenhardt mit anderen jungen Leuten auf einer Jacht herumalbernd. Diese schrecklichen Frisuren der Achtziger!, dachte Berringer. Schlimmer waren nur noch die weiten Schlaghosen aus den Siebzigern.

Sein Handy meldete sich. Berringer zog es hervor.

VANESSA RUFT AN stand im Display.

„Was gibt's?", fragte er eine Spur barscher und abweisender als eigentlich beabsichtigt. Das passierte ihm manchmal. Vor allem dann, wenn er gedanklich woanders war. Und genau das war in diesem Moment der Fall.

Und Vanessa kannte ihn gut genug, um das zu wissen. Sie

klang auf jeden Fall kein bisschen beleidigt, als sie sagte: „Ich hab Marwitz gefunden."

„Sag ihm, dass ich mit ihm reden will. Er soll …"

„Er ist schon fort, Berry."

„Ich hatte dir doch gesagt …", brauste er auf.

„Er war durch nichts aufzuhalten", unterbrach sie ihn. „Wagentür zu und weg."

„Hat er verraten, wohin?"

„Nach Hause, nehm ich an. Wenn du mich fragst, der Mann war zutiefst deprimiert. Versetz dich mal in seine Lage: Jetzt ist wieder was auf einer Veranstaltung passiert, die er moderieren sollte. Vielleicht lässt man ihn das Schützenfest in Korschenbroich noch machen, weil man auf die Schnelle keinen Ersatz mehr findet, aber alles andere kann er sich wohl abschminken."

Berringer beendete das Gespräch und rief Marwitz auf dessen Handy an. „Wer stört?", fragte der Event-Manager.

„Berringer."

„Ich bin ruiniert", jammerte Marwitz sogleich los. „Krassow hat erreicht, was er wollte. Er muss hinter der Sache stecken. Schließlich weiß er ganz genau, wie man notfalls die Stromversorgung in der Kaiser-Friedrich-Halle komplett ausschalten kann."

„Woher nehmen Sie die Gewissheit?"

„Ganz einfach: Weil er selbst schon oft genug bei anderer Gelegenheit dort aufgetreten ist. Deshalb weiß er auch, wo die entsprechenden Sicherheitsschalter sind, wenn mal was passiert." Er seufzte auf eine Art und Weise, die schon wie ein Schluchzen klang, dann riss er sich zusammen und fügte hinzu: „Grüßen Sie übrigens Ihre Assistentin von mir – oder was immer sie für Sie ist. Ich glaube, die hat gedacht, ich könnte mir was antun oder so."

„Und?", fragte Berringer. „Muss ich mir Sorgen machen?"

„Quatsch. Morgen stehe ich wieder irgendwo auf 'ner Bühne und mache Witze oder ahme Grönemeyer nach, wenn es von mir verlangt wird. Von Selbstmord kriegt man einen so blassen Teint, und dann fragen einen die Leute, ob man nicht gesund ist."

„Sind Sie morgen früh zu Hause?"

„Ja."

„Dann werde ich Sie aufsuchen, damit wir besprechen können, wie wir weiter vorgehen."

„Kommen Sie am besten nicht zu mir nach Hause, sondern in mein Büro."

„Gut."

Marwitz beendete das Gespräch. Und Berringer fiel ein, dass er am nächsten Morgen – wobei es ja schon fast Morgen war – eigentlich etwas anderes zu erledigen hatte. Schließlich musste sein Schiff zu dem neuen Liegeplatz geschafft werden.

Für einen Moment suchten Berringers Gedanken fieberhaft nach einer Lösung, ehe er schließlich beschloss, das Problem erst mal zu verschieben.

Werner van Leye, der ehemalige Binnenschiffer, war bestimmt auch in der Lage, die NAMENLOSE ohne Berringers Hilfe an ihren neuen Liegeplatz zu bringen.

„Ärger?", fragte Anderson, der das Telefonat mit angehört hatte.

„Nicht der Rede wert", behauptete Berringer.

„Na, wenn du das sagst ..."

„Etwas beschäftigt mich schon die ganze Zeit über", sagte Berringer.

„So?"

„Nämlich ob der Schütze, der Degenhardt tötete, nun Schuhgröße fünfundvierzig oder einundvierzig hat."

Anderson seufzte. „Ich hoffe, dass wir das bald herausbekommen."

„Weil Frau Doktor Müller-Irgendwashagen sonst unangenehm wird?", fragte Berringer spitz.

„Ja, deswegen auch." Anderson durchschritt Degenhardts Büro von einem Ende zum anderen und wieder zurück. Dabei ließ er den Blick über die Aufschriften der Aktenordner schweifen. Zumeist standen Aktenzeichen und Namen darauf vermerkt. Fälle eben, die Degenhardt bearbeitet hatte.

Anderson fuhr sich mit der Hand übers Gesicht, eine Geste, die anzeigte, wie ratlos er war. „Wäre er Strafrechtler gewesen, ich würde sofort vermuten, dass Degenhardts Tod irgendwas mit seinen Fällen zu tun hat“, murmelte er. „Aber das, womit er sich beschäftigt hat, das ist doch …“

Anderson sprach nicht weiter, und so vollendete Berringer den Satz: „… Kleinkram?“

„Nichts jedenfalls, wofür man tötet.“

„Dann sag bloß, du hast das Zeugnis deines Sohnes vollkommen ruhig hingenommen, ohne dass es dich innerlich irgendwie tangierte.“

Anderson bedachte ihn mit einem genervten Blick. „Du weißt schon, was ich meine!“

Berringer ging nicht weiter darauf ein, sondern besah sich noch einmal das Foto, das Degenhardt und die anderen jungen Leute auf der Jacht zeigte. Irgendetwas kam ihm bekannt vor. Er versuchte verzweifelt herauszufinden, was es war, kramte in seinem Gedächtnis und hatte das Gefühl, die Erkenntnis mit Händen greifen zu können, doch er kam einfach nicht darauf.

„Du stehst da wie zur Salzsäule erstarrt“, sagte Anderson. „Was ist los?“

„Still!“, sagte Berringer ziemlich barsch.

„Wie bitte? Hast du irgendwelche Anwandlungen?“

Berringer nahm das gerahmte Foto von der Wand und hielt es näher ans Gesicht. Brauchst du mittlerweile auch schon ’ne Brille?, ging es ihm durch den Kopf. „Die junge Frau da vorn, die hab ich schon mal gesehen.“

„Du hinterlässt Fingerabdrücke auf einem Beweisstück!“, beschwerte sich Anderson.

„Ach, so ein Unsinn!“

„Es ist kaum zu glauben, dass du mal Polizist warst!“

Berringer hielt Anderson das Foto hin und deutete auf eine junge Frau, die sich effektvoll durchs Haar fuhr. Die Geste wirkte wie eine jener Fotoposen, die man von Models kannte, und war wohl Teil der ausgelassenen Alberei der jungen Leute auf dem Bild. „Diese Frau meine ich." Und dann kam ihm die Erleuchtung, und laut stieß er hervor: „Das ist Frederike Runge!"

„Den Namen hab ich noch nie gehört."

Berringer sah ihn an. „Aber den Namen Krassow hast du schon gehört, oder?"

„Sicher. Frank Marwitz hat ihn mir oft genug ins Ohr geflötet, mehr schriller als subtil."

„Frederike Runge war seine Lebensgefährtin. Sie hat ihn irgendwann verlassen und ihm eine Tochter namens Tanja hinterlassen, die heute wie eine jüngere Ausgabe ihrer Mutter aussieht."

„Tja, so ist das heute", klagte Anderson schulterzuckend. „Da wird man schon als Mann mit einem Kind sitzen gelassen. Ich warte nur darauf, dass demnächst auch einer Frau ein Kind angehängt wird."

„Ich meine es ernst, Thomas! Das ist die Frau!"

„Und was soll uns das sagen?"

„Jedenfalls glaube ich nicht, dass es Zufall ist."

„Und ich glaube nicht, dass es irgendetwas mit diesem Fall zu tun hat", winkte Anderson ab.

Hatte Anderson recht? Waren seine Gedanken mal wieder in die falsche Richtung abgeschweift, weg vom eigentlichen Thema? Vermischte er wieder mal Dinge, die nichts miteinander zu tun hatten? Das geschah ihm manchmal, und das war einer der Gründe gewesen, aus denen er den Polizeidienst quittiert hatte. Mangelndes Konzentrationsvermögen gehörte zu dem Symptom-Cluster einer posttraumatischen Belastungsstörung. Die Gedanken schweiften ab, und man konnte nichts dagegen tun.

Das Gespräch mit einem Therapeuten fiel ihm wieder ein, an dessen Namen er sich im Moment nicht erinnerte. Jedenfalls hatte ihm dieser Therapeut dringend zugeraten, den Polizeijob dranzugeben. Berringer hatte seine Worte noch im Ohr: „Über kurz oder lang werden Sie den Anforderungen Ihres Berufes nicht mehr gewachsen sein." Und er hatte recht gehabt. Berringer war im Nachhinein froh, dass er nicht so lange mit seinem Ausstieg gewartet hatte, bis es gar nicht mehr ging.

Als Detektiv musste er weniger diszipliniert sein, als das in seinem ehemaligen Job Voraussetzung war. Außerhalb des Polizeidienstes konnte er seine Schwächen besser kaschieren.

Nein, nicht kaschieren, sondern kurieren, korrigierte er sich. Das war in seinem Fall nahezu dasselbe. Auf eine richtige Heilung hoffte er gar nicht mehr, nur auf eine Linderung der Symptome.

Er hängte das Bild zurück an seinen Platz.

Berringer und Anderson verließen die Kanzlei und kehrten zum Tatort zurück, wo der angekündigte Gerichtsmediziner aus Düsseldorf inzwischen eingetroffen war. Er war in Wirklichkeit eine Gerichtsmedizinerin.

Sie hatte rotes Haar, das sie zu einem Knoten zusammengefasst hatte, und eine sehr weibliche Figur. Das war sie, jene Frau, mit der Berringer lange vor seiner Ehe zusammengewesen war und mit der er die alte Beziehungskiste wieder aufgewärmt hatte: Dr. Wiebke Brönstrup, Pathologin aus Leidenschaft.

Berringer begegnete ihrem Blick, als sie aufsah.

„Robert!", entfuhr es ihr, dann erschien ein flüchtiges Lächeln auf ihrem Gesicht, das aber sofort wieder einem ernsten Ausdruck Platz machte. Alles andere wäre in Anbetracht der Umstände auch nicht angemessen gewesen, dachte Berringer.

„Hallo", sagte er nur.

„Da muss man schon Vertretungsdienst machen, um dann zu einem Mord gerufen zu werden, für den du dich offenbar auch interessierst, um endlich mal von Angesicht zu Angesicht mit dir kommunizieren zu können, statt nur per SMS."

„Ja, tut mir leid, ich hätte mich früher melden sollen. Aber weißt du, in den letzten Tagen hatte ich viel um die Ohren."

„Dafür habe ich Verständnis", sagte sie, und Berringer zog zumindest in Erwägung, dass sie das auch so meinte. „Trotzdem, wir sollten uns bald mal wieder treffen. Und reden. Morgen?"

Berringer warf Anderson einen Blick zu, der neben ihm stand und die Augen verdrehte, und antwortete dann, an Wiebke gerichtet: „Wenn du damit nicht eigentlich heute meinst, sondern wirklich morgen ..."

„Gut."

Berringer versuchte, nicht zu dem Toten hinzusehen. Er hörte, wie sich eine uniformierte Kollegin mit Anderson unterhielt und ihm berichtete, dass eine Rentnerin von ihrer Wohnung aus ein Motorrad gesehen habe, das ungefähr eine halbe Stunde vor Degenhardts Ermordung die Straße entlanggefahren sei und dessen Fahrer den Motor rücksichtslos habe aufheulen lassen.

„Konnte sie das Motorrad genauer beschreiben?", fragte Anderson.

„Nein, sie kann nicht mehr gut sehen, aber sie hat das Geräusch erkannt", antwortete die Kollegin.

„Alte Leute hören manchmal schlecht."

„Aber sie war früher Musiklehrerin und hat daher ein gut trainiertes Gehör. Behauptet sie jedenfalls."

„Na ja ..."

Frank Marwitz fuhr in dieser Nacht nicht auf direktem Weg nach Hause, sondern schlug einen Umweg ein, der ihn an Eckart Krassows Bungalow in Rheindahlen vorbeiführte. Noch während der Fahrt holte er den Flachmann aus dem Handschuhfach und leerte ihn.

Er achtete immer darauf, dass er etwas zum „Vorglühen" dabeihatte. Manchmal musste er der guten Laune, die er zu verbreiten hatte, etwas nachhelfen, und mit ein paar Schlucken vorher ging der Auftritt meist lockerer über die Bühne.

Die Betonung lag dabei auf *ein paar*, denn Marwitz wusste sehr genau, dass es das Ende seiner Moderatorenkarriere bedeutet hätte, wäre er im angetrunkenen Zustand auf die Bühne gestolpert.

Aber für den Auftritt, der in dieser Nacht vor ihm lag, brauchte er derlei Rücksicht nicht zu nehmen, fand er.

Jetzt wirst du ja wohl zu Hause sein, du Mistkerl!, ging es ihm durch den Kopf. Er hatte alles verloren. Für die nächsten Tage erwartete er den Anruf, der sein Engagement für das Hockey-Turnier auflösen würde. Conny Tietz würde schon dafür sorgen, indem er das Geschehen des vergangenen Abends in seinem Schmierblatt genüsslich als megapeinlichen Reinfall darstellte. Marwitz kochte innerlich.

Ich will zumindest wissen, was dieser Hund dazu zu sagen hat!, dachte er. Zum ersten Mal in seinem Leben konnte Marwitz nachvollziehen, wie jemand den fast unbezwingbaren Wunsch verspüren konnte, einen anderen Menschen zu töten. Du hast Glück, dass ich jemand bin, der sich gut beherrschen kann, ging es ihm durch den Kopf. Immer lächeln, auch wenn es wehtat. Das war die Devise in seinem Job. Die Show musste weitergehen. Die Leute wollten gute Laune, und er war der Garant für Spaß und Geselligkeit. Da durfte man alles machen, nur nicht eingestehen, dass man sich in Wahrheit scheußlich fühlte.

Marwitz atmete tief durch, bevor er ausstieg und mit entschlossenen, energisch wirkenden Schritten auf die Haustür zuging. Das Außenlicht ging an, aktiviert durch einen Bewegungsmelder, und blendete Marwitz für einen Moment. Im Schatten der Garage konnte man den Umriss eines Motorrads sehen, aber Marwitz registrierte das nur ganz am Rande und nicht bewusst, so aufgewühlt, wie er war. Das Herz schlug ihm bis zum Hals, und als er vor der Haustür stand, öffnete er den dritten Knopf seines Hemdes, weil er plötzlich ein Gefühl der Enge verspürte. Knopf Nummer eins und zwei trug er grundsätzlich offen, weil er das für lässig und locker hielt, und von jemandem wie ihm erwartete jeder, dass er genau das war – lässig und locker. Krawatten waren da tabu.

Marwitz schwitzte.

Er betätigte die Klingel. Und als der Hausbesitzer nicht schon nach einer Sekunde öffnete, klingelte er gleich noch mal und hämmerte dann mit der Faust gegen die Tür.

„Krassow! Komm raus! Ich will mit dir reden!“

Keine Reaktion.

Du Feigling hast nicht mal den Mumm, mir Rede und Antwort zu stehen!, durchfuhr es Marwitz. Seine Wut steigerte sich ins Unermessliche. Er fühlte den unstillbaren Wunsch, Eckart Krassow die Faust in dessen zufrieden grinsendes Gesicht zu rammen.

Er hämmerte noch mal gegen die Tür und läutete Sturm. „Krassow, du Sau! Dass du noch ruhig schlafen kannst nach dem, was du getan hast! Das beweist nur, was für ein gewissenloser Hund du bist! Wach auf – raus aus den Federn!“

Dass er mit seinem Gebrüll auch die Nachbarschaft aus den Federn riss, war Marwitz egal.

Endlich vernahm er ein Geräusch auf der anderen Seite der Haustür. Aber es wurde kein Licht angemacht.

Dennoch öffnete sich die Tür.

Er konnte nur einen Schatten ausmachen, aber der Körpergröße nach war es nicht Krassows Tochter, also legte Marwitz gleich los: „Na, bist du nun zufrieden? Was hast du diesen Schlägern gezahlt, dass sie mich ruinieren? Aber eins sag ich dir, diesmal …“

Marwitz sah den Gegenstand nicht kommen, der ihn einen Augenblick später am Kopf traf. Er spürte nur einen höllischen Schmerz, der von seinem Schädel aus den gesamten Körper durchflutete. Alles drehte sich, und im nächsten Moment war da nichts weiter als pure Schwärze.

So, dachte er gerade noch, musste sich der Tod anfühlen.

Und der ewige Frieden …

6. Kapitel

Es gibt kein Zurück

Es ist geschehen, und es ist gut so. Es gibt kein Zurück, aber das war dir vorher klar, und du hast lang genug über die Konsequenzen nachgedacht. Sollten sie dich erwischen, bleibt dir der Trost, dass man dich zweifellos unter die berühmten Söhne und Töchter Mönchengladbachs einordnen wird. Zumindest, wenn man dir Zeit genug lässt, alles zu vollenden.

Aber würdest du dich in der Gesellschaft von Leuten wie dem Kabarettisten Volker Pispers oder dem Formel-1-Fahrer Nick Heidfeld wirklich wohlfühlen? Bisher hast du billigen Spaß stets abgelehnt, und ein Fan von Motorsport warst du nie.

Ganz abgesehen von NS-Propagandaminister Joseph Goebbels – aber bei dem kann man immer noch argumentieren, dass er schließlich in Rheydt geboren wurde und Rheydt damals noch nicht zu Mönchengladbach gehörte. Also doch ein Auswärtiger. Ja, man hätte vielleicht doch mehr darauf achten sollen, wen man sich eingemeindet …

Du hast einen Menschen getötet und deinen Humor nicht verloren, fällt dir auf, als du an diesem Morgen aufstehst und dir grünen Tee aufsetzt. Mehr als grünen Tee verträgst du morgens nicht. Das hat damals angefangen, die Magenschmerzen und all das. Aber daran willst du jetzt nicht denken.

Du fühlst dich befreit, und nicht einmal der Gedanke daran, dass die große Mehrheit der Tötungsdelikte aufgeklärt wird, kann dir die Laune verderben. Sollen sie dich doch irgendwann kriegen und einlochen. Was Freiheit ist, weißt du schon lange nicht mehr, denn du bist Gefangener eines einzigen Augenblicks.

So oft hast du gehört: Du musst dir helfen lassen! Jetzt hast du damit angefangen, dir selbst zu helfen.

Der Morgen begann für Berringer mit purem Stress.

Jemand hämmerte um sieben in der Früh gegen seine Kajütentür. Der Bautrupp, der mit den Arbeiten an der Kaimauer beginnen sollte, stand bereits am Anlegeplatz der NAMENLOSEN.

Der vergangene Abend inklusive eines nicht unerheblichen Teils der Nacht saß Berringer noch in den Knochen. Er schnellte hoch und überlegte ein paar Sekunden lang, wie er seinen Blutdruck ohne Kaffee zumindest auf Betriebswerte bringen konnte, um wenigstens in der Lage zu sein, sich anzuziehen und halbwegs sinnvolle Antworten zu geben.

„Herr Berringer! Sind Sie an Bord? Sie sind schriftlich angemahnt worden, den Liegeplatz bis spätestens zum heutigen Termin zu räumen! Wenn es durch Ihr Verschulden zu Verzögerungen kommt, wird man Ihnen das in Rechnung stellen!"

„Einen Moment!", rief Berringer und nahm dazu alle Kraft zusammen, die er aufbringen konnte. „Bin gleich da!"

Letzteres war mehr ein Wunsch als die Ankündigung eines Ereignisses, für dessen Eintritt es eine gewisse Wahrscheinlichkeit gab.

Berringer erhob sich, zog Jeans und Sweatshirt über.

„Häärrr Berringer!", kam es von der anderen Seite der Tür, wobei das „Herr" auf eine sehr unangenehme Weise betont wurde.

Berringer öffnete.

„Rottloff, Hafenamt Düsseldorf", war die Begrüßung.

„Ich … ich dachte, ich hätte heute noch Zeit, das Boot von hier fortzuschaffen."

„Und ich dachte, dass die Arbeiter, die im Übrigen Stundenlohn kriegen, jetzt anfangen können."

„Ich habe einen anderen Bescheid bekommen."

„Herr Berringer, sehen Sie zu, dass Sie Ihr Boot von hier fortschaffen, sonst müssen wir zur Selbsthilfe greifen!"

„Hä?" Berringer glaubte, sich verhört zu haben. Rottloff drohte doch wohl nicht wirklich damit, die NAMENLOSE zu versenken? „Wie … wie meinen Sie das denn?"

„Abschleppen. Ganz einfach. Da kommt dann ein sattes Sümmchen auf Sie zu."

Berringer seufzte. Zuerst wollte er den amtlichen Bescheid suchen, stufte dann aber die Möglichkeit, das Papier in seiner chaotischen Schiffswohnung auf die Schnelle finden zu können, als eher gering ein, und eine weitere Diskussion mit Herrn Rottloff schien ihm auch nicht sonderlich vielversprechend.

„Warum werfen Sie nicht einfach Ihre Maschinen an und sehen zu, dass Sie Land gewinnen?", fragte Rottloff, wobei ihm dann wohl selbst auffiel, dass das „Land gewinnen" bezogen auf ein Schiff vielleicht nicht so richtig passend war. „Na ja … In See stechen oder wie immer Sie das ausdrücken wollen. Sie wissen schon, was ich meine."

Das Problem ist nur, dass mir dafür der entsprechende Schein fehlt, dachte Berringer, aber das behielt er tunlichst für sich, denn notfalls musste er es tatsächlich selbst tun. Ein ehemaliger Polizist ohne gültigen Führerschein – in diesem Fall für ein Schiff und nicht für ein Kraftfahrzeug … Er hoffte inständig, dass es noch eine Möglichkeit gab, die Sache auf legale Weise zu lösen.

Also suchte er zunächst mal sein Handy und fand es schließlich in dem etwas ausgebeulten Jackett, das er vergangene Nacht getragen hatte. Es roch noch nach der so chaotisch zu Ende gegangenen Ü-30-Party. Berringer zog es trotzdem einfach schon mal an. In den verschiedenen Taschen befanden sich zu viele Dinge, die wichtig waren. Zum Beispiel die Liste der Armbrustanschläge, die Anderson ihm kopiert hatte.

Dann erst suchte er den Namen „Werner van Leye" aus seinem Handymenü. Der ehemalige Binnenschiffer musste eben etwas früher als geplant aufstehen.

Aber bei van Leye hob niemand ab, stattdessen meldete sich der Anrufbeantworter. Berringer sprach eine Nachricht darauf. Er fand selbst, dass sie ziemlich verwirrend klang, aber so kurz nach dem Aufstehen konnte von ihm niemand größere rhetorische Fähigkeiten erwarten. Er hoffte nur, dass sein Anliegen einigermaßen rübergekommen war.

Auf einmal fiel ihm ein, dass er ja gar nicht wusste, ob Vanessa den Binnenschiffer am gestrigen Tag überhaupt erreicht hatte. Wenn er Pech hatte, war van Leye sogar im Urlaub und sonnte sich gerade an der Costa Brava …

„Herr Berringer, was soll ich den Arbeitern jetzt sagen?“, fragte Rottloff.

„Einen Augenblick.“

„Fürs Warten wird hier niemand bezahlt. Haben Sie eigentlich eine Ahnung, wie viel …“

„Augenblick!“, fauchte Berringer derart autoritär, wie man es als langjähriger Angehöriger bestimmter Berufsgruppen erlernte. Polizisten, Feldwebel und Lehrer – die Macht der Stimme war es letztlich, die das Überleben sicherte.

Vanessa ließ sich Zeit damit, an den Apparat zu gehen. Als sie endlich abhob, machte sie einen verschlafenen Eindruck und schien alles andere als darauf gefasst, ihren Arbeitgeber frühmorgens am anderen Ende der Verbindung zu hören.

„Ja?“

„Vanessa?“

„Berry, du bist echt schon wach?“

„Hast du gestern van Leye erreicht?“

„Nee.“

„Was heißt denn hier *nee?*“

„Er ist nicht ans Telefon gegangen, da kam nur immer wieder der Anrufbeantworter. Und außerdem war so viel anderes zu tun. Schließlich sollte ich für dich bei diesem Sternensender recherchieren und …“

„Warum hast du mir verdammt noch mal nicht gesagt, dass van Leye nicht zu Hause ist?“, brüllte er.

„Du hast mich nicht gefragt! Und mal ehrlich, nach dem, was da gestern in der Kaiser-Friedrich-Halle und in ihrer Umgebung passiert ist, erschien mir das irgendwie von nachrangiger Priorität.“

Nachrangige Priorität, dachte Berringer ärgerlich. Das ist wohl der gelehrte Ausdruck dafür, wenn man was vergessen hat!

„Versuch ihn noch mal zu erreichen, Vanessa", bat er ruhiger, aber nichtsdestotrotz im eindringlichen Tonfall. „Hier ist nämlich Holland in Not. Eigentlich dachte ich, dass wir das Boot heute Morgen noch wegschaffen können, aber jetzt steht hier diese ganze Bande …"

„Ich darf doch sehr bitten!", ließ sich Rottloff vernehmen.

„… und will mit der Arbeit beginnen."

„Ich probier's", versprach Vanessa. „Aber erst, wenn ich geduscht hab."

„Übertreib es heute bitte nicht mit dem Wasserverbrauch."

„Darüber kann ich nicht lachen, Berry."

Sie beendete das Gespräch.

„Und?", fragte Rottloff.

„Wir regeln das."

„Klang für mich aber nicht sehr erfolgversprechend."

„Am besten, Sie respektieren meine Privatsphäre und gehen mal kurz raus", schnappte Berringer. „Ich kann mich sonst nicht für die nächsten Schritte sammeln."

„Wann ist der Kahn weg?"

„In einer halben Stunde", sagte Berringer.

Rottloffs Augen wurden schmal, und auf seiner ansonsten recht glatten Stirn bildete sich eine Unmutsfalte. „Na gut", knurrte er. „Wenn Sie das garantieren können."

„Kann ich."

Nur kann ich nicht garantieren, dass das Bötchen nicht irgendwo gegenstößt, wenn ich es selber fahren muss, setzte Berringer in Gedanken hinzu.

Kaum hatte Rottloff den Wohnbereich der NAMENLOSEN verlassen, schlug Berringers Handy an. Er frohlockte, denn er rechnete für eine Sekunde fest damit, dass Vanessa den ehemaligen Binnenschiffer doch noch erreicht hatte und van Leye nur kurz Brötchen holen gewesen war.

Aber als er aufs Display sah, wurde seine Hoffnung jäh zerschlagen.

MARWITZ RUFT AN stand da in Großbuchstaben. Das war schon wie die Androhung einer schlechten Nachricht.

Manchmal bleibt einem auch nichts erspart, dachte er, nahm das Gespräch entgegen und meldete sich mit einem zackigen: „Berringer!"

„Frank Marwitz hier …" Es war seine Stimme, ganz unverkennbar, aber er sprach schleppend, und schon die Tatsache, dass er diesmal nicht sein Sprüchlein aufsagte, das er sonst jedem Gesprächspartner reflexartig ins Ohr flötete, ließ Berringer Böses ahnen. „Herr Berringer, ich … ich habe etwas Schreckliches getan."

Hat mich das Schicksal heute Morgen nicht schon genug geprüft?, fragte sich Berringer und zwang sich mit dem letzten Rest Professionalität, das er noch aufzubringen in der Lage war, ruhig zu bleiben. „Wo sind Sie, Herr Marwitz?"

„In meinem Büro. Ich wasche gerade das Blut ab."

Berringer stockte der Atem, dann würgte er hervor: „Was – haben – Sie – getan?"

„Ich … ich kann … am Telefon …", stammelte Marwitz und fasste sich schließlich. „Kommen Sie schnell … Ich weiß nicht, was ich tun soll."

„Was ist denn passiert, um Himmels willen?"

„Besser nicht am Telefon …"

Er ist durchgedreht!, durchfuhr es Berringer. Das hat dir gerade noch gefehlt!

Er hatte es am Vorabend schon geahnt, und es hatte sich wieder mal gezeigt, dass er sich – leider, leider – auf seinen Instinkt verlassen konnte. Ich hätte ihn gestern Abend einfangen und gefesselt einsperren sollen, damit er keinen Unsinn anstellt, dachte der Detektiv. Aber das widersprach leider den Gesetzen.

Laut und eindringlich sagte er: „Sie bleiben bitte in Ihrem Büro und warten, bis ich eintreffe, verstanden?"

„Ja."

„Bis gleich."

„Ich glaube, es ist alles zu spät. Sie können mir auch nicht mehr helfen."

„Tun Sie nichts, bis ich da bin. Versprechen Sie mir das?"

„Ja. Aber beeilen Sie sich."

Es klickte, das Gespräch war beendet, und Berringer hatte das Gefühl, als hätte ihm gerade jemand ein Brett vor den Kopf geknallt. Er war wie betäubt.

Er überlegte, ob er die Polizei anrufen sollte, damit die jemanden zu Marwitz schickten und ihn gegebenenfalls festnahmen – je nachdem, wie sich die Sachlage präsentierte. Vielleicht war es sogar ratsam, parallel dazu den sozialpsychologischen Dienst zu verständigen. Jemand wie Marwitz war wie eine Kerze, die von beiden Seiten brannte, und womöglich war er an dem Punkt angekommen, an dem er nicht mehr konnte. Ausgebrannt. Burnout auf Neudeutsch. Der manische Rampen-Zappelphilipp, der in der letzten Nacht noch die Bühne als seine eigentliche Heimat angesehen hatte, hatte sich in ein verzagtes, depressives Wesen verwandelt. Aber das waren vielleicht immer schon die zwei Seiten ein und derselben Persönlichkeit gewesen, nur dass er die zweite, dunkle Seite immer verborgen gehalten hatte.

Berringer war schon drauf und dran, Andersons Namen im Handymenü zu suchen. Er tippte das „a", und alle Namen, die mit A anfingen, wurden aufgelistet. Der von Anderson stand sogar ziemlich weit oben.

Aber dann zögerte Berringer. Behandelte man so einen Klienten, der in Not war? Ihm einfach die Polizei zu schicken, wenn er in Schwierigkeiten geriet? Sollte er nicht vorher mit ihm reden und ihn davon zu überzeugen versuchen, dass es besser war, sich selbst der Polizei zu stellen? Vor Gericht würde ihm das erhebliche Pluspunkte einbringen, und wenn Berringer so handelte, hatte dafür auch jeder Polizist Verständnis, immerhin bestand wohl keine akute Fluchtgefahr.

Eine halbe Stunde brauchte er, wenn er sofort losfuhr, um von Düsseldorf nach Mönchengladbach zu gelangen. Aber wollte er die Verantwortung für das tragen, was Marwitz vielleicht in der Zwischenzeit tat?

Unsinn, dachte Berringer, der tut gar nichts mehr. Der sitzt wahrscheinlich einfach nur da und stiert die Wand an.

Und wie wimmelte er Rottloff ab? Um eine Schonfrist zu bitten, war aussichtslos, doch er selbst hatte einfach keine Zeit, die NAMENLOSE zu dem anderen Liegeplatz zu schaffen.

Sein Handy dudelte. Berringer nahm das Gespräch entgegen, ohne vorher aufs Display geschaut zu haben. „Ja?"

„Hier van Leye. Ist da Berringer?"

„Am Apparat." Den schickt der Himmel!, dachte der Detektiv.

„Ich hab Ihre Nachricht auf dem Anrufbeantworter gehört. Und gestern hat auch Ihr Büro schon angerufen. Tut mir leid, dass ich mich bisher nicht melden konnte, aber ich war ein paar Tage mit einem Ausflugsschiff unterwegs. Als Vertretung für einen Rheinschiffer, den die gegenwärtige Grippewelle außer Gefecht gesetzt hat. Ich bin gestern Nacht erst nach Hause gekommen und war so müde, dass ich heute Morgen …"

„Herr van Leye, die letzten Tage auf dem Ausflugsdampfer waren sicher sehr aufregend, aber hier brennt mir der Teppich unter den Füßen. Ich brauch dringend Ihre Hilfe."

„Ja, das hab ich schon verstanden. Aber auf die Toilette kann ich doch noch schnell, oder?"

„Ungern. Noch was: Sie schaffen es doch, den Kahn allein an Ort und Stelle zu bringen?"

„Ich brauche jemanden beim Anlegen."

„Wird da sein. Schlüssel und alles, was Sie sonst brauchen, liegt an den üblichen Stellen."

„Die üblichen Stellen … gut."

Berringer hatte van Leye vor einiger Zeit eingeweiht, wo er die Schlüssel aufbewahrte. Es konnte immer mal sein, dass etwas mit der NAMENLOSEN war, während er als Detektiv gerade nicht in der Stadt war, und dann musste jemand zur Stelle sein, der sich auskannte. Hochwasser, Niedrigwasser, ein durchgescheuertes Tau oder Vandalen, die es einfach nur cool fanden, ein Boot wie die NAMENLOSE zu betreten und dort ihre Bier- und Wodkaflaschen nicht nur auszutrinken, sondern sie auch an Ort und Stelle zu zerschlagen.

Van Leye schaute regelmäßig nach dem Rechten, wenn Berringer ihn vorher darum bat – vorausgesetzt natürlich, der ehemalige Binnenschiffer war selbst im beziehungsweise *an* Land. Denn ab und zu, so hatte Berringer den Eindruck, juckte es van Leye noch immer, auf mehr oder minder große Fahrt zu gehen. Auch wenn sich sein maritimes Revier wohl mittlerweile auf den Rhein zwischen Koblenz und Rotterdam beschränkte.

Berringer war schon drauf und dran, das Gespräch zu beenden, da vergewisserte sich Werner van Leye noch einmal: „Heißt das, Sie sind nicht da, wenn ich an Ihrem Liegeplatz auftauche?"

„Richtig", bestätigte Berringer. „Dafür wird Sie ein freundlicher und besonders bürgernaher Vertreter des Hafenamts in Empfang nehmen."

„Sagen Sie bloß, da arbeiten jetzt andere Leute als zu meiner Zeit", sagte van Leye erstaunt.

Berringer verließ das Boot, aber er war nicht schnell genug, um Rottloff zu entkommen. „Hey, nicht so hastig!", rief dieser und holte Berringer etwa zwanzig Meter vom Liegeplatz entfernt ein. „Warten Sie doch!"

Vom Rhein her blies ein kühler Wind. Berringer blieb stehen und nutzte die Gelegenheit, sich das Hemd zur Gänze in den Bund seiner Jeans zu stecken und den Parka richtig anzuziehen. Danach klappte er noch das Revers des Jacketts nach unten, das sich im Eifer des Gefechts aufgestellt hatte.

„Tut mir leid, Herr Rottloff, ich hab keine Zeit, um mich selbst um die Angelegenheit zu kümmern. Aber gleich kommt ein Herr van Leye, der das Schiff … äh, *entfernen wird,* wie Sie das wohl ausdrücken würden."

„Sie haben mir versprochen, dass der Kahn in einer halben Stunde verschwunden ist!", zeterte Rottloff. „Wie soll das denn klappen?"

„Das klappt schon. Vertrauen Sie mir einfach. Von der halben Stunde müsste doch mindestens noch eine Viertelstunde übrig sein." Berringer gab ihm eine seiner Karten, die er schließlich, nachdem er mehrere Taschen von Jackett und Parka durchsucht hatte, fand. „Privatdetektiv" stand unter seinem Namen, dazu die Büroadresse.

Berringer warf kurz einen Blick darauf und stellte fest, dass es nicht die neuen waren, sondern die mit der alten Büroadresse.

„Hier, falls irgendetwas nicht klappt oder Sie mich anderweitig erreichen wollen. Ich muss jetzt wirklich weg. Es geht um Leben und Tod – Ermittlungen in einem sehr heiklen Fall. Sie verstehen?"

Ehe Rottloff etwas sagen konnte, eilte Berringer im Laufschritt zu seinem Wagen, den er in der Nähe abgestellt hatte.

Berringer rief von unterwegs aus Mark Lange an, damit er van Leye bei der Verlegung des Bootes half.

„Jetzt gleich?", fragte der ziemlich entgeistert.

„Jetzt sofort!", war Berringers Antwort.

„Ich dachte eigentlich, ich könnte den Rest des Umzugs …"

„Die kannst du vertrösten", unterbrach ihn Berringer. Wenn er in Hektik war, wurde er ganz der Chef.

„Da bleibt mir wohl keine Wahl, was?"

„Nein."

„Und ich dachte immer, die geldgierigen Eigentümer von DELOS SECURITY wären skrupellos gewesen, weil sie sich das Geld ihrer Kunden unter den Nagel gerissen haben."

„Tut mir leid, Mark, aber für einen Betriebsrat sind wir noch zu klein."

Berringer beendete das Gespräch und trat das Gaspedal durch. Das Risiko, geblitzt zu werden, nahm er dabei bewusst in Kauf. Doch es dauerte nicht lange, da wurde sein Geschwindigkeitsrausch ohnehin durch zahlreiche Lkws ausgebremst, die sich langsam aneinander vorbeischoben.

Als er Marwitz' Büro schließlich erreichte, fand er den Event-Manager ziemlich apathisch in seinem Sessel sitzend vor, so wie Berringer sich das schon gedacht hatte. Er trug ein weißes Hemd, das zu einem Smoking gehörte. Weiß wie die Unschuld.

Dafür lagen ein paar andere, ziemlich blutige Sachen auf dem Boden.

Kaltes Neonlicht erfüllte den Raum. Die Jalousien waren noch herabgelassen.

„Hallo, Herr Marwitz", sagte Berringer vorsichtig.

Marwitz blickte auf. „Hallo, Berry."

„Für Sie Herr Berringer."

„Ich hab gehört, dass Ihre Freunde Sie so nennen."

„Aber nicht Sie", sagte Berringer schroff. „Und nun möchte ich wissen, was passiert ist."

„Wahrscheinlich wird gleich die Polizei auftauchen und mich festnehmen. Ich wundere mich, dass sie noch nicht hier ist."

„Was ist los?"

Marwitz vollführte eine ruckartige Bewegung mit dem Kopf. „Krassow ist tot. Er liegt in seinem Wohnzimmer und hat eine Wunde, die stark blutet." Er deutete auf seine Schläfe. „Hier!"

„Jetzt mal der Reihe nach."

„Herr Berringer, was soll ich mit meinen Sachen machen? Wie kann ich die verschwinden lassen, ohne dass …"

„Das wird mir jetzt zu bunt, Herr Marwitz. Ich rufe meinen Kollegen Anderson von der Kripo an. Soll der sich um Sie kümmern."

„Nein!", schrie Marwitz geradezu panisch auf. „Helfen Sie mir!"

Berringer musterte ihn einen Moment lang. Ihre Blicke trafen sich, und Berringer fragte sich, ob dieser Mann wirklich in erster Linie die Hilfe eines Detektivs brauchte. „Vielleicht wäre es sinnvoller, Sie würden einen Anwalt verständigen und auch einen ..."

„Einen was?"

„Einen Arzt."

Arzt klang besser als Psychiater, obwohl das eigentlich gemeint war.

„Sie meinen, ich ticke nicht richtig, oder was soll das heißen?" Marwitz atmete tief durch. „Aber vielleicht haben Sie recht. Vielleicht bin ich durchgedreht und hab gestern Nacht Eckart Krassow umgebracht. Wenn das so ist, kann ich zumindest auf verminderte Schuldfähigkeit plädieren."

„Der Reihe nach!", forderte Berringer. Er umrundete langsam den Tisch und kam Marwitz etwas näher. Dabei fiel ihm der dunkle Fleck an der linken Schläfe auf. Zuerst hielt er ihn für einen Schatten, aber es handelte sich offenbar um ein Hämatom. Kampfspuren, dachte Berringer. Mein Gott, ich hätte ihm gestern Abend Handschellen anlegen sollen! Ich habe es geahnt! Marwitz war wie eine tickende Zeitbombe, und jetzt ist diese Bombe hochgegangen! Er war durch die ständigen Attacken, die ihn und vor allem seine Arbeit trafen, so angespannt gewesen wie ...

... wie eine schussbereite Armbrust!, ging es dem Detektiv durch den Kopf. Die ganze Lockerheit, die Marwitz immer nach außen hin zur Schau gestellt hatte, war nichts als Fassade gewesen. Eine zwar wirkungsvolle, aber trotzdem dünne Fassade.

„Erzählen Sie mir einfach der Reihe nach, was in der vergangenen Nacht passiert ist", bat Berringer. Auf einmal hatte seine Stimme einen tiefen Klang, und er sprach in verständnisvollem Tonfall. Das waren Reflexe, die man nicht verlernte: eine Gesprächsatmosphäre schaffen, in der das Gegenüber bereit war, etwas preiszugeben.

„Ich ... ich hatte so eine Stinkwut auf Krassow", begann Marwitz. „Alles ging den Bach runter. Alles, wofür ich so hart gearbeitet und gekämpft habe. Und dieses Arschloch sollte am Ende absahnen. Ich bin der bessere Moderator, aber statt meiner würden sie ihn engagieren. Klar, weil den Veranstaltern das Risiko zu groß ist, mich auf die Bühne zu lassen. Was ich übrigens auch gut nachvollziehen kann, ich würde das genauso handhaben. Keine Ahnung, wie viel er den MEAN DEVVILS dafür gezahlt hat, mir die Anlage zu zerschießen, oder ob er das sogar selbst gemacht hat. Aber in der Kaiser-Friedrich-Halle den Saft abdrehen, das konnte nur er gemacht haben. Er war zwar kein Elektriker, ist aber oft genug dort aufgetreten, um genau zu wissen, welche Schalter und Hebel er bedienen muss, da wette ich drauf ..."

„Das wird niemand als Beweis gelten lassen", unterbrach ihn Berringer.

„Eben! Das habe ich mir auch gesagt und ... Ich weiß nicht, ob Sie das nachvollziehen können, Sie wirken ja immer so ruhig und professionell und ... Na ja, bis auf den Ausraster, als wir uns das erste Mal begegnet sind. Die Sache mit dem Feuerzeug, das war schon ziemlich heftig, Herr Berringer, und ... Okay, vielleicht können Sie es also doch nachvollziehen. Jedenfalls habe ich innerlich gekocht und mir gedacht: Jetzt hat er dich schon ruiniert, jetzt soll er dir wenigstens in die Augen sehen und von Angesicht zu Angesicht dazu Stellung nehmen. Also bin ich hingefahren."

„Was ist dann passiert?", hakte Berringer nach, denn der Blick des Event-Managers wurde wieder stier und richtete sich ins Nichts; er schien durch Berringer hindurchzustarren.

So muss das wohl hin und wieder auch bei mir aussehen, dachte Berringer. Ich sollte in Zukunft noch mehr darauf achten, das zu vermeiden.

Nur war das leichter gesagt als getan.

„Ich habe meinen Flachmann geleert", fuhr Marwitz mit leiser Stimme fort. „Den habe ich immer im Auto, um mich ... Na, egal. Ich hab ihn jedenfalls bis auf den letzten Tropfen geleert. Vielleicht hätte ich sonst nicht den Mut gehabt."

„Und dann?"

„Stand ich vor der Tür und hab Radau geschlagen, bis geöffnet wurde und …"

„Um wie viel Uhr war das?", unterbrach ihn Berringer.

Marwitz zuckte mit den Schultern. „Keine Ahnung."

„Sie müssen doch ungefähr wissen, wie spät es war!"

Marwitz schüttelte verzweifelt den Kopf. „Das Chaos in der Kaiser-Friedrich-Halle hat eine Ewigkeit gedauert. Da war noch eine Menge zu tun anschließend. Die Polizei wollte mit mir sprechen, anschließend der Veranstalter … Der Mann war natürlich völlig außer sich, forderte Schadensersatz von mir … Das war das reinste Durcheinander. Als ich bei Krassow ankam, muss es nach drei gewesen sein, vielleicht schon vier oder halb fünf. Ich weiß es nicht, ich war so voller Wut."

Und betrunken, fügte Berringer in Gedanken hinzu. „Sie standen also vor Krassows Tür, so zwischen drei und halb fünf, haben Radau geschlagen, und Ihnen wurde geöffnet."

Marwitz nickte hastig.

„Und dann?", fragte Berringer.

„Dann … dann weiß ich nichts mehr. Ich hab wohl 'nen Schlag gegen den Kopf bekommen und war gleich ohnmächtig. Heute Morgen bin ich aufgewacht. Ich lag in Krassows Wohnzimmer, halb auf 'ner Leiche und …"

„Wie bitte?"

„Ja, auf einer Leiche." Marwitz nickte hastig. „Und es war Krassow. Er war tot, und da war 'ne Blutpfütze, die hatte mindestens einen Meter Durchmesser, und ich war natürlich völlig beschmiert. Ich weiß, dass das völlig verrückt klingt und jeder jetzt denkt, dass ich Krassow getötet hab. Ich bin mir ja nicht mal selbst sicher, ob ich es nicht auch war. Himmel, mir brummt noch immer der Schädel, und … Und außerdem war da noch das Messer."

„Was für ein Messer?", fragte Berringer.

„Das Messer, das ich in der Hand hatte, als ich erwachte. Hatte ich das noch nicht erwähnt?"

„Nein", sagte Berringer trocken und dachte: Ich hoffe, da ist nicht noch mehr, was du nicht erwähnt hast! Allerdings konnte es wohl kaum noch schlimmer kommen. „Was haben Sie mit dem Messer gemacht?"

„Hab ich weggeworfen. Einfach von mir weggeworfen, als die junge Frau ins Haus kam und geschrien hat."

Berringer seufzte. „Was für eine junge Frau?"

„Höchstens zwanzig, ziemlich aufgedonnert. Ein Rock, nicht breiter als ein Gürtel, und Schuhe, auf denen sie kaum laufen konnte."

„Das war vermutlich seine Tochter Tanja."

„Keine Ahnung. Ich hab also das Messer von mir geschleudert, sie zur Seite gedrängt und bin zur Tür raus. Dann ins Auto und hierher. Anschließend hab ich mich gewaschen und das Hemd gewechselt. Für meine Auftritte hab ich hier im Büro einen Smoking mit allem Pipapo. Schließlich komme ich zwischen zwei Terminen manchmal nicht nach Hause und ..." Er brach ab, hob den Kopf, und die blanke Verzweiflung war ihm ins Gesicht geschrieben. „Ich weiß, dass ich was Furchtbares getan habe."

„Wohl eher was furchtbar Dummes."

„Ich hätte nicht zu Krassow fahren sollen."

„Wer hat Sie niedergeschlagen?", wollte Berringer wissen.

„Das konnte ich nicht sehen. Der Typ war im Schatten, und im Haus war kein Licht."

„Aber dass es ein Kerl war, da sind Sie sich sicher?"

„Ich bin mir nicht mal hundertprozentig sicher, ob ich nicht einfach nur einen Blackout hatte und mit Krassow gekämpft hab. Wissen Sie, in meinem Kopf vermischt sich das alles. Das, was geschehen ist, das, was geschehen sein könnte, all das Blut, das Messer, die schreiende Frau, die Leiche ..."

Martinshörner waren in der Ferne zu hören, und ihr Klang wurde beständig lauter. Anhand der Personenbeschreibung, die Tanja Runge der Polizei hatte geben können, hatte Kriminalhauptkommissar Anderson wahrscheinlich gleich auf Marwitz als mutmaßlichen Täter getippt. Oder vielleicht wusste Tanja Runge sogar, wie Marwitz aussah, und hatte ihn wiedererkannt, schließlich war er der schärfste Konkurrent ihres Vaters gewesen. Daraufhin war Anderson wohl zunächst mit mehreren Streifenwagen zu Marwitz' Privatadresse gefahren und nun – weil der Event-Manager dort nicht anzutreffen war – zu dessen Büro unterwegs, um Marwitz unter Mordverdacht festzunehmen.

„Da kommen sie schon", sagte Marwitz und starrte Berringer flehend an. „Holen Sie mich da raus, Herr Berringer!"

„Ich werde sehen, was ich tun kann. Aber an Ihrer Stelle würde ich schleunigst einen Anwalt anrufen."

„Wenn die mich festnehmen … Ich habe Termine!"

„Herr Marwitz, in Ihrem Zustand sind Sie sowieso nicht in der Lage, irgendwo aufzutreten. Und wenn Sie sich wie Bonnie und Clyde auf die Flucht begeben, können Sie erst recht nicht auf dem Korschenbroicher Schützenfest den großen Zampano geben!"

„Ich kann nicht …"

Berringer ging mit schnellen Schritten zur Tür und verriegelte sie. Ein paar Minuten würde er damit gewinnen, Minuten, die klug genutzt werden mussten.

„Wie heißt Ihr Anwalt?", fragte Berringer scharf und in einem Tonfall, der klarmachte, dass er die Antwort sofort brauchte.

„Frau Dr. Behrends. Die hat mich manchmal vertreten. Ob sie allerdings auch Strafrecht macht, weiß ich nicht."

„Fürs Erste reicht das. Es ist ja noch gar nicht gesagt, dass es zum Prozess kommt." Berringer griff zum Telefon. „Nummer?"

„Kurzwahltaste drei."

Offenbar hatte Marwitz öfter mal Streit vor Gericht, sodass anwaltlicher Beistand notwendig wurde. Das Schrillen der Martinshörner wurde unerträglich laut. Durch die Fenster konnte Berringer sehen, wie drei Streifenwagen auf dem Platz vor dem Bürohaus mit der Event-Agentur anhielten.

Jetzt musste es schnell gehen.

„Kanzlei Dr. Behrends, Schmidtbauer, was kann ich für Sie tun?“, säuselte eine Frauenstimme am anderen Ende der Leitung.

„Die Chefin bitte! Ihr Mandant Frank Marwitz steckt in großen Schwierigkeiten und steht kurz vor der Verhaftung!“

„Hören Sie mal, mit wem spreche ich da? Sind Sie Herr Marwitz?“

„Ihre Chefin – *sofort!*“, sagte Berringer, und das offenbar derart nachdrücklich, dass er gleich weitergeleitet wurde. Er hatte genau die richtige Dosis Autorität in seinen Tonfall gelegt. Stark genug, um seinen Willen durchzusetzen, aber nicht zu aggressiv, was vor allem bei Telefongesprächen sehr kontraproduktiv sein konnte, schließlich hatte der Gesprächspartner jederzeit die Möglichkeit, einfach aufzulegen.

Unterdessen klopfte es bereits an der Tür der Agentur. „Herr Marwitz?“, rief eine Männerstimme, die durch die Doppelverglasung wie alle anderen Laute deutlich abgeschwächt wurde.

Im nächsten Moment nannte Rechtsanwältin Frau Dr. Behrends am anderen Ende der Leitung ihren Namen und fragte dann: „Was kann ich für Sie tun?“

„Hier Frank Marwitz“, sagte Berringer.

„Herr Marwitz, was ist los? Ihre Stimme klingt tiefer, haben Sie sich erkältet?“

„Frau Dr. Behrends, ich bin heute Nacht neben einem Toten in dessen Haus aufgewacht und hatte ein blutverschmiertes Messer in der Hand. Jetzt will ich mich der Polizei stellen. Kommen Sie bitte sofort ins Präsidium.“

„Herr Marwitz …“

„Danke.“ Berringer legte auf.

Das Klopfen an der Tür wurde heftiger, ungeduldiger.

„Was reden Sie denn da für einen Mist?“, rief Marwitz, der wie von der Tarantel gestochen aufsprang.

Berringer drückte ihn in den Bürosessel zurück. „Ich habe gerade den ersten Schritt getan, um Ihnen zu helfen. Frau Dr. Behrends wird später bestätigen können, dass Sie nicht vorhatten unterzutauchen, sondern sich der Polizei stellen wollten – und das bringt Ihnen Pluspunkte beim Haftprüfungstermin. Außerdem ist sie vielleicht pünktlich da, wenn Sie im Präsidium eintreffen, und Sie haben dann gleich einen Anwalt."

„Hören Sie ..."

„Sagen Sie einfach Danke, Herr Marwitz."

Marwitz kam nicht mehr dazu, überhaupt irgendetwas zu sagen, denn die Polizisten draußen drohten damit, die Tür aufzubrechen. Berringer erkannte Andersons Stimme.

„Ich bin es, Thomas!", rief er. „Berringer!"

„Berry?"

„Die Lage ist unter Kontrolle! Einen Moment!"

Jemand drückte sich die Nase an dem Fenster platt, das in der Tür eingelassen war, und linste durch die schmalen Schlitze der Jalousie, die davor angebracht war. Berringer trat direkt ins Sichtfeld des Mannes draußen vor der Tür, damit der ihn erkennen konnte. Er nahm sich aber noch die Zeit, die Nummer der Anwältin auf einem Zettel zu notieren, den er dann in seiner Jacketttasche verschwinden ließ. Erst danach ging er zur Tür und entriegelte sie.

Zwei Beamte in Kevlarwesten richteten ihre Dienstpistolen auf ihn.

„Schon gut, schon gut. Keine Gefahr", sagte Berringer ruhig, die Hände nur halb auf Schulterhöhe erhoben, was mehr beschwichtigend wirkte und nicht, als wolle er sich ergeben. „Herr Marwitz hat gerade seine Anwältin angerufen, um sich der Polizei zu stellen."

Thomas Anderson stand ein paar Schritte hinter seinen Kollegen und hatte seine Waffe nicht gezogen. Vielleicht trug er sie nicht mal bei sich. Dass der Kommissar – als Einziger ohne Schutzweste – einem Trupp von SEK-Beamten voranstürmte, von denen jeder aussah wie ein Sternenkrieger aus den „Star Wars"-Filmen, das gab es nur in den Action-Einlagen der TV-Krimis. Jeder, der sich derart selbstmörderisch verhielt, schied in der Wirklichkeit schon bei den psychologischen Eingangstests aus.

Einen Augenblick lang herrschte eine angespannte Stille.

„Echt?“, fragte Anderson schließlich.

„Echt“, bestätigte Berringer, nahm die Hände runter und versenkte sie demonstrativ in den Hosentaschen.

Anderson atmete tief durch und machte den beiden anderen Beamten ein Zeichen. Weitere Uniformierte hatten den Vorplatz gesichert. „Einsatz ist beendet!“, sagte er und ging an seinen Kollegen vorbei ins Büro.

Marwitz war inzwischen aufgestanden.

„Herr Marwitz, ich muss Sie festnehmen“, erklärte Anderson. „Sie stehen unter dem dringenden Tatverdacht, Eckart Krassow umgebracht zu haben. Alles, was Sie von nun an sagen, kann vor Gericht gegen Sie verwendet werden. Wenn Sie glauben, sich möglicherweise selbst zu belasten, steht Ihnen ein Aussageverweigerungsrecht zu.“

„Herr Marwitz' Anwältin ist bereits auf dem Weg ins Präsidium“, erklärte Berringer. „Mein Klient wollte sich selbst stellen, woran ihn nur euer frühes Auftauchen hier gehindert hat.“

Anderson hatte Handschellen in der Linken und schien zu überlegen, ob er Berringers Ausführungen glauben sollte. Dann fragte er, an Marwitz gewandt: „Ist das wahr?“

Marwitz gab keine Antwort, sondern stierte ins Leere.

Anderson ließ die Handschellen trotzdem wieder in der Seitentasche seines ausgebeulten Jacketts verschwinden. Er rief die Kollegen herbei. „Nehmen Sie ihn mit!“

Marwitz ließ sich widerstandslos abführen.

Als er weg war, deutete Anderson auf das blutige Hemd. „Kann es sein, Berry, dass deine Interpretation des Geschehens etwas arg klientenfreundlich ist?“

„Nein, glaub ich nicht“, antwortete Berringer. „Ich hab meinen Riecher, und du kannst sicher sein, dass ich keinen Mord decken würde.“

„Hör zu", sagte Anderson, „wir haben …"

„Eine Tatwaffe, an der sich, wie sich herausstellen wird, Marwitz' Fingerabdrücke befinden, und außerdem Krassows Tochter als Zeugin, die vermutlich gesehen hat, wie sich Marwitz über ihren am Boden liegenden Vater beugte, der bereits so stark blutete, dass der halbe Wohnzimmerteppich versaut war."

„Kommt in etwa hin. Das war aber noch nicht alles."

„Was denn noch?"

„Der Radau, den Marwitz vor der Tür von Eckart Krassows Bungalow veranstaltet hat, hat einen Rentner aus dem Bett geholt, der sich darüber verständlicherweise ziemlich geärgert hat. Er hat sich Marwitz' Autonummer aufgeschrieben."

„Glaubst du, ein Mörder ist so dämlich, vor der Tat die ganze Nachbarschaft auf sich aufmerksam zu machen?"

„Dann war's vielleicht nur Totschlag im Affekt", meinte Anderson und zuckte mit den Schultern. „Gibt ein paar Jährchen weniger."

„Wann war das?", fragte Berringer.

„Was?"

„Wann hat dieser Rentner Marwitz randalieren gehört?"

Anderson schüttelte den Kopf. „Das wusste der Mann nicht mehr. Irgendwann in der Nacht oder sehr früh am Morgen."

„Er hat sich Marwitz' Kennzeichen aufgeschrieben und nicht auf die Uhr geschaut?", wunderte sich Berringer.

„Berry, der Mann ist Rentner und kein Polizist", erinnerte Anderson ihn genervt. „Aber Tanja Runges Anruf ging bei der Polizei um kurz nach halb sieben ein, wenn du's genau wissen willst."

„Kommt hin", murmelte Berringer. „Um kurz nach sieben rief mich Marwitz von seiner Agentur aus an. Da wusch er sich gerade das Blut ab, wenn ich seine Worte richtig in Erinnerung habe."

„Worauf willst du eigentlich hinaus, Berry?", fragte Anderson misstrauisch.

„Marwitz sagte mir, er sei zwischen drei und halb fünf bei Krassow eingetroffen, eher halb fünf, schätze ich mal."

„Und?“

„Tanja Runge fand ihn kurz vor halb sieben über die Leiche ihres Vaters gebeugt. Fehlen gut zwei Stunden.“

Anderson lachte freudlos auf. „Vorausgesetzt, Marwitz sagt die Wahrheit. Aber was hätte das dann deiner Meinung nach zu bedeuten?“

„Er behauptet, dass er niedergeschlagen wurde und am Morgen neben Krassow aufgewacht ist“, erklärte Berringer.

„Ach, Berry!“, rief Anderson und schüttelte den Kopf. „Das glaubst du doch nicht im Ernst. Er hat eins auf die Birne gekriegt und dann über zwei Stunden auf ’ner Leiche gepennt?“

„Er hatte vorher ’nen ganzen Flachmann geleert. Er war übermüdet und völlig betrunken.“

„Berry, Berry …“, sagte Anderson, erneut den Kopf schüttelnd. „Nun gut, wir werden das prüfen“, versprach er dennoch. „Aber sehr glaubhaft klingt das nicht.“

„Wie auch immer“, sagte Berringer. „Der Mann ist völlig am Ende. Ich schlage vor, ihr verständigt den sozialpsychologischen Dienst.“

„Berry, du bist Detektiv und kein Anwalt. Überlass es seinem Rechtsbeistand, zu entscheiden, ob er wirklich verminderte Schuldfähigkeit geltend machen will.“

„Nein, Thomas, darum geht’s mir nicht. Der Mann braucht Hilfe. Und was immer heute Nacht auch geschehen ist, es passierte auch, weil ihm niemand diese Hilfe rechtzeitig gegeben hat. Und da schließe ich mich selbst mit ein.“

Anderson seufzte. „Ich bin kein Sozialarbeiter, Berry. Ich muss ein Verbrechen aufklären, und zwar ein ziemlich unappetitliches. Du hättest das Wohnzimmer bei Krassow mal sehen sollen.“

„Da fahre ich vielleicht gleich hin.“

„Untersteh dich!“, warnte ihn Anderson. „Die Spurensicherung hat da sicher noch den ganzen Tag zu tun.“

„Wie geht es Tanja Runge?“, wollte Berringer wissen.

„Sie war immerhin noch in der Lage, uns zu verständigen und uns Marwitz zu beschreiben. Berry, dein Klient sitzt bis zum Hals in der Tinte. Ich nehme nicht an, dass seine Anwältin und du da noch viel machen könnt."

„Ach, du weißt doch, hoffnungslose Fälle machen mir besonders viel Freude", erwiderte Berringer grinsend. Er dachte dabei vor allem an seinen eigenen, ganz persönlichen Fall, von dem wohl nur noch er selbst glaubte, ihn irgendwann aufklären zu können. In geistesklaren, ernüchternden Momenten der Erkenntnis jedoch zweifelte auch Berringer daran, jemals zu erfahren, wer die *Eminenz* war. Dagegen wäre die Sache mit Marwitz nahezu ein Kinderspiel.

„Sieh es sportlich, Berry", sagte Anderson. „Man kann nicht immer gewinnen."

„Ja, ich weiß …", murmelte Berringer.

„Trotzdem, wenn du noch was rausfindest, ruf mich an", bat Anderson. „Und unternimm nicht irgendwelchen Unfug auf eigene Faust."

„Du kennst mich doch."

„Eben."

Auf einmal fiel Berringer noch etwas ein, und er fragte: „Bleibt es übrigens bei der Razzia heute Abend im FLASH?"

„Natürlich", bestätigte Anderson. „Ich hoffe nur, dass unsere Herrin der Drachenhöhle, Frau Dr. Müller-du-weißt-schon, nicht bereits die Kameras des Boulevardfernsehens zum Ort des Geschehens beordert hat und damit die Gangster verscheucht." Dann fügte er hinzu: „Apropos Gangster: Wir haben einen Tipp aus der Szene erhalten. Ho-Mo Baumann besucht heute Abend das FLASH."

„Homo wer?" Berringer runzelte die Stirn.

„Horst-Moritz Baumann. Gegeltes Haar, Pferdeschwanz und ein Kampfhund, der schlecht gehorcht."

„Oh. Da überlege ich mir doch glatt noch mal, ob ich auch wirklich komme."

„Alle nennen ihn zwar Ho-Mo, aber in seiner Gegenwart sollte man es tunlichst vermeiden, seinen Namen auf diese Weise abzukürzen. Denn er hasst Schwule. Er ist so was wie der lokale Pate von Mönchengladbach: Drogen, Schutzgelderpressung und freundliche Unterstützung verschiedener rechtsradikaler Gruppierungen."

„Nur fehlen euch die Beweise, nehme ich an."

„Auf jeden Fall hatten wir bisher nicht genug in der Hand, um ihn anständig zu verknacken. Am liebsten würde er Deutschland von Ausländern säubern, wie er das nennt. Nur bei den Bordellen in Köln und Essen, in die er seine Drogengelder investiert, sieht er das mit der Integration, besonders der weiblichen Immigranten, etwas liberaler."

„Und so ein Typ hat Verbindungen zu den MEAN DEVVILS?", hakte Berringer nach.

„Nun, wir glauben, dass er sie mit härteren Drogen beliefert, aber wir konnten es ihm nie nachweisen. Heute Abend ist es vielleicht möglich."

„Jetzt klingst du aber wesentlich optimistischer als noch gestern Abend", wunderte sich Berringer. „Da hast du noch gejammert, Frau Dr. Müller-was-weiß-ich würde euch die Ermittlungen kaputtmachen."

Anderson nickte. „Da wusste ich auch noch nicht, dass Ho-Mo Baumann heute Abend Gast im FLASH sein wird", erklärte er. „Vielleicht platzen wir ja direkt in einen Drogendeal und erwischen ihn mit runtergelassenen Hosen!"

Na, das hört sich ja nach einem vielversprechenden gesellschaftlichen Ereignis an, dachte Berringer.

Anderson bestand darauf, dass Berringer die Büroräume zusammen mit ihm verließ. Immerhin mussten auch dort Spuren und Beweise gesichert werden. Vor allem die blutige Kleidung war für die Ermittler von Interesse, aber es musste auch rekonstruiert werden, was Marwitz damit angestellt und wie er sich nach der Tat verhalten hatte.

Berringer befürchtete, dass sich in Marwitz' Büro zudem noch massenhaft Indizien fanden, die ein Mordmotiv untermauerten.

Ich hoffe nur, dass diese Frau Dr. Behrends ihren Job versteht, dachte er, als er ins Freie trat.

Er rief Mark Langes Handynummer an, um zu erfahren, wie die Sache mit seinem Hausboot gelaufen war oder ob sie noch andauerte. Van Leye hatte kein Handy, also blieb nur Lange, aber Mark ging nicht ran.

Berringer fluchte leise, als er an die Mailbox weitergeleitet wurde.

7. Kapitel

Tote schlafen besser

Du liest die Morgenzeitung nicht. Du willst es nicht wissen. Du willst auch nicht das Radio einschalten. Wozu auch? Wenn sie dich kriegen, mag es geschehen. Aber du weißt jetzt, dass dich nichts davon abhalten kann, zu tun, was getan werden muss.

Du wolltest die Vergangenheit begraben. Aber dazu ist es notwendig, dass sie vorher stirbt.

Und dass diejenigen sterben, die diese Vergangenheit verkörpern wie wiederauferstandene böse Geister.

Du nimmst deine Armbrust.

Legst einen weiteren Bolzen ein.

Nur einen Schuss wirst du brauchen.

Nur einen …

Es geschieht, was geschehen muss. Was schon lange hätte geschehen sollen. Es ist, als wäre der Fluss der Zeit gestaut und jetzt endlich das Schleusentor der Gerechtigkeit geöffnet worden. Blut wird über die Mörder kommen, wie das Blutwasser des Nils über den Pharao und die Ägypter kam.

Du kannst es kaum erwarten, bis es endlich vollbracht ist. Das Einzige, was du noch zu fürchten hast, ist deine eigene Unzulänglichkeit. Sie dürfen dich nicht kriegen, bevor alles getan ist.

Du wirst nicht länger warten.

Heute wird es sein. Beobachtet hast du lang genug. Jetzt geht es darum, zu handeln. Seit der Bolzen den Schädel des feinen Anwalts zerschmettert hat, weißt du, wie leicht es ist, und dass all das, was du dir an Hemmungen eingeredet hast, gar nicht existiert. Bring es hinter dich.

Jetzt.

Mit ruhiger Hand.

Und kaltem Blut.

Berringer fuhr zur Adresse von Eckart Krassow. Mehrere Einsatzfahrzeuge standen vor dem Bungalow in Rheindahlen, die Haustür stand offen. Berringer stellte seinen Wagen in einiger Entfernung am Straßenrand ab und ging zu Fuß die paar Meter zu Krassows Bungalow zurück.

Zwei Männer trugen einen Zinksarg nach draußen und luden ihn in einen bereitstehenden Leichenwagen, während Berringer auf die Tür zuging. Vielleicht hatte er ja Glück und konnte mit Tanja Runge sprechen. Sie war schließlich die Augenzeugin, auf die sich ein späteres Verfahren gegen Marwitz in ganz entscheidender Weise stützen würde.

Nachdem die beiden Männer den Zinksarg an ihm vorbeigetragen hatten, ohne ihn weiter zu beachten, blieb er einen Moment an der offenen Haustür stehen. Er hörte Stimmen aus den verschiedenen Räumen des Bungalows, sowohl von Männern als auch von Frauen.

„Hallo?", fragte er. Aber er erhielt natürlich keine Antwort. Also trat er in den Flur.

Links befand sich die Küche, doch Berringer ging geradeaus, bis zur halb offen stehenden Wohnzimmertür.

Im Raum befand sich eine Gestalt, die Berringer an einen Astronauten erinnerte mit ihrer Gesichtsmaske, dem Einwegoverall und den Überschuhen, mit denen sie sich über mehrere Trittflächen aus Hartplastik bewegte; diese waren quaderförmig und durchsichtig und hatten vier stabile Füße. Berringer dachte an seine Kindheit im idyllischen Münsterland, als er hin und wieder mit Freunden Brücken aus Steinen über einen der zahlreichen Bäche gelegt hatte. Von Stein zu Stein hatten sie dann ihre Füße gesetzt, und genauso bewegte sich auch der „Astronaut" durchs Zimmer. Durch die Plastiktritte sollte ausgeschlossen werden, dass Fasern, DNA-Spuren oder andere Rückstände unter den Überschuhen haften blieben und der Spurensicherer sie im Raum verteilte, was eine detaillierte Rekonstruktion des Geschehens unmöglich machen würde.

Eckart Krassow lag überraschenderweise noch immer dort, wo er wohl auch gestorben war. Nachdem er die Sargträger gesehen hatte, war Berringer davon ausgegangen, dass die Leiche schon abtransportiert worden war.

Die Blutlache war ziemlich groß und inzwischen auch eingetrocknet. Die mutmaßliche Tatwaffe lag noch am Boden – dort, wo Marwitz sie hingeworfen hatte, wenn man seiner Erzählung glauben wollte. Und die Geschichte, die er Berringer aufgetischt hatte, war dermaßen abstrus, dass sie einfach wahr sein musste, fand der Detektiv. Niemand dachte sich so einen wirren Unsinn aus. Berringer nahm zumindest an, dass das Meiste davon stimmte, denn kleinere Unschärfen gab es immer. Wahrheit war eben letztlich immer etwas Subjektives, das hatte er bei den unzähligen Zeugenbefragungen, die er im Laufe seines Dienstlebens durchgeführt hatte, gelernt.

Der überraschende Anblick der Leiche hatte dazu geführt, dass ihm erst jetzt auffiel, dass der „Astronaut" in Wirklichkeit eine „Astronautin" war, zumal der Einwegoverall die entsprechenden körperlichen Attribute nicht gerade hervorhob.

„Ah, das LKA lässt sich auch schon blicken", hörte er eine durch den Mundschutz etwas dumpf klingende weibliche Stimme, die er aber dennoch gleich wiedererkannte. Sie gehörte eindeutig Birgit Mankowski.

„Ich wundere mich", gestand Berringer. „Als ich die Sargträger sah …"

„Die hab ich weggeschickt. Geht ja schließlich nicht, dass die hier rumtrampeln und so viel Biomaterial verteilen, als wäre das hier 'ne Wiese voller Pusteblumen."

„Schon klar."

„Keinen Schritt weiter bitte! Aber wem sag ich das, Sie sind ja vom Fach."

„Ich gebe mir Mühe, so zu tun."

„Mit Schlafzimmer und Küche sind die Kollegen schon fertig, da können Sie sich umsehen."

„Konnten Sie denn dort Spuren sichern, die was mit der Tat zu tun haben?“

„Nee. Kein Blut zu erkennen unter Luminol und auch sonst nichts. Deswegen sind wir dort ja auch schon fertig. Wo nichts ist, kann man auch nichts sicherstellen.“

Birgit Mankowski machte einen großen Schritt von einem Plastiktritt zum nächsten. Um den Hals trug sie eine Art Bauchladen mit einem aufgeklappten Notebook, und in der Hand hielt sie etwas, das offenbar in drahtloser Verbindung damit stand, wohl eine Art Kameraauge. „Ist noch was?“, fragte sie, ohne Berringer anzusehen. „Ich muss mich hier nämlich konzentrieren, sonst ist hinterher alles für die Katz.“

„Ich wollte eigentlich Tanja Runge sprechen.“

„Die ist völlig fertig“, sagte Birgit Mankowski und blickte nun doch in Berringers Richtung. Sie geriet dabei leicht ins Schwanken und verharrte in einer Stellung, die so verkrampft wirkte wie manches in Stein gehauene klassizistische Heldenbildnis. Nur hielt sie nicht wie Hermann der Cherusker ein Schwert in den Himmel, sondern ihr Kameraauge.

„Sie haben sie noch getroffen?“, fragte Berringer, obwohl sich eine warnende Stimme in ihm meldete, die sagte: Verschwinde! Eine dumme Frage von ihr und eine noch dümmere Antwort von dir, und Birgit Mankowskis unerschütterlicher Glaube an den LKA-Kollegen Berringer ist unwiederbringlich dahin!

Aber er konnte es einfach nicht lassen.

„Ja, ich habe noch mitgekriegt, wie die Kripo-Kollegen mit ihr sprachen“, erklärte Birgit Mankowski. „Ich meine, das müssen Sie sich mal vorstellen: Da findet man den eigenen Vater in seinem Blut liegend vor, und der Mörder beugt sich gerade über die Leiche, das Messer noch in der Hand. Also da würde selbst ich durchdrehen – und wie Sie sich denken können, bekomme ich bei meiner Arbeit ja alle möglichen unschönen Dinge zu Gesicht.“

„Haben Sie eine Ahnung, wo Tanja Runge jetzt sein könnte?“

„Sie wollen sie befragen?"

„Muss leider sein."

„Ich würde Ihnen ja anbieten, dass ich mal kurz die Kollegen von der Kripo anrufe, aber wie Sie sehen, hab ich die Hände voll."

„Ja, danke, ich hab die Nummer ja auch." Berringer deutete auf das Messer und dann auf die Leiche. „Wer immer das getan hat, muss einen unglaublichen Hass auf Krassow gehabt haben, meinen Sie nicht auch?"

„Wer immer das getan hat?", fragte Birgit Mankowski verwundert. „Sind Sie etwa nicht überzeugt davon, dass es dieser Irre war, den die Tochter gesehen hat?"

„Nun, man sollte sich immer einen gesunden Zweifel bewahren, oder?", entgegnete Berringer.

„Aber die Betonung sollte dabei auf gesund und nicht auf Zweifel liegen."

„Jedenfalls hat der Täter den armen Herrn Krassow ja regelrecht zerfleischt, so wie ich das von hier aus sehe."

Birgit Mankowski schüttelte den Kopf und brachte sich damit beinahe aus dem Gleichgewicht. „Nein, es gab wahrscheinlich nur einen Stich. Die Gerichtsmedizin war zwar noch nicht hier, aber ich bin überzeugt davon, dass es so war, und ich gehe darauf auch jede Wette ein."

Berringer runzelte die Stirn. Ein Stich und all das Blut? Das erschien ihm sehr unwahrscheinlich.

„Das ist ein besonderes Messer", sagte Birgit Mankowski. „Man nennt es WASP. Beim LKA werden Sie davon sicher gehört haben."

Berringer bemerkte erst jetzt, als er in die Hocke ging und die Waffe genauer betrachtete, den kleinen Verschluss am Griff des Messers, das auf den ersten Blick wie ein gewöhnliches Jagdmesser aussah.

Aber das war es ganz und gar nicht.

„Ich habe davon gehört", sagte er. „Allerdings habe ich so ein WASP-Messer noch nie in der Hand gehabt."

„Ich kann es Ihnen leider nicht geben."

„Schon klar."

„Aber um die Waffe als WASP-Messer zu identifizieren, braucht man kein Waffenexperte zu sein. Hinten sieht man den Verschluss für die Gaskartusche."

Berringer nickte. Er hatte einen Artikel im SPIEGEL über diese Art Waffe gelesen, in dem darüber berichtet wurde, dass sie inzwischen auch in Europa immer häufiger bei Gewaltverbrechen zum Einsatz kam. Eigentlich waren WASP-Messer für Jäger, Wanderer, Taucher und Soldaten gedacht. Im Griff befand sich eine nachfüllbare Kartusche mit einem stark komprimierten Gas. Beim Zustechen trat das Gas mit hohem Druck durch die Messerspitze in den Körper des Opfers, wo es sich innerhalb von Sekundenbruchteilen ausdehnte und der Umgebung die Wärme entzog. Dadurch gefror das überwiegend aus Wasser bestehende organische Gewebe. Nach demselben Prinzip funktionierte auch ein Kühlschrank. Da sich das Wasser beim Gefrieren ausdehnte, platzte das Gewebe um die Einstichstelle herum explosionsartig auseinander. Wenn man mit einem WASP-Messer in eine Melone stach, flog sie einem regelrecht um die Ohren.

Der Hersteller warb damit, dass man mit diesem Messer sogar Haie und Bären töten könne, was ansonsten nur im Spielfilm und bei Karl May möglich war. Allerdings waren Haie und Bären in modernen Großstädten relativ selten anzutreffen und somit die Opfer meist menschlich.

„Wer benutzt denn hier in Mönchengladbach so eine Waffe?", murmelte Berringer stirnrunzelnd.

„Fragen Sie mal diesen Marwitz", schlug Birgit Mankowski vor. „Und abgesehen davon könnten Sie vom LKA doch sicherlich zumindest in Erfahrung bringen, wer dieses Messer verkauft hat."

„Wieso?", fragte Berringer leicht irritiert.

„Na ja, der Verkauf dieser Waffe ist in Deutschland stark reglementiert. Wer sie einführt und verkauft, muss dies beim LKA melden und eine Genehmigung beantragen."

„Solche Genehmigungen erteilt das BKA", korrigierte Berringer. „Es sei denn, es gibt in Bezug auf diese Messer irgendwelche Sonderregeln."

Sie schaute ihn an.

Von ihrem Gesicht war nur die Augenpartie zu sehen, und Berringer sah, wie sie die Augenbrauen hob, bevor sie murmelte: „Da habe ich mich dann wohl vertan ..."

Berringer überlegte, wie sie das meinte, ging aber nicht darauf ein, sondern fragte, um schnell vom Thema abzulenken: „Sagen Sie, gab es in letzter Zeit schon mal jemanden hier in der Gegend, der mit so einer Klinge umgebracht wurde?"

„Ja", sagte sie und verbesserte sich dann gleich: „Das heißt nein."

„Was denn nun? Ja oder nein?"

Sie setzte nun ihren Weg über die Plastiktritte fort. Die Bewegungen, die sie dabei vollführte, entbehrten trotz ihres Schutzanzugs und ihres Notebook-Bauchladens nicht einer gewissen Eleganz.

„Also das Opfer war ein Mann, höchstens dreißig, Motorradjacke aus schwarzem Leder", erklärte Birgit Mankowski. „Der lag in einem Hinterhof und war ganz ähnlich zugerichtet."

„Wann war das?"

„Vor einem halben Jahr. Ich hatte gerade auf einer Fortbildung von diesen WASP-Messern gehört. Es ging darum, welche typischen Blutspritzmuster dabei auftreten. Bei dem Typ im Hinterhof habe ich den Verdacht geäußert, dass vielleicht so ein Messer die Tatwaffe sein könnte, aber das wollte niemand hören. Aber jetzt bin ich mir sicher."

„Wieso hat die Gerichtsmedizin das nicht feststellen können?"

„Weil Gerichtsmediziner Ärzte sind und keine Messer-Spezialisten."

Berringer nickte. „Danke, Sie haben mir sehr geholfen."

„Gern geschehen. Vielleicht trinken wir mal 'nen Kaffee zusammen, und Sie erzählen mir was über die Karrieremöglichkeiten beim LKA."

„Wollen Sie denn wechseln?"

„Wer weiß. Wenn ich dann mit so kompetenten Kollegen wie Ihnen arbeiten kann."

Süßholz, ich hör dir raspeln!, dachte Berringer. Aber er hörte auch noch etwas anderes.

Schritte.

Und eine Frauenstimme, die sagte: „Tja, zu dem Kaffeekränzchen komme ich dann vielleicht dazu!"

Das war niemand anderes als Dr. Wiebke Brönstrup, die sich wohl in ihrer Eigenschaft als Gerichtsmedizinerin am Tatort befand.

Birgit Mankowski hatte sich auf ihren Plastiktritten inzwischen so weit nach vorne bewegt, dass sie in den Flur schauen konnte. Trotz des Mundschutzes konnte Berringer deutlich erkennen, wie peinlich ihr die Situation war. Sie hatte Wiebke Brönstrup ebenso wenig bemerkt wie er.

Aber Birgit Mankowski schaltete sehr viel schneller als er in den P-Gang. Beim Automatikgetriebe stand das P für *Parken* – in diesem Fall für *Professionalität.* „Ich hatte mit Ihnen gar nicht mehr gerechnet, Frau Dr. Brönstrup", sagte sie.

„Ach was?" Wiebkes Tonfall klang eisig, und Berringer war sich sicher, dass ihre Stimme diese Färbung keineswegs in den frostigen Leichenhallen von Chicago angenommen hatte, wo sie einige Jahre lang tätig gewesen war.

„Ja, mir wurde gesagt, wenn wir fertig sind, soll die Leiche zu Ihnen ins Institut nach Düsseldorf gebracht werden. Es wäre niemand frei, der rausfahren könnte."

„Dann hat man Sie offenbar nicht richtig informiert, Frau Mankowski." Sie musterte Berringer kurz. „Vielleicht war ich ja gerade *Kaffee trinken,* und unser Praktikant hat den Anruf entgegengenommen." Die Art, in der sie die beiden Worte Kaffee trinken aussprach, gefiel Berringer ganz und gar nicht.

„Das ist übrigens Herr Berringer vom LKA", stellte Birgit Mankowski den vermeintlichen Kollegen vom Landeskriminalamt vor. „Sie sind sich wahrscheinlich schon mal über den Weg gelaufen, schließlich befindet sich Ihr Institut ja auch in Düsseldorf." Während sie sprach, vermittelte sie ganz den Eindruck, als würde sie nur locker daherreden, einfach nur um etwas zu sagen. Vielleicht glaubte sie, damit die für sie rätselhafte Spannung, die auf einmal in der Luft lag, etwas lockern zu können.

Aber sie machte alles nur noch schlimmer.

„In der Tat", sagte Wiebke gedehnt. „Herr Berringer ist mir schon häufiger über den Weg gelaufen." Sie wandte sich Berringer zu. „LKA? Ich wusste gar nichts von Ihrer Blitzbeförderung, Herr Berringer."

„Na ja, das mit der Karriere passiert manchmal sehr schnell, ohne dass man es erwartet." Er sah schnell auf die Uhr. Nicht, weil er wirklich wissen wollte, wie spät es war, sondern um die Notwendigkeit zu unterstreichen, dass er fort musste. „Tut mir leid, aber ich habe einen dringenden Termin …"

„Ja, sicher", fiel ihm Wiebke ins Wort.

Berringer nickte beiden Frauen zu und sagte: „Frohes Schaffen noch!"

Dann ging er hinaus, ohne sich noch einmal umzudrehen.

Als er im Wagen saß, überlegte er, ob es Sinn hatte, Krassows Büro aufzusuchen. Vielleicht war Tanja Runge ja dort anzutreffen. Jedenfalls hatte er keine Idee, wo er sie sonst finden konnte, außer vielleicht auf dem Polizeipräsidium. Bestimmt war in der Event-Agentur von Eckart Krassow viel zu tun. Termine mussten abgesagt, Kunden benachrichtigt werden – und so traurig dieses Geschäft auch sein mochte, es gab wohl niemand anderen als Tanja, der das besorgen konnte.

Einen Versuch könnte es wert sein, dachte er, startete den Opel und fuhr los.

Er hatte sein Handy an der Freisprechanlage und rief noch

einmal Mark Lange an. Diesmal nahm sein Mitarbeiter den Anruf sogar entgegen.

Na, endlich, dachte Berringer und fragte sofort: „Was ist mit meinem Boot?"

„Liegt gut vertäut an Ort und Stelle", erklärte Mark. „Hat alles prima geklappt. Dieser van Leye ist ein echter Profi."

„Ja, er war Binnenschiffer, und ab und zu juckt's ihn immer noch, und er übernimmt kleinere Fahrten, damit er nicht einrostet."

„Nee, eingerostet ist er wirklich nicht."

„Freut mich, dass alles in Ordnung ist." Als Mark nichts mehr sagte, hakte Berringer misstrauisch nach: „Es ist doch alles in Ordnung, oder?"

„Na ja, da ist vielleicht eine Kleinigkeit, die ich noch erwähnen sollte, Berry."

„So?" Berringer wurde hellhörig. Selbst der Gedanke an die unweigerlich bevorstehende und wahrscheinlich sehr, sehr unerfreuliche Auseinandersetzung mit Wiebke Brönstrup war auf einmal wie weggeblasen. „Was denn für eine Kleinigkeit?"

„Es geht um den Liegeplatz."

„Das versteh ich nicht", sagte Berringer. „Der wurde mir doch zugewiesen."

„Ja, schon, aber …"

„Jetzt raus mit der Sprache", forderte Berringer energisch. „Was ist los?"

„Das siehst du dir am besten selbst an, Berry, sonst verstehst du nicht, was ich meine."

„Was stimmt denn verdammt noch mal mit dem Liegeplatz nicht?"

„Bis auf die Tatsache, dass du nicht viel Licht hast, ist alles okay. Und der Sommer soll ja sowieso nicht so doll werden. Schau es dir einfach an. Van Leye meint, dass es gar nicht so schlimm ist."

Noch ein Grund, erst gar nicht nach Düsseldorf zurückzufahren!, dachte Berringer grimmig.

Er rief in der Detektei an, und ein gelangweiltes „Vanessa Karrenbrock" begrüßte ihn.

Den Hinweis, dass sie sich eigentlich mit dem Namen der Detektei melden sollte, verkniff er sich. „Vanessa, geh bitte die Online-Archive der Lokalzeitungen durch, die man in Mönchengladbach und Umgebung bekommen kann. Nimm auch die Boulevardblätter dazu und filtere sie nach Gladbach."

„Wieso?"

„Es geht um einen Toten vor sechs Monaten. Wurde in einem Hinterhof gefunden und wahrscheinlich mit einem WASP-Messer umgebracht."

„Mit einem was?"

„Sieh selbst im Internet nach." Dann erinnerte er sich daran, dass Birgit Mankowski erzählt hatte, dass damals niemand ihre Theorie von einem WASP-Messer hatte glauben wollen, und er fügte hinzu: „Kann sein, dass ein WASP-Messer gar nicht erwähnt wurde."

„Na, ist ja toll", beschwerte sich Vanessa. „Das macht die Sache nicht gerade einfacher, weißt du? Hast du nicht noch 'nen Anhaltspunkt? Sonst such ich ja 'ne Ewigkeit."

„Ja, der Tote trug 'ne Motorradjacke aus Leder. Könnte also im Zusammenhang mit den Mönchengladbacher Rockergangs stehen. Ich will alles wissen, was darüber veröffentlicht wurde."

„Wieso fragst du nicht deine tollen Freunde von der Polizei?"

„Weil ich nicht die, sondern *dich* dafür bezahle, dass du mir die Antworten besorgst. Ich muss erst etwas mehr wissen, bevor ich meinen Exkollegen damit auf die Nerven gehe."

„Okay, okay …"

„Danke", sagte er grimmig.

„Berry, ich soll dich noch an was erinnern."

„Woran?"

„Morgen ist dein Besuchstag. Neun Uhr in der JVA."

„Ah, ja …"

Berringer beendete das Gespräch. Besuchstag. Der war bei

ihm heilig. Selbst die Arbeit an dem jeweils aktuellen Fall unterbrach er dafür. Er stattete regelmäßig Roman Dinescu einen Besuch ab, der lebenslänglich dafür einsaß, dass er Berringers Familie in die Luft gesprengt hatte. Und wenn man den Aufzeichnungen der Gefängnisleitung Glauben schenkte, war Berringer auch der Einzige, der den Auftrags-Killer besuchte.

Der Verstand sagte Berringer, dass er nicht darauf hoffen durfte, dass der Mann vielleicht doch noch irgendwann sein Schweigen brach. Und sein angelesenes Therapeutenwissen sagte ihm, dass es vielleicht sogar ungesund für seine Psyche war, regelmäßig die Manifestation seines Traumas aufzusuchen. Aber das war wie mit dem Zigarettenrauchen, dem Alkohol oder dem übermäßigen Genuss von Süßigkeiten und Fast Food: Jeder wusste, dass es schädlich war, aber nur wenige konnten es deshalb sein lassen.

Als er etwas später das Büro der Event-Agentur von Eckart Krassow betreten wollte, war die Tür verschlossen. Da die Fenster mit Plakaten verhängt waren, konnte er nicht erkennen, ob sich nicht vielleicht doch jemand in den Räumen aufhielt.

Berringer klingelte, doch es erfolgte keine Reaktion. Schließlich gab er es auf, griff zum Handy und rief die Nummer der Agentur an.

„Hier Tanja Runge, Event-Agentur Krassow", meldete sich eine Stimme, die Berringer schon kannte. „Mit wem spreche ich?"

„Berringer. Wir sind uns vor Kurzem schon begegnet. Ich stehe vor Ihrer Tür und hätte Sie gern kurz gesprochen."

„Das geht jetzt nicht."

„Sind Sie denn gar nicht daran interessiert, die Wahrheit über den Tod Ihres Vaters zu erfahren?"

Berringer wartete, ohne jedoch eine Antwort zu erhalten. Allerdings wurde die Verbindung auch nicht unterbrochen. Die Sekunden streckten sich nach seinem Empfinden zu einer kleinen Ewigkeit, aber er hatte das Gefühl, dass es besser war, nichts zu sagen. Schließlich war er mit den wenigen Worten, die er schon geäußert hatte, mit der Tür ins Haus gefallen, um zu verhindern, dass die junge Frau einfach auflegte.

Ich gebe ihr noch fünf Sekunden, nahm er sich vor. Eins, zwei …

Die „Drei“ hatte Berringer gerade angedacht, da sagte Tanja: „Was wissen Sie darüber?“

„Ich glaube nicht, dass es eine gute Basis für eine vernünftige Konversation ist, wenn ich hier draußen vor der Tür stehe und in ein Handy flöte, zumal mein Akku gleich leer ist.“

„Sie wollen mich doch nicht verarschen, oder?“

„Ich ermittle in dem Fall und würde Ihnen gern ein paar Fragen stellen, denn wie ich gerade erfahren habe … Hallo?“

Nun hatte sie doch aufgelegt. Berringer seufzte und wartete erneut. In den nächsten Sekunden würde sich zeigen, ob er doch etwas von Psychologie verstand und privat einfach nur unter der methodischen Unzulänglichkeit dieser Wissenschaft litt.

Jemand schloss die Tür auf.

Na, wer sagt's denn!, dachte Berringer, als ihm Tanja Runge öffnete.

„Kommen Sie rein.“

„Gern.“

„Unter einer Bedingung.“

„Die wäre?“

„Sie zeigen mir die Akku-Anzeige Ihres Handys.“

Berringer zögerte. Dies also war der Augenblick der Wahrheit. Er zeigte ihr das Handydisplay. „Bitte.“

„Voll aufgeladen!“, erkannte sie. „Sie haben mich schon gleich zu Beginn angelogen! Was soll ich denn da von Ihnen halten?“

„Sehen Sie es positiv: *Jetzt* war ich offen zu Ihnen – und ich hoffe, Sie sind es auch. Im Interesse Ihres Vaters.“

„Der hat keine Interessen mehr, weil ihn ein Irrer abgeschlachtet hat!“ Sie seufzte. „Gut, kommen Sie rein.“

Eins zu null, dachte Berringer. Denn er hatte das untrügliche

Gefühl, in dieser Sache ohne Tanja Runge einfach nicht weiterzukommen und ohne sie auch seinem Klienten nicht helfen zu können. Vorausgesetzt, der hatte das überhaupt verdient und war tatsächlich unschuldig. In diesem Punkt war sich Berringer noch keineswegs hundertprozentig sicher.

Tanja Runge führte ihn ins Büro. „Sie glauben ja gar nicht, was hier los ist. Ich muss all den Leuten absagen, die eigentlich fest damit gerechnet haben, dass mein Vater bei ihnen moderiert. Das Schützenfest in Korschenbroich …"

„Da sollte Ihr Vater auftreten?", wunderte sich Berringer und nahm ungefragt in einem der Sessel Platz, die offenbar für Besucher bestimmt waren. Wer einmal saß, den vertrieb man nicht so ohne Weiteres, denn dafür musste man schon wirklich unhöflich werden, und davor schreckten doch mehr Menschen zurück, als man es eigentlich vermuten könnte, zumindest angesichts der schätzungsweise drei Jahrtausende Rumgejammers der älteren Generationen über die schlechten Manieren der Jugend.

Tanja sah ihn an, und Berringer dachte: perfektes Make-up, trotz eines Trauerfalls der besonders makaberen Art. Alle Achtung.

Entweder Tanja Runge ging der Tod ihres Vaters nicht ganz so nahe, wie man es eigentlich bei einer halbwegs normalen Vater-Tochter-Beziehung erwarten konnte, oder sie hatte auf bemerkenswert professionelle Weise nicht nur das Aussehen ihrer Fingernägel im Griff.

„Ja, wieso hätte mein Vater denn nicht beim Schützenfest moderieren sollen?"

„Weil, soweit ich weiß, ein anderer Moderator dafür vorgesehen war", erklärte Berringer. „Frank Marwitz."

„Der Irre, der meinen Vater abgestochen hat und dafür verhaftet wurde? Aber der sitzt doch jetzt im Loch, wie soll er da ein Schützenfest moderieren?"

Die Antwort irritierte Berringer. „Moment mal, wenn Sie den Korschenbroichern *jetzt* absagen mussten, heißt das doch, dass schon vor dem mutmaßlichen Amoklauf meines Klienten eine Abmachung zwischen Ihrem Vater und den Veranstaltern des Schützenfestes bestand, oder?"

Tanja Runge atmete tief durch, verschränkte die Arme vor der Brust und sagte: „Ich habe keine Ahnung, warum Sie mich so anmachen. Mein Vater wurde auf grausame Weise umgebracht, und ich stehe noch unter Schock. Erst muss ich den Polizisten Rede und Antwort stehen und ihnen jede grausige Einzelheit dreimal bestätigen, und dann muss ich hier den Laden zumindest einigermaßen am Laufen halten, und Sie ..."

Er unterbrach sie: „Sie wollen die Agentur weiterführen?"

„Ich kann nicht herumlabern wie mein Vater. Aber PA-Anlagen verleihen ist ja keine Kunst, das krieg ich hin. Und irgendwelche Zauberkünstler für Kindergeburtstage und Hochzeitsmucken auf der Kegelbahn organisieren auch. Das hab ich hier ja auch schon die ganze Zeit über gemacht, und einen anderen Job hab ich nun mal nicht."

Berringer beschloss, das Gespräch wieder in etwas ruhigere Bahnen zu lenken. Vielleicht hatte er unterschätzt, wie sehr es unter ihrer glatt geschminkten Oberfläche brodelte. Und wenn er nicht aufpasste, warf sie ihn doch noch raus, und dann saß er informationsmäßig auf dem Trockenen. Also, auch wenn's schwerfällt, nahm sich Berringer vor, die tiefe Stimme einschalten, Verständnis heucheln und die eigene Ungeduld unterdrücken.

„Wissen Sie, was ein WASP-Messer ist?", fragte er ganz ruhig.

„Nein."

Berringer setzte dazu an, ihr zu erklären, was ein WASP-Messer war, als das Telefon auf dem Schreibtisch anschlug.

Tanja Runge nahm ab und meldete sich. Dann sagte sie mit belegter Stimme: „Ja, das stimmt. Mein Vater ist tot, aber die PA-Anlage können Sie trotzdem bei uns ausleihen, und mit den Volksmusikanten ist auch alles klar ... Nein ... Ja ... Wiederhören."

„Schlechte Nachrichten?", fragte Berringer, nachdem sie aufgelegt hatte.

„Wie ich schon sagte, ich versuch hier den Betrieb aufrechtzuerhalten."

Berringer erklärte ihr nun, was sich hinter dem Begriff WASP-Messer verbarg, und fügte hinzu: „Mit einem solchen Ding wurde Ihr Vater umgebracht. Aber so eine Waffe passt meines Erachtens nicht zu jemandem wie Frank Marwitz. Ich wette, der wusste genauso wenig wie Sie, dass es so was überhaupt gibt. Für mich ist das ein weiteres Indiz dafür, dass die Geschichte stimmt, die Marwitz mir erzählt hat. Dass er nämlich von einem Unbekannten bewusstlos geschlagen wurde, der ihm auch das Messer in die Hand drückte, und er über der Leiche Ihres Vaters erwachte, kurz bevor Sie hereinkamen."

Sie schluckte. Das Telefon klingelte erneut, aber diesmal ließ sie es einfach läuten. „Ich habe doch mit eigenen Augen gesehen ..."

„Haben Sie gesehen, wie er zugestochen hat?"

„Nein."

„Na also. Wohnen Sie eigentlich nicht mehr zu Hause?"

„Doch, aber in der Nacht hab ich bei meinem Freund übernachtet, wenn Sie es so genau wissen wollen."

„Und waren um halb sieben schon zu Hause?", wunderte sich Berringer.

„Was wollen Sie damit sagen?"

„Na, dass Sie ziemlich früh aufgestanden sind."

„Ich weiß nicht, wie Ihr Tagesablauf als Detektiv aussieht", entgegnete sie schnippisch, „aber ich muss morgens um acht am Schreibtisch sitzen und wollte zu Hause vorher noch duschen, mir was Frisches anziehen und mich schminken."

Und Letzteres dauert bei dir sicher länger, dachte Berringer.

„Worauf wollen Sie mit Ihrer Frage hinaus?"

Das wusste Berringer selbst nicht, also schoss er gleich die nächste hinterher: „Haben Sie Ihrer Mutter schon vom Tod Ihres Vaters erzählt?"

„Was hat meine Mutter damit zu tun?"

„Sagt Ihnen der Name Dr. Markus Degenhardt etwas?"

„Sie fragen wie ein Maschinengewehr! Was hat das mit dem Tod meines Vaters und mit meiner Mutter zu tun?“

„Sehen Sie, es gibt da einfach ein paar Dinge, über die ich gestolpert bin. Ihre Mutter ist auf einer Reihe von Fotos zu sehen, die bei Ihrem Vater im Wohnzimmer hängen.“

„Ich glaube, er kam nie wirklich darüber hinweg, dass sie durchgedreht ist und ihn verlassen hat. So was soll vorkommen“, erwiderte sie reserviert. „Und ab jetzt beantworte ich keine Fragen mehr, die etwas mit meinem Privatleben oder dem meiner Eltern zu tun haben.“

„Dann interessiert es Sie nicht, weshalb Ihre Mutter auf einem Foto zu sehen ist, das im Büro dieses Dr. Degenhardt hing? Die beiden kannten sich offenbar von früher, als sie noch jung waren. Jedenfalls sieht man die beiden auf dem Foto auf einer Jacht herumalbern.“

„Was soll das, bitte schön?“

„Das weiß ich noch nicht“, gestand er. „Ich dachte einfach nur, dass der Name Degenhardt bei Ihnen zu Hause mal gefallen sein könnte. Er starb in derselben Nacht, in der auch Ihr Vater umkam. Übrigens durch eine Armbrust. Sie sind doch auch eine gute Schützin, oder?“

„Raus!“, sagte Tanja.

„Es war nur eine Frage.“

„Aber eine, mit der Sie sich bei mir extrem unbeliebt gemacht haben. Verschwinden Sie, oder ich rufe die Polizei!“

Berringer erhob sich, ging bis zur Tür, blieb dann aber noch einmal stehen und sagte: „Hören Sie, wir haben gerade darüber gesprochen …“

„Raus! Ich rede nie wieder mit Ihnen!“

„… dass Ihr Vater durch ein WASP-Messer starb, und ich sagte Ihnen, dass diese Waffe überhaupt nicht zu Marwitz passt. Aber sie passt zu den Rockerbanden, die es in Mönchengladbach gibt. Zu den MEAN DEVVILS zum Beispiel. Marwitz glaubt, dass Ihr Vater diese MEAN DEVVILS beauftragt hat, seine Veranstaltungen zu stören, um ihn auf diese Weise zu ruinieren. Sie haben mir gegenüber unbeabsichtigt zugegeben, dass die Veranstalter des Korschenbroicher Schützenfestes noch vor Marwitz' Verhaftung Kontakt zu Ihrem Vater aufgenommen hatten. Offensichtlich war man sich hinter den Kulissen darüber einig, dass Marwitz die Veranstaltung nicht moderieren sollte, es sei denn, Ihr Vater und Marwitz wollten im Duett auftreten, um die Songs von Herbert Grönemeyer zweistimmig zu schmettern. Nun gut, wenn Sie nicht mit mir darüber reden wollen, dann wird sich eben mein guter alter Freund Kriminalhauptkommissar Anderson mit Ihnen darüber unterhalten."

Berringer hatte die Türklinke schon in der Hand.

„Warten Sie!", forderte Tanja Runge.

Das Telefon klingelte abermals. Wahrscheinlich hat in dieser Agentur selten so viel Betrieb geherrscht wie im Moment, ging es Berringer durch den Kopf.

„Also?", fragte er.

„Es stimmt, mein Vater hatte Kontakt mit den Leuten aus Korschenbroich", gestand sie ein. „Wenn es bei einer Marwitz-Veranstaltung noch zu einem weiteren Vorfall gekommen wäre – was ja auch geschehen ist –, dann sollte mein Vater für ihn einspringen. Ich war dabei, als das hier verhandelt wurde, und ich hatte das Gefühl, dass die Veranstalter eigentlich nur nicht richtig wussten, wie sie aus der Verpflichtung mit Marwitz wieder herauskommen sollten. Das galt auch für das Hockey-Turnier …"

„Ach!"

„Das sollte ähnlich laufen." Sie strich sich mit den überlangen Fingernägeln der rechten Hand durchs Haar. „Können Sie das nicht verstehen?"

„Kann ich. Wenn ich ein Schützenfest organisieren wollte, hätte ich auch was dagegen, wenn jemand schon im Vorfeld die Lautsprecher mit einer Armbrust zerschießt – oder die Köpfe von Anwälten. Ich brauche die Namen und Telefonnummern der Veranstalter."

Berringer war sich gar nicht sicher, ob er seinem Klienten einen Gefallen tat, wenn er in diese Richtung weiterbohrte. Schließlich konnte es sein, dass sich Marwitz' mutmaßliches Mordmotiv dadurch noch erhärtete – beispielsweise wenn sich herausstellte, dass man ihm bereits signalisiert hatte, dass er das Schützenfest gar nicht moderieren sollte und man vielleicht nur noch seine PA-Anlage hatte ausleihen wollen. Aber Berringer ging es um die Wahrheit. Wenn Marwitz versucht hatte, ihn aufs Kreuz zu legen, war er selbst schuld.

„Schreib ich Ihnen auf", versprach Tanja Runge. „Die werden Ihnen bestätigen, was ich gesagt habe."

„Hatte Ihr Vater Kontakt zu einer Rockergang, die sich MEAN DEVVILS nennt?"

Sie zögerte.

Berringer atmete tief durch. Na komm schon, deinem Vater kann die Wahrheit nicht mehr schaden, dachte er. Aber sie könnte helfen, seinen Mörder dingfest zu machen.

„Hat die Polizei nicht sogar unsere Konten deswegen überprüft?", sagte sie schließlich. „Mit Einverständnis meines Vaters übrigens, weil die das so ohne Weiteres gar nicht gedurft hätten."

„Weichen Sie mir nicht aus", entgegnete Berringer. „Sie schützen damit nur den wahren Täter."

Sie schluckte, rang noch einen Moment mit sich selbst und sagte dann: „Also, mein Vater kommt ... *kam* viel herum", verbesserte sie sich, „und es geschah auch immer wieder mal, dass hier Leute anriefen, die mit ihm irgendwas abgemacht hatten, von dem ich keine Ahnung hatte. Deshalb kann ich auch nicht wirklich ausschließen, dass er in den letzten Monaten oder Wochen Kontakt mit jemandem hatte, der Mitglied dieses Motorradclubs war."

Motorradclub ist gut, dachte Berringer.

„Aber ...", setzte sie noch an und stockte dann.

„Aber was?"

„Als ich hier anfing, hat er auch ein paar Hochleistungsarmbrüste weiterverkauft. Er betrieb den Sport ja selbst und kannte sich damit aus."

„Sie auch."

Sie ging nicht auf seinen Einwurf ein, sondern sprach einfach weiter: „Das war Importware allerbester Qualität, aber sie entsprachen nicht den Wettbewerbsnormen."

„Und an wen hat er sie weiterverkauft?"

„An einen Typen, der hier auftauchte und eine Jacke trug, auf der MEAN DEVVILS stand. Mit Doppel-V. Ich dachte erst: Selbst ich als abgebrochene Hauptschülerin kann das richtig schreiben, aber der …"

„Name?", fragte Berringer.

„Keine Ahnung. Aber der Kerl hatte so 'nen komischen Bart."

„Was heißt komisch?"

„Zu drei Zöpfen geflochten. Also, so was Abgefahrenes sieht man selten, muss ich sagen."

Als Berringer das Büro verlassen hatte, klingelte sein Handy. Es war Vanessa. Ihre Internet-Recherche war offenbar ganz erfolgreich gewesen.

„Der Tote wurde in der Presse immer nur Mike H. genannt", sagte sie. „Die näheren Umstände …"

„Lass mich mal raten", unterbrach er sie. „In den Artikeln werden zufällig die MEAN DEVVILS erwähnt?"

„Die Ermittlungen der Staatsanwaltschaft haben ergeben, dass der Tote wohl im Zuge einer Auseinandersetzung zwischen rivalisierenden Rockerbanden ums Leben kam", berichtete Vanessa. „Die MEAN DEVVILS waren offensichtlich beteiligt, aber es konnte nie geklärt werden, wer damals der Täter war. Hier steht auch etwas von einem WASP-Knife …"

„Und?"

„Für die Staatsanwaltschaft war das eine unbewiesene Hypothese, die auch durch das gerichtsmedizinische Gutachten weder bestätigt noch entkräftet werden konnte. Zitat: ‚Ich kann die Bevölkerung beruhigen. Es gibt keine Anzeichen dafür, dass Stichwaffen dieser Art in Mönchengladbach geführt werden.'"

Wer das von sich gegeben hatte, wollte Berringer gar nicht wissen.

Berringer fuhr zurück nach Düsseldorf. Er hatte Hunger, und außerdem wollte er wissen, ob die NAMENLOSE inzwischen wirklich gut vertäut an jenem Platz lag, der für das Hausboot vorgesehen war. Eigentlich gab es keinen Grund, van Leye und Mark Lange zu misstrauen. Aber die NAMENLOSE war nun mal sein Ein und Alles. Seit sein zweites Leben begonnen hatte, brauchte er dieses Rückzugsrefugium mit der zumindest fiktiven Möglichkeit, einfach ablegen und davonfahren zu können.

Bis zu Andersons Razzia im FLASH musste er zurück in Mönchengladbach sein, aber bis dahin war noch Zeit. Mal sehen, ob ich da jemanden treffe, der seinen Bart zu Zöpfen geflochten trägt, ging es ihm durch den Kopf. Der Typ wäre mit Sicherheit ein interessanter Gesprächspartner.

Die MEAN DEVVILS hatten sich also von Eckart Krassow Armbrüste besorgen lassen. Die Unterhaltung mit Tanja Runge hatte sich wirklich gelohnt.

Aber Berringer hatte trotz allem das Gefühl, den springenden Punkt bei der Sache noch nicht erkannt zu haben. Es musste da noch irgendeine andere Verbindung geben. Irgendetwas, das all das, was geschehen war, in einem neuen Licht erscheinen ließ. Man sprach so oft von sinnloser Gewalt. Aber nach Berringers Erfahrung hatte Gewalt meistens sehr wohl ihren Sinn, nur dass der nicht immer offensichtlich war. Diesen Sinn galt es zu erkennen, wollte man einen Täter überführen.

Während der Fahrt versuchte ihn Wiebke Brönstrup anzurufen. Berringer sah ihren Namen auf dem Display des Handys, das er in der Freisprechanlage hatte. Er überlegte, ob er den Anruf entgegennehmen sollte. Aber ehe er seine Gedanken so weit geordnet hatte, dass er mit ihr hätte sprechen können, hörte der

Apparat auf zu dudeln, und der Name verschwand vom Display. Stattdessen erschien die Anzeige: 1 ANRUF IN ABWESENHEIT.

Ist besser so, dachte er.

Zuerst musste er ein paar andere Dinge hinter sich bringen.

Berringer erreichte den Hafen. Es war seltsam, die NAMENLOSE nicht mehr dort zu sehen, wo sie schon so lange gelegen hatte. Eigentlich hatte Berringer erwartet, dass dort jetzt fleißig und mit Hochdruck gearbeitet wurde.

Fehlanzeige. Man hatte lediglich den entsprechenden Bereich weiträumig mit Flatterband abgetrennt und Warnschilder aufgestellt.

Typisch, dachte Berringer, dann fielen ihm wieder die Andeutungen ein, die Mark Lange am Telefon gemacht hatte – von wegen wenig Licht und der Sommer würde sowieso nicht so besonders.

Als Berringer schließlich den neuen Liegeplatz der NAMENLOSEN erreichte, wurde auf den ersten Blick offenbar, was Mark gemeint hatte. Die NAMENLOSE lag zwischen zwei Frachtern mit riesigen Aufbauten, sodass man auf dem Hausboot wohl tatsächlich den ganzen Tag über Schatten hatte.

Na großartig!, dachte Berringer. Einen besseren Platz gab es wohl nicht!

Immerhin war das Boot gut vertäut. Mark Lange hatte das bestimmt nicht allein hingekriegt; van Leye musste ihn fachmännisch instruiert haben. Berringer sah sich alles an. Dann ging er an Bord.

Die Position zwischen den beiden Giganten war wirklich alles andere als das, wovon man träumte, wenn man sich dazu entschied, auf einem Hausboot zu leben. Der Blick in die Ferne war von tonnenschwerem Stahl verwehrt, das Gefühl von Freiheit und Abenteuer konnte sich auf diese Weise nicht einstellen. Stattdessen starrte Berringer zu beiden Seiten auf die angerosteten Wandungen der zwei Binnenschiffe, von denen der Lack abblätterte und die eindeutig schon bessere Zeiten gesehen hatten. Mit etwas Fantasie konnte man sich eine Landkarte oder ein abstraktes Gemälde in den Strukturen vorstellen, die der Zahn der Zeit auf die Schiffskörper genagt hatte.

Berringer betrat den Wohnbereich, zog das Jackett aus und warf es auf die Koje. So etwas war immer riskant. Schließlich war das Jackett für ihn das, was für eine Frau die Handtasche war: der Aufbewahrungsort wichtiger Kleinigkeiten, die sein halbes Leben ausmachten.

Aber er konnte das FLASH in Mönchengladbach nicht in einem blauen Blazer betreten. Die Jeans ging vielleicht noch, aber das Jackett war tabu, sonst wäre er dort aufgefallen wie vielleicht Ho-Mo Baumann.

Berringer wühlte sich durch seine Klamotten, die größtenteils in einem Einbauschrank untergebracht waren. Dort konnte er sie allerdings weder aufhängen noch lagen sie in irgendeiner Weise geordnet in den Regalen. Als er den Schrank öffnete, fiel ihm erst mal alles Mögliche an Zeug entgegen.

Irgendwo, das wusste Berringer, hatte auch er noch eine schwarze Lederjacke. Und auch wenn die vom Stil her vielleicht nicht ganz mit dem mithalten konnte, was andere Besucher des FLASH so am bierbäuchigen Leib trugen, so ging sie in einer Rockerkneipe doch eher durch als die Sachen, die er normalerweise trug.

Berringer beschleunigte die Suche etwas. Mit rudernden Armen räumte er den gesamten Schrankinhalt aus. Er hatte die Lederjacke schon Ewigkeiten nicht mehr getragen und sie eigentlich auch nur aus nostalgischen Gründen aufbewahrt. Daher ging er davon aus, dass sie ziemlich weit unten zu finden war – hinabgesunken wie Sedimente im Meer, die dann irgendwann zu Fossilien wurden und im versteinerten Zustand die Jahrmillionen überdauerten.

Schließlich grub Berringer das gesuchte Fossil aus.

Die Lederjacke war noch in Ordnung, wenn man von ein paar

Macken absah. Auf den Rücken hatte Berringer in grauer Vorzeit mal ein Peace-Zeichen gemalt und später versucht, es wieder zu entfernen, die Umrisse waren aber immer noch zu erkennen. Als er das sah, fragte er sich, ob dies wirklich das richtige Symbol war, um sich unter Rockern vom Schlage der MEAN DEVVILS zu begeben, die sich von Leuten wie Eckart Krassow mit Hightech-Armbrüsten versorgen ließen und ihren Gegnern offenbar WASP-Kampfmesser in den Leib rammten.

Aber dann sagte er sich, dass im FLASH ja kein Tageslicht herrschte und man die Abdrücke des Friedenszeichens in der schummrigen Atomsphäre, die er dort vermutete, gar nicht sehen würde.

Ein leicht nostalgisches Gefühl beschlich ihn. Er hatte die Jacke einst auf einem Flohmarkt erworben. Damals war sie ihm viel zu groß gewesen, aber dieser Umstand hatte dazu geführt, dass er sie ziemlich lange hatte tragen können. Mit ihr hatte er als sechzehnjähriger Schüler an der großen Demo im Bonner Hofgarten gegen die Nachrüstung teilgenommen. Lang war's her …

Berringer zog die Jacke an. Schließen konnte er sie nicht – zumindest nicht, wenn er danach noch atmen wollte. Aber im Gegensatz zu Jeanshosen konnte man Lederjacken ja offen tragen.

Die Arbeitskleidung für die Razzia hatte er angelegt.

Jetzt konnte er nach Mönchengladbach fahren.

Etwa eine Stunde später tauchte Berringer in seiner Detektei in Bilk auf. Vanessa Karrenbrock sah ihren Chef ziemlich erstaunt an, als er dort in der abgewetzten Lederjacke erschien.

„Ey, wie läufst du denn rum?“

„Undercover-Einsatz“, knurrte Berringer.

„Als Clown oder wie ist das gemeint?“

„Ich bezahl dich nicht dafür, dass du dich über mich lustig machst“, brummelte er.

„Ich hab ja nichts gesagt. Aber richtig cool sieht das nicht aus, wenn mein bescheidener modischer Sachverstand gefragt ist.“

„Ist er nicht."

„Okay, ich bin sensibel genug, um zu wissen, wann ich schweigen muss."

Das wäre das erste Mal, dachte Berringer. Er ließ sich von Vanessa zeigen, was sie über den Toten im Hinterhof herausgefunden hatte, der möglicherweise ebenfalls mit einem WASP-Messer erstochen worden war.

„Ich gehe heute Abend ins FLASH in Mönchengladbach."

„Aha", sagte Vanessa nur.

„Anderson wird dort eine Razzia durchführen", erklärte er. „Es könnte etwas heiß hergehen, also wenn ich morgen früh in einem etwas derangierten Zustand ins Büro komme oder vielleicht auch gar nicht, hat das irgendwie mit diesem Einsatz zu tun."

„Mark und ich könnten dich begleiten", schlug Vanessa vor.

„Nee, besser nicht", lehnte Berringer ab.

„Mal wieder typisch", beschwerte sie sich gleich. „Du traust deinen Mitarbeitern nichts zu. Wie hast du das eigentlich früher bei der Polizei hingekriegt, mit dieser unterentwickelten Teamfähigkeit? Heutzutage zählen Soft Skills, weiche Qualitäten."

„Das heißt nicht, dass man auch gleich weich in der Birne sein muss", entgegnete Berringer. „Nein, ich will Mark nicht davon abhalten, Geld bei einem Umzug zu verdienen, und du wirst sicher auch was zu tun haben."

„Eigentlich nicht. Mein Freund hat mit mir Schluss gemacht."

„Gratuliere", brummte er. „Dann ist heute Abend die Gelegenheit, jemand Neuen kennenzulernen."

„Im FLASH, in Mönchengladbach?"

„Ganz bestimmt nicht. Die sind alle gefühlte achtzig Jahre älter als du – oder so jung, dass sie eigentlich nur Milch trinken dürften."

„Du willst mich einfach nicht dabeihaben. Richtig, Berry?"

Berringer sah sie einen Augenblick lang an. „So ist es", sagte er schließlich. Sie redete einfach zu viel und zu unbedacht, und er wollte nicht riskieren, dass sie die ganze Aktion mit ihrem losen Mundwerk in Gefahr brachte. Außerdem hatte er auch keine Lust, auf sie aufpassen zu müssen.

Er suchte nach einer Formulierung, um ihr das etwas diplomatischer beizubringen, fand aber keine.

„Ich verspreche dir, dass ich den Mund halte", sagte sie ganz unvermittelt. Glasklar und präzise hatte sie erfasst, wo er das Problem sah. „Ich sage wirklich keinen Ton", gelobte sie.

„Eigentlich sollte man nie etwas versprechen, was man nicht halten kann."

„Ich nehme das mal als ein Ja."

„Du bist unverbesserlich."

„Ich weiß."

8. Kapitel

Das Gesicht im Dunkeln

Du kennst das Grundstück. Du weißt, wie die Verhältnisse sind. Du warst schließlich schon mal dort und hättest es da gleich erledigen können.

Aber das ging nicht.

Du warst einfach noch nicht so weit.

Der Wille zu töten hatte sich noch nicht in der Form manifestiert, wie es nun der Fall ist.

Beim ersten Mal ging es dir nur darum, Entsetzen zu verbreiten. Das gleiche Entsetzen, das du damals gespürt hast und alle anderen seltsamerweise nicht.

Aber jetzt ist das nicht mehr genug. Jetzt bist du nicht gekommen, um Schrecken zu bringen, sondern den Tod.

Du nimmst deine Waffe. Sie liegt so ruhig in der Hand wie eh und je. Du hast sie mit einem Bolzen geladen und gespannt. Ein paar Schritte musst du laufen, dich von hinten auf das Grundstück schleichen und dich dabei durch dichtes Gestrüpp zwängen. Dornen reißen an deiner Kleidung. Du hast sie nicht gesehen. Aber heute scheint auch nicht der Mond. Irgendeine dunkle Schattenwolke verdeckt ihn, sodass sein Licht dir in dieser Nacht nicht beistehen wird. Doch schon bei dem ach so feinen Anwalt war das Mondlicht kein entscheidender Faktor, denn es wurde von den Lichtern der Stadt überstrahlt.

Heißt es nicht, für die Jäger der Steinzeit sei der Mond eine Gottheit gewesen, weil er ihnen in der Nacht leuchtete und ihnen das Wild zeigte, während die Sonne der Gott der Landwirtschaft war, der das Korn wachsen ließ?

Du bist auch ein Jäger.

Ein Jäger im Garten des Herrn, der vielleicht noch weitaus mehr Reinigungen vertragen könnte.

Du gehst zwischen den Büschen in Schussposition.

Zielst.

Du siehst ihn im Licht stehen, durch die Fensterfront seines Wohnzimmers. Er mag keine Gardinen. Armer Rainer, auf diese Weise macht er es dir leicht.

Er geht auf und ab in seinem Wohnzimmer, in dem er sich nach getaner Arbeit als Arzt mit dummen TV-Shows ablenkt, damit die wirklich wichtigen Gedanken da bleiben, wo sie seiner Meinung nach hingehören: im Untergrund des Unbewussten und des Vergessenen. Er lebt, als wäre nie etwas gewesen. Aber eigentlich müsste er allmählich ahnen, dass es nur noch eine Frage der Zeit ist, bis geschieht, was längst hätte geschehen müssen.

Die gefrorene Zeit schmilzt und beginnt wieder zu fließen.

Und so wird aus einem Gletscher ein wilder Strom, der sie fortreißt.

Du drückst ab.

Der Bolzen durchschlägt die Scheibe. Durch das Fadenkreuz siehst du sein überraschtes Gesicht, als das Geschoss seine Brust trifft, seinen Leib durchdringt und ihm das Rückgrat zerschmettert.

Nun, Rückgrat hat Rainer Gerresheim damals nicht bewiesen, jetzt braucht er es auch nicht mehr.

Ja, durch das Fadenkreuz des Hochleistungszielfernrohrs siehst du sein Gesicht ganz genau, seine Miene in diesem kostbaren letzten Moment der Erkenntnis, in dem er vielleicht ahnt, dass die Schuld, zu der er nicht stehen konnte, ihn nun eingeholt hat wie ein böser Fluch.

Dann bricht er zusammen, und eine Alarmanlage plärrt mit schrillen Tönen los. Offenbar ist für sie der Armbrustbolzen ebenso ein Eindringling, wie es ein Einbrecher wäre.

Dass sie eingeschaltet ist, während er sich zu Hause befand, tröstet dich. Es sagt dir, dass er sich gefürchtet hat. Dass er nach Markus' Tod ahnte, dass auch ihn der Vorschlaghammer des Schicksals treffen könnte. Es tröstet dich, weil er dann vielleicht doch nicht so kalt war, wie du dachtest, und er zumindest als jemand starb, der noch den Rest eines Gewissens hatte.

Du gehst zurück zum Wagen, schleichst dich erst durch die Büsche, gehst dann das Stück über den Bürgersteig und öffnest den Kofferraum, in dem du die Armbrust verstaust. Du hast dir nicht einmal die Mühe gemacht, sie zu verbergen, als du zum Wagen zurückgegangen bist. Vielleicht willst du ja, dass man dich sieht. Dass man dich fasst. Dass es zu Ende ist.

Du hast ein seltsames Gefühl, das du nicht wirklich beschreiben kannst. Ein Gefühl, das halb Schmerz, halb Unwohlsein ist. So wie damals …

Du steigst in den Wagen und setzt dich ans Steuer.

Schweiß steht dir auf der Stirn, und du fühlst dich elend.

Diesmal, so wird dir klar, war es nicht so leicht wie beim ersten Mal, und du kannst dafür noch nicht einmal einen Grund benennen. Hat es was mit Markus oder Rainer zu tun? War es leichter, den einen zu töten als den anderen? Nein, wird dir klar. Der Grund für dein Unbehagen liegt einzig und allein in dir selbst.

Du siehst dein Gesicht im Rückspiegel oder besser gesagt, die untere Hälfte davon. Der Rest liegt im Dunkeln. Und das ist gut so, denkst du. So brauchst du dir selbst nicht in die Augen zu schauen.

Das FLASH lag auf einem ehemaligen Fabrikgelände in Rheindahlen, dem flächenmäßig größten Stadtteil von Mönchengladbach. Die umliegenden Gebäude waren ziemlich heruntergekommen, was durch die großzügige Außenbeleuchtung des FLASH gut zu erkennen war. Der Putz blätterte von den Wänden, und überall waren Graffiti angebracht. Die meisten allerdings, die sich dort mit der Sprühdose verewigt hatten, waren wenig kreativ. Der mit schwarzer Farbe geschriebene Satz PATRIOTISCHE FRONT ZUR BEFREIUNG VON RHEINDAHLEN ließ Berringer schmunzeln. Er war mit dem etwas kleiner geschriebenen Zusatz versehen: BE-

SETZTES GEBIET SEIT 1921 – das Jahr der Eingemeindung Rheindahlens zu Mönchengladbach.

Berringer stellte den Opel auf einem der unmarkierten Parkplätze ab. Die zweirädrigen motorisierten Vehikel waren vor dem FLASH entschieden in der Überzahl. Vor dem Eingang des Lokals standen Gruppen von Männern in schwarzen Motorradjacken, von denen viele den charakteristischen Schriftzug der MEAN DEVVILS mit dem doppelten V trugen. Berringer konnte nur wenige Frauen ausmachen.

„Na, was die eng sitzende Lederjacke angeht, passt du *doch* ganz gut hierher, Berry", meinte Vanessa. „Die Kerle hier hatten sicher auch noch keine schwabbeligen Bierbäuche, als sie sich ihre Designerjacken angefertigt haben."

„Ja, ich bin offenbar nicht der Einzige, der seine Jacke offen tragen muss", erwiderte Berringer. „Ach ja – falls du auf die Idee kommen solltest, dir hier einen Kerl anzulachen: Ich würde erst mal abwarten, wer nach der heutigen Aktion keinen längeren Gefängnisaufenthalt vor sich hat."

„Berry, das war gemein."

„Ich weiß."

„Über mein privates Drama bin ich noch nicht hinweg."

„Manche sind das nie."

Sie gingen zum Eingang, vorbei an zahllosen Harleys und anderen schönen Maschinen. Die Tanks waren oft liebevoll mit Paintbrush-Bildern verschönert. Die Motivwahl war allerdings etwas einseitig: Nackte Frauen dominierten, knapp gefolgt von martialischen Runen und Totenköpfen. Der einzelne feuerspeiende Drache auf dem Tank einer Kawasaki wirkte schon fast wie ein Fremdkörper.

Niemand hinderte Berringer und Vanessa daran, das FLASH zu betreten. Metal-Musik vermischte sich mit dem Stimmengewirr der bierseligen und zumeist bärtigen Kundschaft.

Eine Wolke aus blauem Dunst hing in der Luft, vermischt mit noch ganz anderen, undefinierbaren Gerüchen und Bestandteilen.

Ans Rauchverbot hielt sich hier niemand. Das wurde ohnehin in ganz NRW eher lax gehandhabt. Schon mehrmals hatte Berringer von genervten Hundebesitzern vernommen, dass sich das Ordnungsamt Mönchengladbach lieber darauf konzentrierte, älteren Herrschaften die schmale Rente in Form von Bußgeldern aus der Tasche zu ziehen, wenn die ihren Dackel ohne Leine spazieren führten, als den Nichtraucherschutz in Kneipen durchzusetzen, weil man dort schlichtweg auf mehr Widerstand stieß.

In einer Spelunke wie dem FLASH wäre dieser Widerstand wohl auch erheblich und eher handgreiflicher Natur gewesen. Und die Verstöße, die hier im wahrsten Sinne des Wortes in der Luft lagen, betrafen eindeutig nicht nur den Konsum von Tabakwaren innerhalb öffentlich zugänglicher Räume.

Es gab zahlreiche Billardtische, an denen Männer in Lederjacken, mit und ohne Schriftzug der MEAN DEVVILS, und Frauen in zu engen und häufig bauchfreien T-Shirts oder Tanktops spielten.

Berringer machte Vanessa den Vorschlag, sich zu trennen, damit sie nicht noch mehr auffielen, als dies vermutlich ohnehin schon der Fall war. Vanessa hatte sich kleidungsmäßig kaum an das Umfeld des FLASH angepasst. Sie trug Jeans und T-Shirt und war insgesamt deutlich weniger aufgedonnert als die wenigen anderen weiblichen Gäste. Allerdings bezweifelte Berringer dennoch, dass sie sich über mangelnde Ansprache würde beklagen können. Das ein oder andere Bierchen zeigte bei manchen Kerlen mehr Wirkung als ein aufreizendes Outfit, und davon abgesehen war das Geschlechterverhältnis so unausgeglichen, dass sich das Beuteschema der anwesenden männlichen Bevölkerung notgedrungen ausweitete.

Oder anders ausgedrückt: Man nahm, was man kriegen konnte; und wenn es nur das war, was andere übrig ließen, soff man sich die Angebetete einfach schön.

Berringer ging zum Tresen und bestellte ein Bier, obwohl er kein Bier mochte. Aber wenn er schon eine Jacke mit verblasstem

Peace-Symbol trug, wollte er zumindest nicht noch dadurch auffallen, dass er hier an einer Cola nuckelte.

Der Wirt stellte ihm ein Alt auf den Tresen – klassischerweise ein Hannen, obwohl man die Produktionsstätten in Mönchengladbach vor Jahren verkauft hatte und mittlerweile in Krefeld braute. Die einstmals weltweit größte Altbierbrauerei Hannen gehörte jetzt zum dänischen Carlsberg-Konzern. Dennoch galt das Hannen Alt immer noch als typisches Gladbacher Bier.

Globalisiertes Gladbacher Bier eben.

In Zeiten, als ein Mann noch Mann sein durfte und das „Lassiter"-Westernheftchen in drei verschiedenen Ausgaben an jedem Kiosk erwerben konnte, hatte die Hannen-Brauerei eine eindrucksvolle Plakatwerbung gehabt: eine überdimensionale Männerfaust, die entschieden auf den Tisch schlug, darüber der markige Slogan: „Wenn ich Alt sag', mein' ich Hannen!", lange vor der Rechtschreibreform noch mit schmucken Apostrophen. Das Gesöff passte also bestens zum rustikal-gestrigen Weltbild der Berringer momentan umgebenden Klientel.

Er sah auf die Uhr. Ein bisschen Zeit musste er noch überbrücken, bevor Anderson und seine Leute den Sack zumachen würden. Weder von Ho-Mo Baumann noch von dem Typ mit dem Zopfbart war bisher etwas zu sehen.

Vanessa hatte, wie erwartet, schnell Anschluss gefunden und schwang den Billard-Queue. Dazu lachte sie so schrill, dass sie damit sogar die hämmernden Bässe der Metal-Musik übertönte. Einige der hochgestylten Rockerbräute beobachteten diese Konkurrenz mit sichtlichem Missfallen.

Tja, dachte Berringer, all die Mühe um das perfekte Styling, und die Kerle sind zu betrunken, um es entsprechend zu würdigen. Er hoffte nur, dass Vanessa bei aller Kontaktfreudigkeit nicht irgendetwas Unbedachtes daherredete, was dem Abend vielleicht eine unschöne Wendung gab. Aber vielleicht erfuhr sie ja auch das eine oder andere interessante Detail.

Aus reiner Langeweile trank Berringer schließlich doch das Bier und leerte das Glas Schluck für Schluck, was dazu führte, dass er auf die Toilette musste.

Er sah noch mal auf die Uhr. Besser jetzt als ausgerechnet dann, wenn es losgeht, dachte er.

Der Weg zu den Toiletten war sogar ausgeschildert. Berringer ging durch einen langen, im Gegensatz zum eigentlichen Lokal ziemlich hellen Flur, der von nackten Glühbirnen beleuchtet wurde. Damit war in Zukunft Schluss, wenn die Energiesparlampen Vorschrift wurden.

Als Berringer die Toilette betrat, stand ein Kerl am Pissoir und erleichterte sich mit konzentrierter Miene.

Berringer erstarrte förmlich. Der Bart war zu Zöpfen geflochten, die inzwischen schon deutlich ausgedünnten Haare auch, was der Frisur eine unfreiwillig parodistische Note gab.

Der Zopfbärtige drehte sich zu ihm um. „Ey, was glotzt'n? Schwul oder was?"

Er war fertig, zog den Reißverschluss seiner schwarzen Lederhose hoch und trat auf Berringer zu. Unter der Lederjacke trug er ein ausgeleiertes T-Shirt, das durch seinen dicken Bauch auf seine Dehnungsfähigkeit getestet wurde. Offenbar gehörte der Zopfbärtige zu jenen Zeitgenossen, die darauf bestanden, dass sich die Kleidung gefälligst den Körpermaßen anzupassen hatte, anstatt dass man eine andere Größe nahm.

Am Hals sprang Berringer eine Tätowierung ins Auge.

Es war wie ein Déjà-vu.

DEVVILISH – mit Doppel-V.

Artur König, genannt King Arthur, der Anführer der MEAN DEVVILS, stand also vor ihm. Berringer hätte ihn so ohne Weiteres nicht wiedererkannt. Da war nicht nur die eigenwillige Zopffrisur, er hatte auch etliche Kilos mehr auf den Rippen als bei der kurzen Begegnung, die Berringer mit ihm vor Jahren im BLUE LIGHT in Düsseldorf gehabt hatte. Fahrradfahren war eben gesünder, als auf der Harley durch die Gegend zu knattern. Offenbar war auch das Foto von King Arthur in Kommissar Andersons Mappe reichlich veraltet. Ist wahrscheinlich bei der letzten Verhaftung gemacht worden, dachte Berringer. Und inzwischen ist Artur König offenbar zu clever, sich noch erwischen zu lassen.

Der King der MEAN DEVVILS musterte Berringer von oben bis unten. Dann strich er mit einer Hand über Berringers Jacke. „Cooler Style, Mann. Sieht man selten."

„Wird gar nicht mehr produziert."

„Ja, alle Guten sind tot, und alle tollen Sachen stellt niemand mehr her. Mit meiner Maschine kann ich da 'n Lied von singen." King Arthurs Augen wurden schmaler, und sein Blick haftete auf eine Weise an Berringer, die dem Detektiv nicht gefiel. „Sag mal, kenn' wir uns irgendwie?"

„Nee."

„Ich dacht, wir wären uns schon mal begegnet, aber ich krieg das nich auf die Reihe."

„Das Marihuana, was?"

„Stimmt, wenn ich was rauch, fällt's mir vielleicht wieder ein." Er schnipste mit den Fingern. „Komisch, einen Moment war ich mir sicher … Du bist doch nicht etwa die schwule Sau, die ich neulich plattgemacht hab?" In seinem aufgequollenen, etwas aus dem Türsteher-Training geratenen Körper spannten sich plötzlich die Muskeln. Die langen Jahre bei der Polizei hatten Berringer darin geschult, auf solche Dinge zu achten, und so nahm er diese Warnsignale schon fast unterschwellig wahr.

„Ganz sicher nicht", erklärte er schnell.

„Nichts für ungut." King Arthur rülpste und schob sich vorwärts. Er ging davon aus, dass jeder, der ihm im Weg stand, zur Seite sprang, und Berringer fand es klüger, genau das auch zu tun, anstatt es auf eine Konfrontation ankommen zu lassen, die dem Kampf zweier Sumoringer geähnelt hätte – mit der Besonderheit, dass Berringer einfach kein gleichwertiges Kampfgewicht vorweisen konnte.

Der nächste Augenblick erschien Berringer wie eine Ewigkeit.

Er hörte die Absätze von King Arthurs Cowboystiefeln auf den Fliesen klappern und dachte: Wenn du ihn jetzt gehen lässt, wirst du nie wieder allein mit ihm reden können. Verdammt, du musst unbedingt wissen, ob es zwischen diesem Zopf-Barbaren und der *Eminenz* irgendeine Verbindung gibt!

Wenn Anderson und seine Kripo-Leute King Arthur erst mal in ihren Fängen hatten, war es zu spät. Berringer war überzeugt, dass der Anführer der MEAN DEVVILS so schnell nicht mehr auf freien Fuß kommen würde, wenn die Polizei erfuhr, dass er Eckart Krassow seinerzeit ein paar Hightech-Armbrüste abgekauft hatte. Eine Gegenüberstellung mit Tanja Runge reichte, um das zu klären, und von da an würde sich der Rocker-König sehr viele Fragen gefallen lassen müssen.

Jetzt oder nie!, dachte Berringer. Selbst auf die Gefahr hin, dass er seinem Freund Thomas Anderson damit die Tour vermasselte und es zu keiner kompromittierenden Begegnung mit Ho-Mo Baumann mehr kam. Ein Herzschlag blieb Berringer für diese Entscheidung.

„Ihr seid übrigens auch cool", sagte er dann.

King Arthur blieb stehen, drehte sich halb um. Berringer tat es ihm gleich – schon damit sein Gegenüber nicht das Friedenszeichen sah, das bei der grellen Toilettenbeleuchtung noch recht gut zu erkennen war.

„Hä?"

„Eure Waffen, mein ich. Armbrüste und WASP-Messer. Ich meine, das ist doch wirklich mal was anderes als Baseballschläger und so 'n Kinderkram."

Die Schnelligkeit, mit der King Arthur reagierte, hätte Berringer ihm nie zugetraut. Er wirbelte herum, stürzte sich förmlich auf den Detektiv und drückte ihn grob gegen eine der Kabinenwände, dass es knallte. Berringer hatte dieser schieren Masse aus Muskeln, Fett und fleischgewordenem Bier nichts entgegenzusetzen. Er konnte kaum atmen, so heftig presste ihn der Anführer der MEAN DEVVILS gegen das protestierend knarrende Sperrholz.

„Was laberst du da für ’n Scheiß, verdammt noch mal? Bisse vielleicht ’n Bulle?“

„Ich hab nur gedacht, dass ihr womöglich Ahnung habt, wo man diese tollen Messerchen herkriegt“, erklärte Berringer. „Ist in Deutschland ja nicht ganz so einfach heranzukommen!“

„Wer hat dir davon erzählt, du Arschloch?“

„Gemeinsame Bekannte …“

„Dann kennst du mich doch?“

„Artur König – King Arthur. Dich kennt doch jeder!“

„So ’n Quatsch kannst du anderen erzählen!“

„Warum so gereizt, Mann? Ich dachte nur, so ein Messer verkauft ihr vielleicht auch weiter. Und was die Armbrüste angeht …“

King Arthur holte mit der Faust zu einem furchtbaren Schlag aus, von dem Berringer annehmen musste, dass er ihn ins Dauerkoma schicken würde.

„Schöne Grüße von der *Eminenz*“, brachte er gerade noch heraus. Die Faust blieb wie bei einem Videostandbild plötzlich mitten in der Luft hängen. King Arthur glotzte Berringer an. Es war, als hätte dieser eine Begriff ihn innerlich vereisen lassen.

Berringer nutzte den kurzen, herzschlaglangen Moment der Unentschlossenheit und ließ die Stirn vorschnellen. Sein Kopfstoß traf King Arthur mit voller Wucht und offenbar äußerst wirkungsvoll. Wie ein gefällter Baum kippte der König der MEAN DEVVILS um, und Berringer atmete erleichtert auf.

Sein Handy dudelte.

Laut Anzeige war es Vanessa, das bedeutete, dass sich im Schankraum irgendetwas Bedeutsames tat.

„Ja?“

„Berry, wo bleibst du?“

„Was iss’n?“

„Ein Typ mit so ’nem ekeligen Köter ist gerade gekommen. Ich glaub, das ist dieser Ho-Mo, von dem du mir auf der Fahrt erzählt hast!“

„Ich muss erst mal pinkeln“, antwortete Berringer.

Als Berringer in den Schankraum zurückkehrte, stand dort ein hässlicher, völlig überfressener Mastiff auf einem der Billard-Tische und schleckte an einem Queue die Kreide ab. Natürlich wagte es niemand, dem Mastiff die „Beute" wegzunehmen.

Davor stand ein Mann, der schon seines schneeweißen Anzugs wegen auffiel. Er hatte einen Pferdeschwanz und das Jackett ein paar Beulen, die wohl nicht durch irgendwelche körperlichen Verwachsungen seines Trägers verursacht wurden.

„Na, komm schon, Siegfried! Komm zu Onkel Baumann! Sofort!"

Der Hund schien nicht mal im Traum daran zu denken, seinem Herrchen zu gehorchen, sondern schleckte mit seiner rosafarbenen Zunge und fast schon provozierender Ruhe am Billardstock. Als dann aber jemand versehentlich den Griff des Queues berührte und der sich dadurch etwas verschob, richtete der Mastiff die blutunterlaufenen Augen auf den vermeintlichen Widersacher und knurrte ihn drohend an.

„Ey, kann man da nichts machen?", fragte einer der Rocker ziemlich ratlos.

„Der gehorcht normalerweise aufs Wort", behauptete Baumann.

Berringer drückte sich an dem Billard-Tisch vorbei und erreichte Vanessa, die am Tresen stand.

„Jetzt könnte dein Freund Anderson aber langsam mit der Kavallerie kommen", raunte sie Berringer zu. „Ich hab übrigens gehört, wie zwei von den Typen hier darüber sprachen, man sollte *die Sachen jetzt verschwinden lassen.*"

„Die Sachen?", echote Berringer leise.

„Ja. Sie seien zu heiß."

„Was sollen das für Sachen gewesen sein?"

„Ich weiß nicht, ob ich das in dem Zusammenhang richtig mitgekriegt habe, aber es ging, glaube ich, um Armbrüste."

„Lass uns gehen", sagte Berringer.

„Wieso denn?"

„Weil der große Drogendeal wohl ausfällt, wie ich vermute."

„Aber ..."

„Der Anführer der Bande ist im Moment nicht ganz verhandlungsfähig. Ich hab ihm nämlich eins verpasst."

„Berry ...!"

„War Notwehr."

Sie verdrehte die Augen. „Ja, sicher."

„Nicht so laut!", zischte Berringer sie an.

In diesem Augenblick erschien – schwankend und sichtlich benommen sowie mit blutender Nase – King Arthur.

„Wo ist der Typ?", bellte er mit heiserer Stimme durch das FLASH und wiederholte diesen Ruf gleich noch mal, nur dass er diesmal „Typ" durch „Arsch" ersetzte. Das erste Mal klang es noch, als würde es zur Musik gehören, die im Hintergrund dröhnte. Bei der Wiederholung hatte der Mann hinterm Tresen bereits den Ton abgedreht. King Arthurs Wort hatte im FLASH offenbar einiges an Gewicht.

Baumann sah dem Anführer der MEAN DEVVILS entgegen, der noch etwas unsicher auf den Füßen, aber mit zu Fäusten geballten Händen vorwärtsschritt.

„Hey, King, da bist du ja! Ich hab mich schon gewundert, wo du steckst", grüßte ihn Ho-Mo Baumann.

Aber King Arthur beachtete den Mann im weißen Anzug nicht. Er ließ den Blick durch den Raum schweifen, und dann hatte er Berringer entdeckt. Er streckte die Hand aus und sprach einen der anderen MEAN DEVVILS an, der in der Nähe herumstand und bisher nur Augen für den Mastiff auf dem Tisch gehabt hatte, offenbar mit der bangen Frage beschäftigt, was der Köter wohl als Nächstes anstellen würde. „Dein Messer!", fauchte King Arthur.

Der Angesprochene gab es ihm zögernd.

Berringer sah sofort, dass es von derselben Art war wie jenes, mit dem Eckart Krassow erstochen worden war. Ein WASP-Knife.

King Arthur hob das Messer und deutete damit auf Berringer. „Rühr dich ja nicht vom Fleck, du Sauhund!"

Der Anführer der MEAN DEVVILS wankte noch einen Schritt nach vorn und blieb dann am Billardtisch stehen, um sich aufzustützen.

„Achtung, Achtung, hier spricht die Kriminalpolizei!", dröhnte in diesem Augenblick eine Megafon-Durchsage von draußen. „Bleiben Sie, wo Sie sind! Unsere Beamten führen eine Kontrolle der Personalien durch!"

Vor Schreck berührte King Arthur unabsichtlich den Queue, an dem der Mastiff noch immer schleckte. Siegfried knurrte, und als sich der Billardstock von ihm wegdrehte, sprang die fette Mischung aus Kampfhund und Riesenmeerschweinchen Artur König an. Dieser taumelte nach hinten. Alle, die in der Umgebung standen, wichen zurück.

Das „Siegfried, komm her!" von Horst-Moritz Baumann ging im allgemeinen Chaos unter, denn auf einmal drangen durch alle Zugänge des FLASH uniformierte Polizisten.

Das war er, der Moment, auf den Berringer gewartet hatte, die Razzia, die ein entscheidender Schlag gegen das organisierte Verbrechen der selbst ernannten Großstadt Mönchengladbach sein sollte.

„Komm!", sagte Berringer zu Vanessa, die sichtlich verwirrt war. Er schob sie hinter den Tresen, wo sie vor der ganzen Rempelei sicher waren und getrost abwarten konnten, was geschah. Denn natürlich versuchten nicht wenige der Anwesenden, doch noch schnell davonzukommen. Hier und dort fielen plötzlich Sticks, Joints und Tüten mit waschpulverähnlichem Inhalt zu Boden, die niemand mehr einer bestimmten Person zuordnen können sollte.

Artur König lag am Boden, auf der Brust den sabbernden Siegfried, der inzwischen nicht mehr knurrte, sondern offenbar vom Geruch der Lederjacke fasziniert war. Entweder King Arthurs Schweiß oder das Imprägniermittel mussten es in sich haben. Jedenfalls schleckte der Mastiff leidenschaftlich an der Jacke herum.

Ho-Mo Baumann rief noch „Fass!“, bevor bei ihm die Handschellen klickten, aber Siegfried schleckte stattdessen lieber weiter an der königlichen Lederjacke und dachte gar nicht daran, dem Befehl seines Herrn zu folgen.

„Legen Sie bitte den Inhalt Ihrer Taschen auf den Tresen!“, forderte ein Beamter Berringer und Vanessa auf. „Haben Sie Ihre Papiere dabei?“

„Berringer, Privatdetektiv“, sagte Berringer. Er reichte dem Beamten seine ID-Card. „Ist Kriminalhauptkommissar Anderson hier irgendwo?“

„Also erst mal ist das kein regulärer Ausweis …“

In diesem Moment hatte sich Anderson bis zum Schanktisch durchgekämpft. „Ist schon in Ordnung“, sagte er zu dem uniformierten Kollegen. „Herr Berringer ist mir persönlich bekannt.“

Der Beamte wirkte etwas skeptisch und sah Vanessa an.

„Das ist meine Mitarbeiterin – garantiert drogenfrei, wenn man vom gelegentlich selbst produzierten Adrenalin absieht“, sagte Berringer.

Der Beamte fand das nicht besonders witzig. Und irgendwie schien Anderson auch nicht erfreut darüber, Berringer zu sehen.

„Lass uns mal einen Moment allein“, sagte er zu dem Uniformierten.

„Okay, ist ja noch genug zu tun hier“, meinte der Polizist, fügte dann aber kopfschüttelnd hinzu: „Eigenartige Freunde hast du, Thomas.“ Und ging mit diesen Worten davon.

Inzwischen wurde Artur König von zwei Beamten abgeführt, die ihn kaum zu bändigen wussten. Der Mastiff war unterdessen vor der Übermacht geflohen und kläffend durch den Korridor zu den Toiletten entwischt. Die Polizisten, die vom Hinterausgang her in die Kneipe drangen, hatten sich ihm nicht in den Weg zu stellen gewagt, da sie Siegfried für einen zu gefährlichen Gegner hielten.

„Du Sau!", brüllte Artur König in Berringers Richtung. „Eines Tages krieg ich dich, dann rechnen wir ab, du Arsch! Mach schon mal dein Testament!"

Er versuchte, sich abermals loszureißen, und die Beamten konnten den mit Handschellen gefesselten Anführer der MEAN DEVVILS nur mit größter Mühe davon abhalten, sich auf das Objekt seines offenbar unstillbaren Hasses zu stürzen.

Anderson kam hinter den Tresen, sah Vanessa an und blaffte: „Ausweis!"

Vanessa war so eingeschüchtert, dass sie sofort ihren Pass vorzeigte. Anderson runzelte die Stirn. „Frau Karrenbrock?"

„Ja, steht doch da."

„Suchen Sie sich schleunigst einen anderen Arbeitgeber, sonst geraten Sie nur auf die schiefe Bahn und landen vielleicht irgendwo, wo Sie garantiert nicht hinwollen."

„Nun bleib mal locker, Thomas!", sagte Berringer.

„Bleib mal locker? Du bist gut! Sag das mal unserer Frau Dr. Müller-Wichtig, wenn ich ihr erklären muss, dass diese Aktion ein Schlag ins Wasser war – und zwar offenbar deinetwegen!"

„Meinetwegen?"

„Willst du mir etwa erzählen, du hast nichts damit zu tun, dass King Arthur plötzlich ausgeflippt ist?", fragte Anderson, immer noch aufgebracht.

„Na ja, genau genommen …"

„Genau genommen hat hier deshalb der Drogendeal nicht stattgefunden, bei dem wir König und Baumann erwischen wollten!", unterbrach ihn Anderson. „Genau genommen ist es uns deswegen auch nicht möglich, Ho-Mo und King Arthur wirklich langfristig zu verknacken! Denn wir hatten ja keine Wahl, als einzugreifen, als dieser irre Rocker plötzlich mit seinem Zahnstocher herumgefuchtelt hat!"

„Ihr hattet Kollegen hier im Raum?", fragte Berringer erstaunt.

„Ja, sicher. LKA-Beamte mit Knopflochkamera und Mikro.

Echte LKA-Beamte wohlgemerkt, die uns auf besondere Intervention von Frau Dr. Müller-Steffenhagen bei dieser Aktion unterstützten. Aber so, wie es jetzt aussieht, werden wir am Ende noch in die juristische Schusslinie geraten, von wegen Verhältnismäßigkeit der Mittel und weil ein Expolizist hier um ein Haar eine Messerstecherei provoziert hat. Mehr wird bei der ganzen Sache nicht rumkommen, verdammt!"

„Hatte Baumann nicht wenigstens ein paar Probemengen bei sich?", fragte Berringer. „Außerdem kann er jetzt wohl auch nicht mehr behaupten, er würde die MEAN DEVVILS nicht kennen. Thomas, wenn ihr das einigermaßen geschickt anstellt, werden die sich jetzt gegenseitig verpfeifen, da kannst du sicher sein."

„Ach, bei den Schwachköpfen reden wir doch gegen die Wand. Von denen hat schon jeder wegen der einen oder anderen Kleinigkeit vorm Kadi gestanden. Die lachen doch darüber. Wenn wir Glück haben, können wir Ho-Mo wegen versuchter schwerer Körperverletzung drankriegen, weil er schließlich einem als Waffe einzustufenden Kampfhund einen Angriffsbefehl gegeben hat. Und bei King Arthur wird was Ähnliches rauskommen, wegen seiner Fuchtelei mit dem Messer. Und wenn sich jetzt noch ein paar Gramm Drogen finden, können wir beide vielleicht für eine Weile aus dem Verkehr ziehen – aber das war's dann. Vielen Dank auch, Berry! Es geht doch nichts über gute Freunde, die einen bis auf die Knochen blamieren!" Und an Vanessa gewandt, fügte er noch hinzu: „Der nennt sich nur Detektiv, in Wahrheit ist er ein Idiot."

„Thomas ..."

„Was war mit King Arthur und dir?", fragte er wieder an Berringer gerichtet. „Was ist da passiert?"

„Wir hatten ein ... Gespräch. Auf dem Klo. Da ich mich nicht ins Koma boxen lassen wollte, musste ich mich wehren."

„Na klar, immer die anderen."

„Thomas, du kannst zumindest King Arthur für längere Zeit wegschließen."

„Mit einem geschickten Anwalt sitzt der nur bis zum nächsten Haftprüfungstermin. Und Ho-Mo Baumann auch."

„Nein, King Arthur bekommt lebenslänglich."

„Wie? Spinnst du jetzt komplett?"

„Wegen Mordes an Eckart Krassow."

„Weshalb sollte King Arthur das getan haben?"

„Das weiß ich nicht, aber ich weiß, dass er's getan hat."

Berringer berichtete Anderson davon, was er von Tanja Runge erfahren hatte. Von Hightech-Armbrüsten, die die MEAN DEVVILS über Eckart Krassow erhalten hatten, und von WASP-Knifes, die sich bei ihnen offenbar großer Beliebtheit erfreuten, wie auch der Vorfall im FLASH gezeigt hatte. „Krassow hat die MEAN DEVVILS beauftragt, ihm seinen Konkurrenten Frank Marwitz vom Hals zu schaffen, indem sie dafür sorgten, dass ihn niemand mehr als Moderator beschäftigt. Ich wette auch, dass Krassow den Brüdern einen Hinweis gegeben hat, wie man den Strom in der Kaiser-Friedrich-Halle abdreht. Vielleicht war King Arthur das sogar selbst. Auch wenn er keine MEAN-DEVVILS-Jacke anhatte, wird sich jemand an ihn erinnern. Unauffällig ist er ja nicht gerade …"

„Das hieße, King Arthur wäre in der Nacht noch zu Krassow gefahren …", murmelte Anderson.

Berringer nickte. „Über den Grund können wir nur spekulieren. Vielleicht wollte King Arthur mehr Geld. Vielleicht hat er auch noch mitbekommen, was ein paar Straßen weiter mit diesem Anwalt passiert ist, und sich gedacht, dass da jemand die Armbrustanschläge der MEAN DEVVILS gegen Marwitz als Trittbrett für einen Mord benutzt, der dann so aussieht, als würde es sich um eine missglückte Mutprobe der Bande oder so handeln. Und wer käme da wohl als Erstes in Verdacht? Ein passionierter Armbrustschütze wie Krassow natürlich. Irgendwas in diese Richtung wird der Grund für einen Streit zwischen Krassow und King Arthur gewesen sein. Dass King Arthur, gelinde gesagt, leicht reizbar ist, hat er ja gerade noch mal eindrucksvoll demonstriert."

Anderson verdrehte die Augen, denn er hielt Berringers Theorie offenbar für ziemlich gewagt. „Berry ..."

„Später kam Marwitz dazu. Genauso geladen und genauso kurz davor auszurasten wie King Arthur. Der hat Marwitz dann eins drübergegeben und alles so aussehen lassen, als hätte Marwitz zugestochen. Dafür hat er sogar sein WASP-Messer geopfert."

Anderson schüttelte den Kopf. „Wir werden sehen, was die Befragungen ergeben."

„Schwachköpfe oder nicht, ich glaube, es gibt auch unter den MEAN DEVVILS welche, die mit Mord nichts zu tun haben wollen. Macht denen ein gutes Angebot und ..."

„Berry, du bist anscheinend schon zu lange aus dem Dienst und schaust zu viel Fernsehen. Wir sind nicht in Amerika. Bei uns wird vor Gericht nicht in dieser Art und Weise geschachert."

„Du weißt schon, wie ich das meine, Thomas. Und einen Fernseher besitze ich gar nicht. Ach ja, und überprüft doch mal, ob es noch weitere Berührungspunkte zwischen Krassow und diesem Anwalt gibt, außer, dass seine Ex und Markus Degenhardt mal auf einer Jacht zusammen herumgealbert haben. Denn wer immer Dr. Degenhardt umgebracht hat: Er war erstens zweifellos ein exzellenter Armbrustschütze, und zweitens glaube ich, sagen zu können, dass er kein Mitglied der MEAN DEVVILS war. Wenn wir das Motiv hätten ..."

„Krassow war nicht der Mörder von Markus Degenhardt", sagte Anderson.

„Du meinst, weil ihr seine Armbrüste konfisziert hattet, um sie zu untersuchen? Aber ihr wisst nicht, ob er nicht irgendwo noch so ein gutes Stück gebunkert hatte. Bei einem Kumpel, in einem Schließfach ..."

„Es hat einen weiteren Armbrustmord gegeben", eröffnete ihm Anderson. „Heute Nacht. Ich habe es über Funk erfahren, als wir hier schon auf der Lauer lagen. Wir gehen davon aus, dass es derselbe Täter war, denn die Projektiltypen stimmen überein."

Berringer runzelte die Stirn.

„Wer?“, fragte er.

„Dr. Rainer Gerresheim, ein Arzt, wohnt im Stadtteil Schelsen.“

Berringer kramte die Liste hervor, die Anderson ihm kopiert hatte, und sah nach. „Auf Gerresheim wurde schon mal ein Bolzen abgefeuert. Da wurde auch der erste Schuhabdruck sichergestellt, Größe einundvierzig.“

„Wenn du mir den Namen sagen kannst, zu dem der Schuhabdruck gehört, wäre ich dir sehr verbunden. Denn nach dem kriminalistischen Desaster, das du hier heute Abend angerichtet hast, könnte ich damit Frau Dr. Müller-Steffenhagen vielleicht etwas milder stimmen.“

„Tja, tut mir leid. Aber so weit bin ich noch nicht“, murmelte Berringer nachdenklich.

„Jammerschade.“

Berringer hob die Schultern. „Ich ruf dich morgen an, Thomas.“

„Um mir irgendwas zu sagen oder um mich auszuhorchen?“

„Wir arbeiten doch am selben Fall, Thomas. Hand in Hand, wie es sein sollte.“

„Aber bitte nie wieder so wie heute Abend, Berry. Nie wieder!“

9. Kapitel

Der dritte Mann

Am nächsten Morgen befand sich Berringer Punkt neun in einem schmucklos eingerichteten Raum in der JVA Düsseldorf. Es war Besuchstag.

Und der war Berringer heilig.

Mochten irgendwo irgendwelche Leute irgendwelche anderen Leute mit irgendwelchen Armbrüsten ermorden und sein Klient noch immer in Untersuchungshaft sitzen und der zweite Mord des Armbrustkillers einen Haufen neuer Fragen aufgeworfen haben – all das interessierte Berringer im Moment nicht die Bohne. Für die Zeit, die er dem Mörder seiner Familie gegenübersaß, ruhte all das. Berringer hatte inzwischen keinerlei Schwierigkeiten mehr damit, seinen Kopf in diesen Momenten vollkommen von allem zu entleeren, was ihn ansonsten gedanklich beschäftigte.

Er studierte Roman Dinescus Gesicht und fragte sich zum hunderttausendsten Mal, was hinter der Stirn dieses Mannes vor sich ging. Dinescu gab sich entspannt und wirkte kein bisschen nervös darüber, dass er jenen Mann vor sich hatte, dessen Familie er auf so schreckliche Weise ausgelöscht hatte.

„Ich soll Ihnen schöne Grüße von King Arthur bestellen", sagte Berringer. Es war ein Schuss ins Blaue, hatte nichts mit dem Fall zu tun, den er gerade bearbeitete, sondern war ein hilfloser Versuch, Dinescus Schweigen zu brechen und diesen menschlichen Eisblock vielleicht doch noch dazu zu bringen, etwas über seine damaligen Auftraggeber zu verraten.

„Sie meinen den Typ, der sich DEVVILISH an den Hals geschrieben hat, um damit kleinen Kindern Angst zu machen?" Dinescu sprach mit hartem Akzent.

„Ja."

„Ich hab gehört, dass er erst nach Mönchengladbach ausgewandert und dann fett geworden ist."

„Kann man so sagen."

„Und dass er nun Geschäfte mit Ho-Mo Baumann macht. Also – das redet man hier drinnen so. Ob's stimmt, weiß ich nicht."

„Ich denke, es stimmt."

„Baumann ist nicht die *Eminenz.* Das ist es doch, was Sie wissen wollen, oder?"

„Nein, das konnte ich mir selbst denken. Aber ich glaube, dass King Arthur und Baumann mit der *Eminenz* zu tun haben."

„Das hat jeder, Herr Berringer. Jeder, der eine bestimmte Art von Geschäften tätigt. Tut mir leid, dass ich Ihnen nicht mehr sagen kann."

„Sagen *wollen.* Dabei hätten Sie doch nichts mehr zu verlieren."

„Das Leben, Berringer. Ist das nichts? Sie versuchen es immer wieder, das finde ich fast rührend."

„Meinen Sie, es hat keinen Sinn?"

„Das will ich damit nicht gesagt haben." Dinescu machte eine Pause. Dann beugte er sich etwas vor und fuhr in gedämpftem Tonfall fort: „Ich mache Ihnen jetzt ein Geständnis, Berringer."

„Ach, ja?"

„Ich freue mich immer, wenn Sie kommen. Ich genieße es. Sie sind der Einzige, der mich besucht. Mein Auftraggeber ist in Sicherheit, hat nach außen hin eine blütenweiße Weste und genießt die Erträge seiner Geschäfte, während ich hier sitze."

„Ändern Sie das!"

„Das wäre Selbstmord. Aber jedes Mal, wenn Sie hier auftauchen, weiß ich, dass er es auch weiß und deswegen zu schwitzen anfängt. Und das ist mir Befriedigung genug. Also hören Sie nicht auf, mich zu besuchen."

Anschließend fuhr Berringer nach Mönchengladbach. Während der Fahrt gingen ihm die Worte Dinescus wieder und wieder durch den Kopf. Wie eine Endlosschleife. Es ist krank, was du da machst, sagte ihm die innere Stimme der Vernunft, die lange unterdrückt worden war. Lass Dinescu im Knast versauern.

Zwischendurch rief er Thomas Anderson an. Aber an dessen Apparat meldete sich nur eine Kollegin, die fragte, ob sie weiterhelfen könnte, Anderson sei in einer Besprechung.

„Nein, ich rufe später noch mal an."

„Wie Sie möchten."

Berringer atmete tief durch. Auf erste Ergebnisse der Razzia vom vergangenen Abend musste er wohl noch warten.

Er erreichte die Adresse von Dr. Rainer Gerresheim im Mönchengladbacher Stadtteil Schelsen am frühen Nachmittag.

Gerresheim hatte in einem schmucken Bungalow mit großzügig angelegtem Grundstück gewohnt. Gepflegte Sträucher und kein Unkraut auf den kleinen Steinwegen, die über den Rasen führten – das fiel Berringer gleich ins Auge.

Er hatte seinen Opel in die Einfahrt gefahren und stand innen vor der Haustür. Er klingelte, und eine Frau öffnete. Berringer schätzte sie auf Ende dreißig. Sie war stilvoll frisiert, wirkte auch ansonsten sehr gepflegt, und man konnte an Kleinigkeiten wie der Uhr und dem Schmuck erkennen, dass sie ganz sicher nicht zu den Leuten gehörte, die jeden Euro dreimal umdrehen mussten, bevor sie ihn ausgaben.

Allerdings fiel Berringer auch auf, dass ihr dezentes Make-up leicht verlaufen war.

„Ja, bitte?", fragte sie mit brüchiger Stimme.

„Mein Name ist Berringer. Ich ermittle gegen jenen Unbekannten, der mit einer Armbrust offenbar wahllos Menschen tötet und …"

„Ja, man hat mir gesagt, dass Sie kommen", unterbrach sie ihn. „Ich war bislang noch nicht in der Lage, alle Fragen Ihrer

Kollegen zu beantworten. Heute Morgen war hier der Teufel los. Für Sie ist das ja Routine, aber bei mir …" Sie musste ein Schluchzen unterdrücken. „So ein Irrer bringt einfach meinen Mann um. Das … das kann ich kaum fassen."

Die ermittelnden Beamten von der Kripo hatten ihr wahrscheinlich einen Kollegen angekündigt, der später noch vorbeischauen würde, um ihre Aussage aufzunehmen, wenn sie sich wieder etwas gefasst hatte. Und für den hielt sie Berringer offenbar.

„Dann sind Sie Frau Gerresheim."

„Ja. Kommen Sie herein. Ich kann Sie leider nicht ins Wohnzimmer führen, weil das von Ihren Kollegen versiegelt wurde. Ganz genau habe ich nicht verstanden, was da noch geschehen soll, aber Sie wissen ja sicher über diese Dinge Bescheid."

„Ja, das ist schon in Ordnung", sagte Berringer.

„Nun, wir haben ja glücklicherweise auch ein Musikzimmer."

„Ah, ja."

„Ich bin Musiklehrerin an der Jugendmusikschule hier in Mönchengladbach und gebe dort Unterricht in Klavier und Cello."

Der Raum, in den sie Berringer führte, war größer als so manche Wohnung in Düsseldorf und mit Antiquitäten möbliert. Ein Cello war an einen Stuhl gelehnt, außerdem standen in dem Zimmer ein großer Flügel und ein barockes Spinett.

In einer Sitzgruppe, in der auch Berringer Platz angeboten wurde, saß bereits ein Mann mit dichtem grauem Haar, der aber seinem Gesicht nach nicht älter als vierzig sein konnte. Er trug eine Mönchskutte

„Das ist Bruder Andreas", sagte Frau Gerresheim. „Er hat meinen Mann gekannt und ist so freundlich, mir in dieser schweren Zeit beizustehen. Geistlich, meine ich …"

Berringer nickte dem Grauhaarigen zu. „Guten Tag."

„Der Herr sei mit Ihnen", erwiderte Bruder Andreas.

„Ja, mit Ihnen auch. Sagen Sie, Ihr Gesicht kommt mir irgendwie bekannt vor", sagte Berringer. „Kann es sein, dass wir uns schon mal begegnet sind?"

„Nicht dass ich wüsste", antwortete Bruder Andreas. „Allerdings habe ich vor meiner Ordenszeit in einer Branche gearbeitet, in der man sehr vielen Menschen sehr flüchtig begegnet. Insofern will ich da nichts ausschließen, obwohl ich mich an Polizeikontakte eigentlich erinnern müsste."

„Wie lautet Ihr richtiger Name, wenn ich fragen darf?"

„Klaus Flohe. Ich war früher Creative Director in einer Werbeagentur in Düsseldorf. Aber das ist lange her. Ich bin irgendwann dahintergekommen, dass das Leben einen anderen Sinn hat, als nur nach dem äußerlichen Schein der Perfektion zu streben."

„Ah, ja. Und Sie kannten Herrn Gerresheim?"

„Ja. Wir haben gemeinsam studiert. Unterschiedliche Fächer zwar, aber wir waren seitdem befreundet und haben uns auch später nicht aus den Augen verloren. Ich geriet dann in eine Art Krise, und er stand mir bei, bis ich dann mein inneres Gleichgewicht fand."

„Durch den Glauben."

„Sie sagen es."

Berringer nickte versonnen. „Manchmal erhält das Leben durch ein einschneidendes Erlebnis eine Wendung, mit der man nie gerechnet hätte. Auf einmal gibt es ein Davor und ein Danach, und nichts ist mehr, wie es war." Berringer machte ganz den Eindruck, als würde er zu sich selbst sprechen. „Man beurteilt alles neu und ganz anders als vorher und sieht die Dinge in einem angemessenen Verhältnis. Wichtiges wird unwichtig, Unscheinbares plötzlich herausragend."

Bruder Andreas alias Klaus Flohe sah ihn erstaunt an. „Ich höre da eigene Erfahrung aus Ihren Worten."

„Na ja …"

„Aber davon haben Sie sicher reichlich in Ihrem Job."

„Meine Familie starb durch eine Autobombe, die für mich bestimmt war.“ Berringer wandte sich an Frau Gerresheim. „Wenn ich Ihnen also mein Mitgefühl ausspreche und sage, ich weiß, was Sie durchmachen, ist das nicht nur so dahergesagt. Ich weiß es wirklich und kann Ihnen nur raten, früh genug professionelle Hilfe in Anspruch zu nehmen.“

„Hilfe?“, fragte Frau Gerresheim.

„Wenn Ihre Gedanken nur noch um diesen einen Moment kreisen, in dem sich alles verändert hat ... Wenn Sie davon nicht mehr loskommen ... Wenn Sie plötzlich wie erstarrt dasitzen, weil irgendeine Kleinigkeit Sie an das erinnert, was geschehen ist ...“

„Ich war nicht dabei“, sagte sie tonlos. „Ich lag im Bett und habe schon geschlafen. Es ging mir gestern den ganzen Tag über nicht gut. Migräne, wissen Sie. Aber mein Mann war noch unten im Wohnzimmer. Er braucht abends oft etwas länger, um abzuschalten, denn er arbeitet in einem sehr stressigen Beruf ...“ Sie schluckte. „Ich muss mich wohl noch daran gewöhnen, von ihm in der Vergangenheit zu sprechen.“

„Das kann ich gut verstehen“, meinte Berringer.

Sie sah ihn einige Augenblicke lang an. „Ich danke Ihnen, für das, was Sie gerade gesagt haben, Herr Berringer. Es tut mir natürlich auch für Sie leid, was mit Ihrer Familie passiert ist, aber für mich ist es ein Trost, dass es jemanden gibt, der weiß, was im Moment in mir vorgeht.“

„Auf Ihren Mann wurde vor Kurzem schon einmal ein ähnlicher Anschlag verübt“, versuchte Berringer das Gespräch behutsam auf eine konkretere Ebene zu bringen.

„Ja – und ich verstehe nicht, wie er so unvorsichtig sein konnte, die Rollläden nicht herunterzulassen. Aber er hat immer gesagt: Wenn es mich trifft, dann trifft es mich. Ich kann mich nicht einigeln und hinter einem Schutzpanzer wie in einem Gefängnis leben. Ich bin Arzt, hat er gesagt, und das sei nun mal ein öffentlicher Beruf ...“

Sie begann zu schluchzen, fasste sich aber recht schnell wieder.

Berringer konnte sich nicht daran erinnern, schon mal gesehen zu haben, wie sich eine Frau auf ähnliche Weise die Augen wischte. Ihm fiel nur ein Wort ein, das es umschrieb: Make-up-schonend. An der Echtheit ihrer tiefen Empfindungen zweifelte er jedoch nicht einen Moment. Sie bemühte sich nur, die Fassade aufrechtzuerhalten.

Bruder Andreas hingegen hatte es offenbar aufgegeben, sich hinter irgendwelchen Fassaden zu verstecken. Er hatte sein Leben zu einem bestimmten Zeitpunkt radikal geändert. So etwas erweckte stets Berringers besonderes Interesse, ganz unabhängig davon, ob es mit irgendwelchen Ermittlungen in einem Zusammenhang stand oder nicht.

„Ich weiß, dass es für Sie eine Zumutung sein muss, meine Fragen zu beantworten", sagte Berringer an Frau Gerresheim gerichtet. Er hatte schon auf der Fahrt nach Schelsen in Erfahrung gebracht, dass ihr Vorname Ilka lautete. Ein Name, der so etwas wie ein Altersausweis war, denn man vernahm ihn fast nur bei Frauen ihrer Generation. „Seien Sie froh, dass Sie in dieser schweren Stunde so einfühlsamen Beistand haben wie Herrn Flohe. Oder besser gesagt: Bruder Andreas."

Sie sah ihn an. „Fragen Sie ruhig weiter. Dieser Mörder soll nicht so einfach davonkommen. Dieser Mensch hat mutwillig unser Leben zerstört."

„Vor Kurzem wurde jemand anderes auf gleiche Weise ermordet. Ein gewisser Dr. Markus Degenhardt, ein Anwalt hier aus Mönchengladbach. Kannten Sie Dr. Degenhardt?"

Frau Gerresheim nickte. „Er war ein guter Freund meines Mannes und hat uns in rechtlichen Belangen das eine oder andere Mal sehr geholfen. Mein Mann war völlig konsterniert, als er hörte, dass Markus ermordet wurde."

„Ich kenne Markus Degenhardt ebenfalls", sagte Klaus Flohe. „Er gehörte zu unserer Clique, damals während des Studiums in Köln. Wir kamen alle aus Mönchengladbach, und das hat uns damals zusammengeführt."

„Und Sie sind alle wieder hierher zurückgekehrt."

„Ich nicht", verneinte Klaus Flohe. „Ich habe lange in Köln, in München und dann in New York gearbeitet. Jetzt lebe ich allerdings wieder am Niederrhein. Unsere Gemeinschaft ist in Sonsbeck ansässig. Ich weiß nicht, ob Sie den Ort kennen: eine große Mühle und ein paar Häuser ..."

„Nein", gestand Berringer, „so weit bin ich noch nicht herumgekommen." Er sah Flohe noch einmal an, runzelte die Stirn, und dann wusste er, warum ihm dieses Gesicht so bekannt vorkam. „Kann es sein, dass ich Sie auf einem Foto gesehen habe? Es hängt in Dr. Degenhardts Büro und zeigt ein paar junge Leute, die auf einer Jacht herumalbern?"

„Ja, das kann sein", murmelte Flohe. „Wusste gar nicht, dass Klaus das Foto in seinem Büro hängen hatte ..."

„Mein Mann hatte auch einen Abzug", sagte Ilka Gerresheim. „Und ihm war das Bild auch sehr wichtig. Er hat es manchmal lange angestarrt, und wenn ich ihn dann fragte, warum, dann hat er nicht geantwortet."

„Wo ist das Bild?"

„Einen Moment, Herr Berringer."

Ilka Gerresheim ging zum Schrank und holt ein Fotoalbum hervor. Dann kam sie zurück. Nach wenigen Augenblicken hatte sie das Foto gefunden.

Sie gab Berringer das Album. Klaus Flohe schnitt auf dem Foto eine Grimasse, vielleicht hatte sich Berringer deswegen mit Verspätung daran erinnert, woher er ihn kannte.

„Ja, das ist der Markus, und da bin ich. Und der Rainer natürlich", murmelte Klaus Flohe, der aufgestanden war und Berringer über die Schulter blickte.

Und Berringer dachte: Wenn man ihn nicht ansieht und nur seiner Stimme lauscht, klingt er wie ein alter Mann, der sich an die gute alte Zeit erinnert. Dann berichtigte er sich in Gedanken: Nein, falsch. Nicht die gute alte Zeit. Die schlimme ...

Denn da war irgendeine Nuance in Klaus Flohes Stimme, die

Berringer hellhörig werden ließ. Da waren nicht nur Erinnerungen an Freundschaft und ausgelassenes Vergnügen, die er mit diesem Foto verband, da war auch noch etwas anderes. Etwas Düsteres. Etwas, das lange nicht ausgesprochen worden war oder vielleicht auch noch nie. Für solche Sachen hatte Berringer einen sechsten Sinn. Er konnte so etwas manchmal förmlich riechen.

„Wer sind die anderen Personen auf dem Foto?", wollte er wissen.

„Meinen Sie, das ist wichtig?", fragte Klaus Flohe.

„Zwei Menschen auf diesem Bild sind tot", sagte Berringer.

„*Drei* Menschen auf diesem Foto sind tot", korrigierte Klaus Flohe und wirkte dabei sehr abwesend. „Aber das gehört nicht hierher."

„Wer?", fragte Berringer.

„Der ganz links. Das ist Björn Mader. Er starb schon damals …"

„Markus hat mir davon mal erzählt. Der war wohl drogensüchtig", sagte Ilka Gerresheim.

„Ja …", murmelte Klaus Flohe. Er sah Ilka Gerresheim auf eine sehr seltsame Weise an, so als hätte er noch etwas äußern wollen, sich aber im letzten Moment anders entschieden.

„Können Sie mehr dazu sagen?", hakte Berringer nach. Aber noch ehe Flohe antwortete, wusste er schon, dass das Tor in die Vergangenheit, das sich für einen kurzen Augenblick geöffnet hatte, wieder verschlossen war. Weshalb auch immer.

„Das gehört nicht hierher", wiederholte Klaus Flohe tonlos. „Björn hat seinen Frieden, und so soll es bleiben. Wir haben oft an ihn gedacht …"

Auf wen will er Rücksicht nehmen?, fragte sich Berringer. Auf Ilka Gerresheim? Wahrscheinlich. Es war vielleicht besser, wenn er Flohe ein andermal befragte. Allein. Vielleicht bestand dann die Chance, dass sich das Tor der Pforte noch einmal öffnete. So wie eben, dachte Berringer, denn er hatte durchaus den Eindruck gehabt, dass der Ordensbruder unter anderen Umständen bereit gewesen wäre weiterzusprechen.

„Dies hier ist Frederike Runge“, sagte Berringer und deutete auf das Foto.

„Ja“, sagte Flohe. „Frederike …“

„Und wer ist die junge Frau links von ihr?“

Klaus Flohe alias Bruder Andreas schwieg, und Berringer hatte den Eindruck, dass er für ein paar Augenblicke völlig in seinen eigenen Gedanken gefangen war und Berringers Frage gar nicht mitbekommen hatte.

„Petra Römer“, antwortete Ilka Gerresheim. „Ich kannte meinen Mann damals noch nicht, aber ich weiß das so genau, weil Petra Römer die Exfreundin von Rainer ist. Ich habe ihn danach mal gefragt. Na ja, man vergleicht ja immer irgendwie.“

„Petra Römer …“, murmelte Berringer.

Der Name kam ihm bekannt vor. Er kramte die Liste hervor, die Anderson ihm kopiert hatte.

„Auch auf sie wurde mit einer Armbrust geschossen“, stellte er fest. Das verwendete Projektil stimmte mit dem überein, das auch bei dem ersten Anschlag auf Gerresheim verwendet worden war. „Es ist nur eine Scheibe zu Bruch gegangen“, sagte er. „Ähnlich wie zunächst bei Ihrem Mann, Frau Gerresheim.“

„Was hat das alles zu bedeuten?“, fragte diese – aber nicht an Berringer gerichtet, sondern an Bruder Andreas. „Klaus!“

„Die erste Tat sollte nur Schrecken verbreiten und nicht töten“, antwortete Berringer für Flohe. „Aber der Täter scheint jetzt gezielt töten zu wollen.“

„Dann müssten wir Petra Römer warnen“, rief Ilka Gerresheim erschrocken. „Soweit ich weiß, hat sie einen Bioladen im Stadtteil Uedding. Stimmt doch, oder, Klaus?“

„Das weiß ich nicht. Ehrlich gesagt, ich hatte in den letzten Jahren keinen Kontakt mehr zu ihr.“

„Rainer sagte, sie sei etwas abgedriftet, befände sich auf einer Art esoterischer Sinnsuche oder so was“, erklärte Frau Gerresheim. „Früher soll sie sehr ehrgeizig gewesen sein, und als sie noch zusammen waren, wollten mein Mann und sie sogar eine gemeinsame Praxis gründen."

„Sie war auch Medizinerin?", fragte Berringer.

„Ja. Aber irgendwann hat sie dann einen anderen Weg eingeschlagen, und ich glaube, zur gleichen Zeit haben sie und Rainer auch ihre Beziehung beendet."

„Ich verstehe …"

„Warum sagst du nichts dazu, Klaus?", wandte sich Frau Gerresheim wieder an den Ordensbruder. „Du kanntest Petra doch."

Aber Bruder Andreas war in sein seltsames Schweigen versunken.

Petra Römer – noch jemand aus der alten Gute-Laune-Crew, bei dem es eine einschneidende Veränderung gegeben hatte. Berringer hatte das Gefühl, näher am Kern der Sache zu sein als je zuvor.

Er sah auf das Foto.

Petra Römer.

Klaus Flohe.

Rainer Gerresheim.

Markus Degenhardt.

Frederike Runge.

Er hatte jetzt die Spaß-Crew vollzählig beisammen. „Nur auf eine einzige Person, die damals mit an Bord war, ist bisher nicht mit einer Armbrust geschossen worden", stellte er fest. „Frederike Runge."

Berringer wusste sehr wohl, dass das nicht ganz stimmte. Außer Frederike Runge gab es noch eine Person, die damals auf der Jacht gewesen war und die der Armbrustmörder bisher noch nicht ins Visier genommen hatte. Und diese Person stand direkt vor ihm: Klaus Flohe alias Bruder Andreas.

Aber sein Ermittlerinstinkt sagte ihm, dass Bruder Andreas als Täter ausschied. Dieser Mann hatte mit der Vergangenheit abgeschlossen, den Klaus Flohe von damals gab es nicht mehr, aus ihm war Bruder Andreas geworden, ein völlig anderer Mensch.

Vielleicht war das auch der Grund, warum der Armbrustmörder ihn bisher verschont hatte.

Aber da war ein noch viel gewichtigerer Grund, der Frederike Runge weit verdächtiger machte als Klaus Flohe:

„Wussten Sie, dass sie eine passionierte Armbrustschützin ist?“, fragte Berringer.

„Nein, das wusste ich nicht“, sagte Klaus Flohe. „Das Letzte, was ich von ihr gehört habe, ist, dass sie mit einem windigen Typen zusammen sein soll.“

„Eckart Krassow.“

„Das habe ich nicht weiterverfolgt.“ Plötzlich stockte er. „Aber … Sie wollen doch nicht behaupten, dass Frederike …“ Klaus Flohe schüttelte heftig den Kopf. „Das ist absurd. Und ich muss im Übrigen jetzt auch gehen. Auch ein Mönch hat Termine. Es gibt da ein soziales Projekt, hier in Mönchengladbach, das ich betreue …“

„Sie sollten aufpassen, Herr Flohe.“

„Was geschieht, das geschieht, Herr Berringer. Die Gerechtigkeit des Herrn ist unergründlich, und ich habe es schon lange aufgegeben, in meinem Leben selbst Gott spielen zu wollen.“

Er wollte einfach nichts mehr zum Thema sagen. Die Vergangenheit war für ihn wie ein geschlossenes Buch. Ein Buch, in das ein Fremder wie Berringer nicht hineinzusehen hatte.

„Ich schaue später noch einmal bei dir vorbei, Ilka“, sagte er noch.

„Das wäre sehr nett.“

„Bis dann.“

Berringer verabschiedete sich kurze Zeit später. Er fragte, ob Frau Gerresheim ihm das Foto überlassen könne, und sie hatte nichts dagegen.

Im Wagen rief er Vanessa an, sagte ihr, sie solle alles über den

Tod eines gewissen Björn Mader herausfinden. Vielleicht brachte ihn das weiter.

„Berry", beschwerte sich Vanessa sofort, „das war in einer Zeit, als das Internet noch was für Spezialisten und Informatiker war und ein Computer etwas, das Banken und Versicherungen benutzt haben, aber keine Privatleute, die damit spielen oder schreiben wollten."

„Woher weißt du das denn?", tat er verwundert. „Da hast du doch noch gar nicht gelebt."

„Das hört man manchmal von alten Leuten. Ich glaube, du hast mir mal davon erzählt", antwortete sie schnippisch. „Das war irgendwann kurz nach der Erfindung des Faustkeils, aber noch vor der Abschaffung der Schallplatte, wenn ich das richtig im Kopf hab."

„Schau trotzdem zu, ob du was über diesen Björn Mader herausbekommen kannst."

„Ich tu immer mein Bestes, Berry."

„Ich weiß."

„Und eins musst du zugeben."

„Was?"

„Bei der Sache im FLASH war nicht ich es, die uns blamiert hat."

Das musste sie ihm ja unbedingt noch aufs Brot schmieren. Ohne einen weiteren Kommentar beendete er das Gespräch.

Dann rief er in Krassows Event-Agentur an. Er nahm an, dass Tanja Runge dort in bewährter Manier die Geschäfte schmiss, und sollte recht behalten.

„Ich komm gleich vorbei", kündigte Berringer an. „Wir müssen noch mal miteinander reden."

Sie seufzte tief. „Wenn es *unbedingt* sein muss …"

„Es muss. Etwa in einer Stunde bin ich bei Ihnen, vorher muss ich noch was anderes erledigen."

„In Ordnung."

„Vorab schon mal eine Frage …"

„Ja?"
„Welche Schuhgröße haben Sie?"
„Sind Sie Fußfetischist, oder was soll das?"
„Ich will eine Antwort, und notfalls ist Ihre Schuhgröße ja auch überprüfbar."

Berringer konnte sich vorstellen, wie sie am anderen Ende die Augen verdrehte und mit den bemalten Lidern klimperte. „Vierundvierzig", sagte sie. „Ich hab eigentlich sonst keine Problemzone, aber das ist eine. Leider hab ich die großen Quanten meines Vaters geerbt und nicht die zierlichen Ballett-Treterchen meiner Mutter."

„Darf ich raten? Ihre Mutter hat nicht zufällig Größe einundvierzig?"

„Was soll das alles, Herr Berringer?"

„Vielleicht können Sie mir das nachher erklären, Frau Runge."

Berringer fuhr zur Adresse von Petra Römer, die in der von Anderson kopierten Liste stand. Sie wohnte in einem zweistöckigen Haus, einem heruntergekommenen Altbau, dessen Fassade von wildem Wein überwuchert war. Der angrenzende Garten war irgendwann zu einem Minidschungel geworden. Im Erdgeschoss befand sich Frau Römers Geschäft.

Berringer ging hinein. Ein schwerer Geruch hing in der Luft. Es roch nach Kräutern und Tee und ein paar anderen Dingen, die Berringer nicht näher identifizieren konnte und wollte.

Hinter dem Tresen stand ein Mann mit Bart und einer bunten Rastamütze. Berringer schätzte ihn auf Mitte fünfzig. Die Jeans sah aus wie ein historisches Original aus dem Textilmuseum.

„Ey, kann ich dir helfen?", fragte er.

„Ich suche Petra Römer."

„Ey, die Petra, die is nich da."

„Wann kann ich sie sprechen?"

„Wer biss'n du?“

„Ich bin der Robert“, sagte Berringer.

„Ich kenn kein Robert“, entgegnete der Rasta-Mann.

Meine Güte, vielleicht solltest du nicht so viel von deinem selbst angebauten Hanf konsumieren, dachte Berringer. Diese Einmannstudie über den Einfluss von Cannabis auf die Leistungsfähigkeit des menschlichen Gehirns, die dort vor ihm stand, schien ihm einer eindringlichen Warnung gleichzukommen.

„Mit dir will ich auch gar nicht sprechen, sondern mit Petra“, sagte er, sich mühsam zur Ruhe zwingend.

„Du biss jetz aber irgendwie unterschwellig gereizt“, entgegnete der Rasta-Mann. „Das kommt bei mir ganz deutlich rüber, verstehste?“

So ging es noch ein paarmal hin und her. Ein Gespräch mit einem Informationsgehalt, der klar bei null lag.

„Ich bin nur 'n Bekannter“, gestand der Rasta-Mann schließlich. „Aber ich führ hier den Laden, bis Petra wieder da is. Die musste mal was für sich selbst tun und is deshalb nach Indien weg. Ey, ich kann dir nich so genau sagen, wann sie wiederkommt, da muss sie auch das richtige Gefühl für haben. In letzter Zeit hat sie viel durchgemacht.“

„Meinst du, weil jemand ihr Fenster mit einer Armbrust zerschossen und sie nur um ein Haar verfehlt hat?“

„Also es gibt viel Gewalt, das stimmt schon“, klagte der Rasta-Mann. „Echt zu viel.“

„Ja“, murmelte Berringer. „Find ich auch.“

Und dabei dachte er: Sieht ganz so aus, als wäre zumindest Petra Römer zurzeit in Sicherheit.

10. Kapitel

Das letzte Kapitel

Du denkst, er ist ein Mann Gottes geworden und hat begriffen, was geschah und was es bedeutet. Vielleicht weiß er auch, was Schuld ist, und vielleicht sieht er dich als das Werkzeug dessen, dem er nun zu dienen vorgibt.

Du siehst, wie er plötzlich vor dir steht, wie er einfach eintritt, und hörst die Fragen, die er dir stellt. Immer wieder. Worte, die in deinem Inneren so schmerzhaft widerhallen, dass es fast nicht zu ertragen ist.

Du hörst ihn deinen Namen sagen.

Und du siehst das Entsetzen in seinen Zügen. Er kann nicht glauben, was geschehen ist, und er begreift auch erst jetzt wirklich das Ausmaß dessen, was er doch längst hätte erahnen müssen.

„Keinen Schritt weiter!", sagst du und richtest die Armbrust auf ihn.

„Du wirst nicht auf mich schießen", sagt er.

Darauf hätte er es nicht ankommen lassen sollen.

Du drückst ab. Das Projektil schlägt ihm in die Brust, und Blut spritzt hervor.

Du siehst ihn zu Boden sinken, das Gesicht eine Maske gefrorenen Unverständnisses.

Dein Puls rast. Du hast nicht damit gerechnet, dass er hier auftaucht. Aber so musst du nicht zu ihm gehen.

Du musst nicht suchen und nicht jagen.

Er kam zu dir.

Welches Beweises hätte es noch bedurft? Es ist offenbar vorherbestimmt. Jetzt sitzt du da wie erstarrt.

Erst Minuten später legst du einen weiteren Bolzen ein …

Als Berringer in die Event-Agentur von Eckart Krassow stürmte, kam Tanja Runge hinter dem Schreibtisch hervor und verschränkte die Arme vor der Brust.

„Ich gebe zu, dass mich unser letztes Telefonat recht neugierig gemacht hat", gestand sie. „Was sollen diese Andeutungen? Wenn Sie mir Ärger machen wollen, dann ..."

Berringer hörte ihr nicht weiter zu, sondern sah stattdessen auf ihre Füße. „Die sehen gar nicht so groß aus, wie sie tatsächlich sind", fand er.

„Oh, danke", erwiderte sie. „Solche Komplimente hören Frauen immer wieder gern. Ich hab Quadratlatschen, na und? Mit hochhackigen Schuhen fällt das nich so auf."

„Zwei Menschen sind von einem Armbrustschützen umgebracht worden, und es spricht einiges dafür, dass der Täter Schuhgröße einundvierzig hat", erklärte Berringer. „Der Täter oder die Täterin."

„Jetzt wollen Sie mich auf den Arm nehmen, oder? Sie meinen doch nicht etwa ..."

„Ihre Mutter hat doch einundvierzig. Und sie ist Armbrustschützin."

„Ja, schon, aber ..."

Berringer holte das Foto aus der Innentasche seines Jacketts und zeigte es ihr. „Da ist Ihre Mutter mit den beiden Opfern. Auf die Frau da vorn – Petra Römer – ist auch geschossen worden. Ein Warnschuss, so wie er auch zunächst auf Dr. Rainer Gerresheim abgegeben wurde. Hat Ihre Mutter irgendwann mal erwähnt, ob es innerhalb dieser Gruppe irgendeinen Streit gegeben hat? Ein Vorkommnis, ein tragisches Ereignis, was weiß ich? Irgendetwas, das jemanden veranlassen könnte, die anderen abgrundtief zu hassen?"

„Das ist absurd, was Sie da sagen!", meinte sie.

„Wo ist Ihre Mutter jetzt?"

„Keine Ahnung. Zu Hause, nehme ich an."

„Adresse?"

„Ich soll Ihnen dabei helfen, ihr einen … nein, gleich mehrere Morde anzuhängen?“

„Sie können dabei helfen, dass sie nicht *noch* einen Mord begeht. Und falls sie unschuldig ist und sich mein Verdacht als Hirngespinst herausstellt, würden Sie dazu beitragen, sie zu entlasten. Ich kann natürlich auch zur Polizei gehen und zusehen, ob mir da nicht einer meiner alten Kumpels einen Gefallen tut und der Sache nachgeht.“

Sie atmete tief durch. Berringer zwang sich, ihr die nötige Zeit zum Überlegen zu geben.

Sein Handy dudelte los. Vanessa war dran und sagte: „Es ist wegen Björn Mader.“

„Und?“

„Das war ein Drogentoter. Mehr konnte ich nicht herausfinden.“

„Danke.“

„Berry?“

„Ja?“

„Du klingst so gehetzt.“

„Bis nachher. Ich ruf dich an.“ Er beendete das Gespräch, sah Tanja an. „Hat Ihre Mutter mal den Namen Björn Mader erwähnt?“

„Nein“, murmelte sie. Sie rang noch einen Moment mit sich, dann brachte sie schließlich gepresst hervor: „Okay, Sie sitzen am längeren Hebel. Wir fahren zusammen zu meiner Mutter.“

„Sie hatten schon länger den Verdacht, dass sie hinter dieser Sache steckt, stimmt’s, Tanja?“

„Nennen Sie mich nicht beim Vornamen!“, schnauzte sie ihn an. „Ich bin kein Kind, und Sie sind nicht mein Vater!“

Unterwegs erzählte Tanja Runge davon, wie sich ihre Mutter verändert habe. Wie es immer schwieriger geworden sei, mit ihr zusammen zu sein. Wie sie mit der Zeit immer stärker in ihrer eigenen Gedankenwelt versunken sei. Das passte alles ins Bild, fand Berringer, während er sich bemühte, Tanja so selten wie möglich mit Zwischenfragen zu unterbrechen.

Frederike Runge wohnte in einem Mietshaus im Stadtteil Wickrath. Tanja hatte sogar einen Haustürschlüssel.

Als sie schließlich vor Frederike Runges Wohnungstür standen, stellte Berringer fest, dass diese nur angelehnt war. Er stieß sie auf.

„Mama?", rief Tanja.

Sie traten ein. Tanja ging voran, Berringer folgte ihr. Sie durchschritten den Flur und erreichten das Wohnzimmer.

Die junge Frau erstarrte und unterdrückte nur mit Mühe einen Schrei. Eine Sekunde später sah Berringer, was sie so entsetzte.

Klaus Flohe lag mit blutgetränkter Mönchskutte am Boden. Ein Armbrustbolzen hatte seinen Körper durchschlagen und war im Türrahmen stecken geblieben.

Frederike Runge saß in einem Sessel, in der Hand eine Hightech-Armbrust mit Zielfernrohr. Ein Bolzen war eingelegt und die Waffe gespannt.

„Keinen Schritt weiter!", zischte sie.

„Frau Runge, es ist vorbei", sagte Berringer, der sich an Tanja vorbeischob.

„Mama, spinnst du?", entfuhr es der jungen Frau. „Papa hatte recht, du bist völlig plemplem!"

Etwas mehr Diplomatie von Tanja Runges Seite her hätte sich Berringer in diesem Moment schon gewünscht, denn Frederike Runge richtete nun die Armbrust auf sie beide.

Für einen Moment überlegte er, ob er mit einer schnellen Bewegung aus der Schussbahn springen und sich in den Flur werfen sollte. Ob Klaus Flohe so etwas auch erwogen hatte, ließ sich so ohne Weiteres nicht mehr sagen. Aber Berringer rechnete sich keine guten Chancen aus. Frederike Runge war eine erstklassige Schützin. Das hatte sie auf erschreckende Weise unter Beweis gestellt.

„Legen Sie die Waffe weg", sagte Berringer mit ruhiger Stimme. „Sie können das, was Sie sich vorgenommen haben, ohnehin nicht vollenden. Zumindest nicht in nächster Zeit."

Berringer sah die Überraschung auf Frederikes Gesicht. Gut so, dachte er. Das war der erste Erfolg. An dieser Stelle musste er weitermachen.

„Ich habe nicht gewollt, dass du mich so siehst, Kind", sagte sie.

Tanja schluckte schwer, warf einen Blick auf Klaus Flohes erstarrtes Gesicht und wurde kreidebleich. „Mama, du bist 'n Psycho-Killer! Wie kannst du so was machen? Einen Mönch umbringen!" Ihre Augen schwammen in Tränen, und schniefend fuhr sie fort: „Aber es ist schon länger mit dir nicht mehr auszuhalten. Mein Gott, ich hätte es merken müssen, als du angefangen hast, Gesichter auf die Zielscheiben zu kleben."

Sei endlich still!, dachte Berringer.

Aber die einzige Methode, Tanja zum Schweigen zu bringen, war wohl, selbst das Wort zu ergreifen.

„Ihre Tochter hat keine Ahnung", sagte Berringer. „Aber ich schon. Ich sagte gerade, dass Sie Ihren Plan nicht vollenden können. Petra Römer hat sich nämlich nach Indien abgesetzt. Ich hab heute versucht, mit ihr zu sprechen. Und die wäre doch auch noch drangekommen, nicht wahr?"

Sie hob die Armbrust ein wenig an und zielte auf Berringers Kopf. „Wer sind Sie?"

„Berringer. Ich ermittle in dem Fall."

Sie war wie erstarrt. Berringer griff langsam in seine Jackettinnentasche. Frederike Runge zitterte leicht. Sie wurde erst wieder ruhiger, als Berringer das Foto hervorzog, keine Waffe. Er drehte es ihr zu. „Außer Petra Römer und Ihnen sind nun alle tot, die auf dem Bild zu sehen sind. Björn Mader starb an Drogen …"

„Nein!", unterbrach sie ihn mit schriller Stimme. „Er starb nicht an Drogen. Nicht in erster Linie!"

„Sondern? Erzählen Sie es mir. Ich werde Ihnen zuhören.

Vielleicht bin ich der Einzige, der Ihre Geschichte anhört und sie glaubt, vorausgesetzt, Sie töten mich nicht vorher. Aber ich weiß, dass Sie das eigentlich nicht wollen, denn sonst hätten Sie es längst getan. Ich glaube nämlich, dass Sie sehr wohl zwischen Recht und Unrecht unterscheiden können, und eins wissen Sie mit Bestimmtheit: Ich bin unschuldig an dem, was geschehen ist."

Tatsächlich senkte sie die Waffe ein wenig. Ein wirklich durchschlagender Erfolg sah anders aus, fand Berringer. Aber Erfolg war wohl relativ. Hauptsache, sie hatte nicht abgedrückt.

Seinem Instinkt folgend, trat Berringer einen Schritt auf sie zu und hielt dabei das Foto vor sich. Sie starrte darauf. „Wie hieß die Jacht?", fragte er.

„RHINE QUEEN", murmelte sie. „Wir hatten viel Spaß. Markus hatte seinen Vater überredet, uns die Jacht für Spritztouren auf dem Rhein zu überlassen, was wir auch regelmäßig gemacht haben. Wir nahmen viel Kokain und noch alles mögliche andere Zeug ..."

„Und für Björn war es zu viel?"

Sie nickte. „Er fiel ins Koma. Wir hätten dafür sorgen müssen, dass er sofort ins Krankenhaus kommt."

„Und das ist nicht geschehen?"

„Nein", murmelte sie tonlos. „Ich war dafür, aber die anderen wollten nicht. Es wäre alles rausgekommen. Markus wollte Anwalt werden und Rainer Arzt. Da wäre es schon eine große Hypothek gewesen, hätte man sie vorher mit Drogen vollgepumpt erwischt. Außerdem hätte die Polizei bestimmt herausgefunden, woher all das Zeug kam, das Björn intus hatte."

„Was geschah stattdessen, Frau Runge?"

„Ich war die Einzige, die ihn ins Krankenhaus bringen wollte."

„Was geschah, Frau Runge?", fragte Berringer nachdrücklich und machte einen weiteren Schritt auf sie zu.

„Bei einigen von uns wäre die Karriere zu Ende gewesen,

noch bevor sie begonnen hätte. Also wurde Björn ... Er wurde über Bord geworfen!" Tränen liefen ihr auf einmal über die Wangen. „Rainer meinte, er wäre sowieso nicht zu retten, da sollten wir uns wenigstens selber retten. Und Rainer war doch Mediziner. Der musste es doch wissen."

„Björn wurde also über Bord geworfen, und man hat ihn dann vermutlich irgendwo anders gefunden."

Frederike Runge nickte. „Ein Drogentoter am Rheinufer mehr." Ihre Stimme vibrierte. „Wir verpflichteten uns gegenseitig zum Schweigen. Ich wollte eigentlich nicht mitmachen, aber die anderen haben mich unter Druck gesetzt und ..." Sie schluckte.

„Nein", sagte Berringer. „Diese Entschuldigung haben Sie selbst niemals akzeptiert."

„Sie haben recht."

„Sie wollten es wieder ausgleichen."

„Ich wurde nicht mehr damit fertig. Es war wie ein Gift, das lange genug in mir gewirkt hat. Ich lernte Eckart Krassow kennen und durch ihn das Armbrustschießen. Volle Konzentration auf etwas anderes ist eine gute Methode, um bedrängende Gedanken loszuwerden. Zumindest für eine Weile."

Berringer machte noch einen Schritt und stand dann direkt vor ihr und der Armbrust.

Sie wich seinem Blick aus. „Ich wollte, dass es aufhört. Die Qual ..."

„Das wollte Klaus Flohe alias Bruder Andreas auch", sagte Berringer.

Und griff nach der Armbrust.

Der Augenblick dafür konnte richtig oder falsch sein. Und vor allem tödlich.

Aber es schien, als hätte Berringer den richtigen Zeitpunkt gewählt. Sie ließ sich die Waffe widerstandslos abnehmen. Ein lautes Klacken, der Bolzen schlug in die Zimmerdecke, wo er ein faustgroßes Loch riss. Putz und Betonstücke bröckelten herab.

„Seien Sie froh, dass ich gekommen bin", sagte Berringer. „Denn ich glaube, auf Ihrer Liste standen noch zwei Namen."

„Sie haben recht."

„Der von Petra Römer. Und Ihr eigener."

„Ja", flüsterte sie.

Berringer setzte sich in einen der Sessel. Er hatte weiche Knie, wie er erst jetzt merkte. Er kramte sein Handy hervor und wählte die Nummer der Kripo, während Tanja mit offenem Mund und wie zur Salzsäule erstarrt dastand.

Mehr vom Kommissar Berringer:
Leseprobe aus Tuch und Tod

Prolog

November …

Nebel liegt über der Tiefebene des Niederrheins. Wäre er nicht, könnte man bis Krefeld sehen. So aber reicht der Blick nur bis zu einem etwas windschiefen Kirchturm, dessen Spitze die grauen Nebelschwaden durchbohrt. Ein mahnendes Fanal, das ein von dunklen, melancholischen Geistern beherrschtes Land überragt.

Das Krächzen eines Raben, der in einem der blattlosen Äste eines knorrigen, vom Blitz getroffenen Baumes hockt, mischt sich mit dem metallischen Ratschen einer Waffe, die durchgeladen wird.

Es ist lausig kalt, aber fast windstill.

Letzteres ist selten in der Gegend und wirkt beinahe so, als hielte die Natur den Atem an, als würde sie die Konzentration des Jägers vor dem Schuss teilen.

Die Waffe wird angelegt, das Zielfernrohr justiert.

Im Fadenkreuz befindet sich das Gesicht eines Menschen. Man sieht sogar, dass es grinst. Ein Grinsen, das im krassen Gegensatz zur Melancholie der Landschaft steht. Noch ahnt der Mann, zu dem dieses Gesicht gehört, nichts davon, dass er zur Zielscheibe geworden ist.

Der Finger legt sich um den Abzug.

Krümmt sich.

Verstärkt den Druck.

Es ist so leicht.

Das Fadenkreuz liegt genau zwischen den Augen.

Der Druckpunkt wird überschritten.

Eine Melone zerplatzt.

Ein paar Reste hängen noch an der Nylonschnur, deren oberes Ende um einen Ast geknotet worden ist.

Das Fadenkreuz schwenkt nach links, zur zweiten Melone, auf die das Foto eines anderen Mannes geklebt wurde. Der Rabe fliegt krächzend davon. Die zweite Melone schwingt etwas hin und her. Der Schuss trifft sie trotzdem.

Training ist eben alles!

Dezember …

Ein Schrei, der Entschlossenheit demonstrieren soll. Die Hand trifft auf die Spanplatte auf und zuckt zurück.

Ein weiterer Schrei folgt – diesmal vor Schmerz.

„Wo sind Sie mit Ihren Gedanken?“

„So ein verdammter Mist!“

„Wir machen hier Kampfsport! Wenn Sie mit Ihren Gedanken nicht richtig dabei sind, kann das gefährlich werden.“

„Ja, ja …“

„Und einen Bruchtest sollte man dann schon gar nicht machen! Das habe ich Ihnen aber gesagt!“

„Ah, meine Hand …“

„Legen Sie ein Kühl-Pack drauf. Und dann machen Sie erst einmal eine Pause.“

„Okay.“

„Wenn Sie zuschlagen, haben Sie eine Wut, als wollten Sie jemanden umbringen – aber Sie vergessen dann alles, was ich Ihnen gesagt habe – und dann tut's halt weh! Es geht um Konzentration! Um die Bündelung aller Kräfte – und dazu reicht es nicht, wenn nur die Muskeln fit sind. Das Oberstübchen muss auch mitmachen!“

Januar …

Peter Gerath ließ das Pferd – eine ruhige Island-Stute – den aufgeweichten Feldweg entlangtraben. Es hatte am Vortag geregnet, und die Wege waren entsprechend nass. Die Hufe sanken manchmal ein paar Zentimeter in den Schlamm, und wenn er das Tier durch eine Pfütze preschen ließ, spritzte es hoch auf. Das Wetter war von einem Tag zum anderen vollkommen umgeschlagen, am Tag zuvor noch nasskalt und durchwachsen, an diesem schwitzte Peter Gerath bereits in seiner gefütterten Reiterweste, und es sah nach einem der ersten wirklich schönen Tage des Jahres aus.

Gerath zügelte das Pferd, streckte sich im Sattel und ließ den Blick schweifen. Die Landschaft war durch Hecken, Büsche, kleine Baumgruppen und Wäldchen geprägt. Dazwischen lagen kleinere Siedlungen oder Gehöfte. Die Wege waren gut in Schuss und wurden wenig frequentiert. Ein Paradies für jemanden, der allein ausreiten und mit sich, seinem Pferd und der Welt allein sein wollte.

Im Südwesten konnte man die ersten Häuser von Münchheide sehen und aus dem Norden klang ein beständiges Rauschen herüber. Das war die A44.

Dahinter begann das Stadtgebiet von Krefeld, und die Tatsache, dass er die Autobahn hören konnte, sagte Gerath, dass er bereits zu weit nach Norden geritten war.

Es war nicht das erste Mal, dass er auf dem Rücken dieser ruhigen Stute, die auf den Namen Laura hörte, förmlich Raum und Zeit vergaß. Selbst sein Handy nahm Peter Gerath auf diese Ausritte, die er sich in schöner Regelmäßigkeit einmal in der Woche gönnte, nicht mit. Die Maschinen seiner Firma Avlar Tex mochten rund um die Uhr und ohne Pause laufen – ihr Besitzer gönnte sich den Luxus, zwei bis drei Stunden jeden Sonntagmorgen für sich zu reservieren. Das musste einfach sein. Die Zeit war noch knapp genug bemessen, um die mentalen Batterien wieder aufzuladen.